『老底子』的快乐时光

万加华 著

吉林人民出版社

图书在版编目（CIP）数据

"老底子"的快乐时光／万加华著 . -- 长春：吉林
人民出版社，2023. 11
ISBN 978-7-206-20717-4

Ⅰ. ①老… Ⅱ. ①万… Ⅲ. ①散文集-中国-当代
Ⅳ. ①I267

中国国家版本馆 CIP 数据核字（2023）第 257652 号

"老底子"的快乐时光
"LAODIZI" DE KUAILE SHIGUANG

著　　者：万加华
责任编辑：衣　兵　　　　　　　　装帧设计：书香力扬
出版发行：吉林人民出版社（长春市人民大街 7548 号　邮政编码：130022）
印　　刷：长春市华远印务有限公司
开　　本：880mm×1230mm　1/32
印　　张：7. 875　　　　　　　　字　　数：181 千字
标准书号：ISBN 978-7-206-20717-4
版　　次：2024 年 1 月第 1 版　　印　　次：2024 年 1 月第 1 次印刷
定　　价：65. 00 元

"老底子"的快乐时光

序 一

与加华兄也是多年的朋友了，如果不是这本书，真想不到他的经历是这样的丰富，做过文学青年，打过工，跑过业务，当过小老板——几年里就换了好几个行当。做生意时也上过当、拖过债、亏过本——20世纪90年代就亏过十万元，吓了我一跳。

这本《"老底子"的快乐时光》的内容，横跨了50多年。从出生的20世纪60年代写到当下，按时间一段段写过来，如果在每一个故事前系于一个明确的年月，那么，这完全就是一部个人的编年史。

这样的编年史，自然是个人化的。加华原汁原味地写下了他的记忆，童年的苦涩与快乐，青年的奋斗与艰辛，到中年的转型与成就，这是属于他自己的生活体验，也是他不同人生阶段的沉淀。然而，作为一个同龄人，我读来却是十分的熟悉与亲切，他所亲历的一切，几乎也是我所做过、见过、听过的，这可说是那个时代的"集体记忆"。书中的一个个故事，涵盖了许多人的成长轨迹："双抢"、赤脚医生、知识青年、承包到户、高考、乡镇企业、个私老板、造房买房、环境保护、论坛版主、文学创作……沿着加华的个人发展地图，无论是"60后""70后"还是"80后"，都能在其中找到共鸣。书中的一个个故事当然是零碎的，但就像是拼图一样，这些故事读下来，一个人，以及这个人所处的时代，就立体地形象地展现在面前。可以说，《"老底子"的快乐时光》，也曾经是我们这一代人的"快乐时光"，并且现在还在深刻地影响着我们每一个人。

因为真实，所以动人。作为改革开放背景下成长起来的一代人，加华的人生之路，与五六十年的社会变迁同步。这里的故事，娓娓道来，似是闲闲的家常，但如果把这些个人体验，与历史时间和历史事件对读，就会看到，一个个小故事里，有着社会风俗的变迁，有着人物命运的浮沉，更有着时代巨轮滚滚向前的巨大回声。当加华在小河里捉鱼钓鳝时，他能想到日后会造一幢"雪松式"别墅，会在互联网论坛上指点江山，会成为一个"环保作家"吗？都说，时代的一粒灰，落在个人头上就是一座山，同样，时代的一滴水，落在个人头上就是一场甘霖。加华应当庆幸，他遇上了一场又一场的甘霖，这里有个人的不懈奋斗，但更是时代无私的馈赠。从这本书中，每个人都可以读出一个时代的轰轰烈烈，一个时代的光荣与梦想，我想，这就是这本"个人编年史"的意义所在吧。

一个人，即使是最普通的一个人，他拥有的时代记忆，本身就是很有价值。这里的价值，不仅仅是对自己，更是对社会、对历史。把自己的生活经历、人生体验、心路历程写下来，这可以让孩子们知道，这些听起来不可思议犹如"外太空的事情"，其实就属于自己的爷爷甚至父辈。同时，个人生活史可以折射出时代的变迁。《"老底子"的快乐时光》是20世纪60年代到现在的个人实录，这正是中国社会发生巨大而深刻变化的五十多年。一個人就是一棵树，从每一个年轮上，都可以看出时代的进步、社会的发展、观念的变化。以后，如果有人要写江南水乡这半个多世纪的社会发展史、改革开放史，这《"老底子"的快乐时光》就是一个活生生的样本。事实上，历史的真相有时隐藏在不经意的细节中，在这样看似琐碎的"个人史"中，更可观照着历史的本真。一个时代的历史，不一定是宏大的叙事，也可以是这样细细碎碎的故事。或者说，正是类似"房屋变迁""婚丧嫁娶""家用电器""商海沉浮"这样有烟火人间的细枝末节，才让生命体验得到具体可感的呈现，更借此构成了这个时代的大历史。

　　加华兄近年来创作勤奋，屡有新作，时常给人以惊喜。这本散文集邀我作序，老友之请，自当遵命。拉拉杂杂写点读后感，就当是序吧。

中国作家协会会员、嘉兴市作家协会主席　杨自强

2023 年 4 月 29 日

大地变迁的见证

序 二

贺 震

在万加华长篇环保题材小说《底线》出版不久，尚在热卖之际，忽闻其回忆文集《"老底子"的快乐时光》又即将付梓。加华先生的勤奋、优质、高产，着实让我吃了一惊。

记得有一年，加华先生在《中国环境报》《中华环境》等报刊上发表大量环保文章的同时，还由中国环境出版社连续出版了三本环保专著。加华先生虽然并非专业作家，但这已然是专业作家的产出速度了。他是一位成功的企业家，一位有着炽热家国情怀的环保公益人士，他的写作多与环保相关，即使长篇小说也是如此。有的看似并非环保题材，其中也透露出环保思考和环保情怀。我想，加华先生之所以笔耕不辍，优质高产，定然是环保使命感的驱使。

承蒙加华先生抬爱，得以先睹新作。读毕，忍不住感叹：好一个《"老底子"的快乐时光》！

"人到了一定年纪，往往容易怀旧。曾经年轻时的快乐时光，越发清晰，时常萦绕心间，犹如放电影般，不经意间又进入了回放，甚至于孩提时代的印象，也会呈现在脑海。无论有多么的艰苦，还是有多么的辛酸，都成为一种美好的回忆，只有经历了，才能成为我们人生的历练。"在其自己撰写的《前言》中，加华先生开宗明义地告诉读者，这是一本回忆录。确实，这是一本非亲历则写不出来的美好回忆，但其所记录的并不囿于自己生活小天地的家长里短，而是宏大背景下个人经历的低吟浅唱。他是把浪花置于时代大潮中去回忆、去审视的。全书以自己的亲身经历为主线，以丰富的生活积累为支撑，充分还原了历史现场，是一部不可多得的时代志、社会变迁史，是一幅20世纪六七十年代的江南农耕图，是一幅用文字呈现的江南风情画和江南版的清明上河图。加华先生是那个时代的亲历者，也不愧是那个时代忠实而优秀的记录者。全书紧扣时代脉搏，感应社会大潮，书写春天故事，在与沸腾的时代同频共振中展现了弄潮儿的风采。

《"老底子"的快乐时光》是物质匮乏时代快乐时光的忠实记录

正如书名所寓意的那样，快乐，是全书的特色和底色。20世纪60年代出生的人，在成长的历程中，大都亲历过物质匮乏的种种困窘，童年乃至少年时代大都是清贫的，没有童车、没有油泥、没有变形金刚、没有花花绿绿的玩具，没有动画片，甚至连电视机都没有听说过。但清贫的时光里，也有简单的快乐。加华在书中没有一味地埋怨，更没有简单地卖惨，而是通过细腻的笔触将一个个快乐的瞬间分享给读者。贯通于字里行间的，是那样一种对生活沉浸式的热爱，是一种阳光下的、无邪的、纯净的快乐。

"我们几个小伙伴，一起到河边，用河边的碎瓦片，在冰面上削，比赛谁削得远。当我将瓦片使劲甩出去时，就听到瓦片与冰面摩擦产生的声音'纠、纠、纠'，清脆悦耳，声音悠扬。因为冰面上的摩擦力小，瓦片能飞速地旋转，我们都能将瓦片削到很远的地方，才慢慢地停下。

"当然，河面上没有结冰，我们同样可以削瓦片，我们称为'削水片'。将瓦片贴近水面，使劲甩出去，这需要把握好瓦片与水面接触的角度，也要选择好适当的瓦片，小伙伴们一样可以比赛，找寻乐趣。

"'削水片'溅起的一片片水花，犹如一线连贯起来，煞是好看，水花从大到小，直到消失，河面荡起阵阵涟漪。我们比赛着谁的水花好看，谁的瓦片跳跃得更远，谁就是胜利者，周而复始，其乐无穷。"——这是作者童年时代与小伙伴在河边削冰片与削水片时的快乐。

"我右手握着铁丝，左手拿着铁箍，在任何平坦些的地面上，将铁箍安放在铁丝的'U'字形里面，稍微用力启动一下铁箍，左手马上放掉铁箍，用右手握着的铁丝把握铁箍前进的方向，慢慢地使劲，铁箍就乖乖地听我的话，想到那里就那里，速度和方向，全部由我控制，随心所欲。"——这是作者童年时代与小伙伴滚铁箍时的快乐。

"有时在上课铃响起后，大家坐在座位上，老师还没有进来。一旦一位同学跺脚，大家就一起跺脚。顿时，教室里弥漫起滚滚灰尘，大家赶紧用衣袖捂住鼻子，进来上课的老师也大吃一惊。"——这是作者童年时代冬季在教室里跺脚取暖的快乐。

"一个人先站在角落里，随后大家沿着墙壁，相互用力推挤，不断有人从外面挤到里面，不断有人被挤出去，周而复始，最后能够坚持站在墙角落里的为胜者。"——这是作者童年时代冬季在教室外与同学"扎灰堆"取暖时的快乐。

这些娱乐的方式带有鲜明的时代特色，现在已不多见了。加华先生描述的何止是他自己的快乐，分明是那个年代所有少年的快乐。

《"老底子"的快乐时光》是时代大背景下有志青年的奋斗史

对美好生活的向往，是一个人奋发向上的原动力。奋斗创造奇迹，行动胜于春雷。

艰难困苦，玉汝于成。加华出生在条件艰苦的农村，通过不懈的奋斗改变了命运，造就了人生的辉煌。

加华在书中较为详尽地记述了自己求学、经商和文学写作经历。每一种经历，当时都充满了曲折，现在都在岁月深处沉淀为美好的回忆。"人生在于拼搏，不论胜负如何，只要去努力了，至少自己已经尽心尽力了，就不至于后悔，这也是人生的历练，值得赞赏。"

在胥山小学读小学时，必经一座两头低中间高的木桥，桥两边空空荡荡，没有栏杆，风雨天走在上面，战战兢兢，生怕掉入河里，以致"睡梦中时常做到从这座木桥上掉落河中"。在大桥中学读初中时，从家里到大桥中学需要步行约 45 分钟，只能早出晚归。中午在学校里蒸饭，"买两分钱的什锦菜，有时求售货员给点什锦菜的卤汁，倒入饭盒里，心里非常高兴。尽管什锦菜里没有一滴油水，但吃起来感觉香甜无比，简直就是人间美味"。在东栅中学读高中时，离家更远，住校读书锻炼了作者的独立生活能力。"不仅学会了洗衣服，更加懂得了理财，毕竟父母每周给的生活费有限，如果稀里糊涂，不到三天就用完了，接下去就没法吃饭了"。从小学，到初中，再到高中，尽管条件非常艰苦，甚至连饭都吃不饱，但加华从未想过放弃。

在东栅中学上学时，写了一篇学校运动会的新闻稿，用笔名投给嘉兴电台，居然被采用了。老师在班级里提起时，我虽然有点激动，有些沾沾自喜，但不敢承认。"当时我用的是笔名'凌凡'，意思众所周知，就是想超越平凡，尽管有点俗气，却真实地反映了我当时的梦想，说高大上些就是理想。"这种描写，生动地记述了少年时代对未来的向往，读来倍感亲切。

自古雄才多磨难。世间没有一蹴而就的成功，也没有轻而易举的光芒，所有的风光无限，都源于默默的努力和艰苦的奋斗。中学毕业后，加华从在大桥供销社的电镀厂当工人起步，一步一步奋斗成为在城市里站稳脚跟的企业家，每一步都不容易。星光不负赶路人，江河眷顾奋楫者。他所经历的风雨、曲折，丰富了他的人生，也成了他文学创作宝贵的矿藏，助力他实现了作家梦。

《"老底子"的快乐时光》是人与自然环境关系的反思录

作为一名环保公益人士，加华先生的笔下流淌着鲜明的珍爱自然、保护环境的生态情怀。书中较为详细地记述了胥山遭受的劫难，字字句句倾注了作者深深的惋惜之情。胥山的变迁，何尝不是我国生态环境走过弯路的一段印痕。

"胥山，是嘉禾平原上唯一的一座山，是我小时候上学的必经之地，山高约五十米，晴空万里时站在山顶，可以隐约看见海盐县六里山连绵起伏的山峰。山上原有伍子胥墓、观音殿，山腰有东岳庙和蚕花庙，山下有伍相国祠，祠前有一方亭，亭中置一碑，碑刻伍子胥之功德，还有凝望水溪的石龟等。山的西边有磨剑石，磨剑石长三四丈，是一块很平整的巨石，中间有一道极深的剑痕。山南麓还有两座石牌坊及河埠，有嘉兴陈氏读书于此的胥山草堂，有陆氏墓园等景观。山的东边有条伍子胥河，现称伍子塘。"

胥山，是一座富有深厚文化内蕴的山，曾经郁郁葱葱、充满生机，元代大画家吴镇曾画有《嘉禾八景图》之"胥山松涛"。
胥山，是当地一处珍贵的自然之宝。但在相当长的一个时期里，
人们并未意识到这一点，而把这块宝玉无情地摧毁了。

后来，嘉兴市想创建历史文化名城，涉及端午文化和胥山文
化。但真实的胥山已永远地消失了，即使投入再多的资金，堆出
一座更加雄伟的山来，也不是散发着历史韵味的胥山了，而是一
件涂抹着华丽油彩的赝品。

对胥山的怀念，也体现在作者的长篇小说《底线》中。胥
山，是作者作为环保公益人士心中深深的痛。在这本新作中，作
者意味深长地写道："胥山遭受的劫难，让大家真切明白了，破
坏环境是容易的事，但要恢复是难上加难，再次印证了'绿水青
山就是金山银山'的道理。"

《"老底子"的快乐时光》是我国环保公共参与发展史的缩影

万加华先生的家乡嘉兴，是中国共产党南湖红船启航之地。
小小红船承载千钧，播下了中国革命的火种，开启了中国共产党
的跨世纪航程。100多年前，红船上的会议诞生了"红船精神"，
"红船精神"很重要的一个方面就是"开天辟地、敢为人先的首
创精神"。

蓝天碧水是人民美好生活的必需品，每个人都是生态环境的
保护者、建设者、受益者。环保是一项全民性的公益事业，本质
上也是一项公众事业，需要广泛的公众参与。近些年来，公众环
保意识增强，参与意识高涨，公众参与已成为我国环保事业和生
态文明建设的重要力量。在这股大潮中，全国首创的"嘉兴模
式"成为一面耀眼的旗帜。目前担任嘉兴市环保联合会常务副会
长的万加华先生，正是环保公众参与"嘉兴模式"的创造者之
一。"嘉兴模式"的萌芽与形成过程，展现了加华先生与嘉兴公

众敢为人先的首创精神，同时，也展现了嘉兴政府和环保部门开放包容的心态。

万加华先生作为一名企业家成为环保公益人士，进而当选为常务副会长，看似偶然，其实蕴含着很多必然的因素。那就是他关心社会、勤于思考、敢于尝试、乐于奉献的宝贵品质。

公众参与环保的"嘉兴模式"，被联合国环境规划署写入《绿水青山就是金山银山：中国生态文明战略与行动》报告，入选中国推动环境保护多元共治典范案例。嘉兴环联还获得中华环保联合会"会员最佳合作单位"、嘉兴市社会组织总会先进会员单位称号，被嘉兴市民政局评为 4A 级的社会组织。万加华本人也接连荣获嘉兴市 2014 年"十大环保风云人物"奖、嘉兴市 2019 年度"社会组织领军人才"、浙江省 2020 年度"最美环保人"、嘉兴市 2020 年度"最美环保人"等荣誉称号。这些成果和荣誉的取得，是时代对万加华和他的同道者最好的馈赠。万加华先生在书中展现的嘉兴环保公众参与的众多经验做法，完全是在更加广泛的层面推进环保公众参与的最好教科书。

（作者系江苏省作协会员、省报告文学学会理事；东南大学中国特色社会主义发展研究院（智库）特邀研究员）

前　言

　　人到了一定年纪，往往容易怀旧。曾经年轻时的快乐时光，越发清晰，时常萦绕心间，犹如放电影般，不经意间又进入了回放，甚至于孩提时代的印象，也会呈现在脑海。无论有多么的艰苦，还是有多么的辛酸，都成为一种美好的回忆，只有经历了，才能成为我们人生的历练。

　　任何人的人生之路，都不会一帆风顺波澜不惊，或多或少存在着曲折坎坷。有彷徨，有失落，有痛哭，也有欢笑；有时山重水复疑无路，有时柳暗花明又一村。任何的坎坷崎岖，任何的艰难险阻，都在我们的脚下。其实一个民族的历史也是一样。

　　我出生在江南水乡——嘉兴，位于长三角流域的嘉禾平原上，河道纵横交错，田野一望无际，名副其实的"鱼米之乡，丝绸之府"。与众不同的，就是我的家乡有座山，名叫"胥山"，我们的村便叫"胥山村"。胥山，高度只有五十米左右，孤独地矗立在嘉禾平原上，显得有点突兀，曾经我以为这是世界的最高峰。

　　在胥山村，我度过了懵懵懂懂的童年，求知若渴的少年，还有上下求索的青年。这里不仅有我的梦想，也有我留下的汗水和鲜血；既有我的牙牙学语声，还有我日出而作日落而息的身影，并拥有了无数的快乐时光。

中国的改革开放以来，我们实实在在看到了社会的巨变，中华民族发生了颠覆性的飞跃。尽管已经成为过往，但我们应该铭记，这是我们中华民族前进的脚印，这是我们的前辈聪明才智的结晶。

我撰写出《"老底子"的快乐时光》，希望我们的孩子们珍惜现在，敬重前辈，敬畏自然，更好地肩负起实现中国式现代化推进中华民族伟大复兴的重任。

长江后浪推前浪，一代更比一代强。中华民族从站起来，到富起来，从富起来，逐渐地强起来，这是历史的必然。我记录下《"老底子"的快乐时光》，就是相信我们的后浪，必然是激情澎湃，必然是勇往直前，必然呈现出当代的快乐时光，憧憬着未来的快乐时光。

目录
CONTENTS

第一章　我的家乡　/　001

第二章　捉野蜜蜂　/　008

第三章　竹园趣事　/　014

第四章　捕鱼乐趣　/　021

第五章　泥鳅黄鳝　/　030

第六章　六畜兴旺　/　042

第七章　苦中作乐　/　051

第八章　传统耕作　/　063

第九章　胥山窑厂　/　073

第十章　知识青年　/　082

第十一章　半机械化　/　091

第十二章　承包到户　/　101

第十三章　乡村四季　/　110

第十四章　四季乡村　/　120

第十五章　房屋变迁　/　130

141 / 第十六章 婚丧嫁娶

150 / 第十七章 人来客仕

160 / 第十八章 家用电器

170 / 第十九章 经济作物

179 / 第二十章 乡村工业

188 / 第二十一章 人尽其才

197 / 第二十二章 商海沉浮

210 / 第二十三章 不忘初心

221 / 第二十四章 希望田野

231 / 后 记

第一章　我的家乡

　　一船红天下，万众跟党走。在中国革命的启航地嘉兴南湖之畔，有一个综合实力连续数年入围"全国百强"的乡镇，便是我的家乡嘉兴市南湖区大桥镇。大桥镇历史悠久，底蕴深厚，民风淳朴，百业兴旺。家乡父老乡亲在争做共同富裕排头兵时，注重精神文明建设，共同富裕不仅仅是生活水平上的富裕，更要有精神层面的富裕。因此，在开创新的百年征程之际，于2022年1月14日，隆重成立了"南湖区大桥文化学会"。

　　文化是一个国家，一个民族的灵魂，文化属于培根铸魂的工作，是党和人民的重要战线。正所谓：诗言志，书传神，画表意，歌抒情。我们的文化学会要扣好文化生涯的"第一粒扣子"，站稳文化立场，传承文化基因，守住文化根脉，始终胸怀"两个大局"心系"国之大者"，聆听时代声音，讴歌时代风貌，引领时代潮流，胸中有大义，笔下有乾坤，用艺术推进产业项目建设，描绘好，记录好，展现好，传播好声音，讲好好故事，让老百姓强信心，聚民心，暖人心，筑同心。

　　任何一个国家，任何一个民族，真正的强盛，不仅是军事的强盛，也不仅仅是经济的强盛，真正的强盛就是文化的强盛。文化自信是一个民族、一个国家以及一个政党对自身文化价值的充分肯定和积极践行，并对其文化的生命力持有的坚定信心。

嘉兴市南湖区大桥镇位于吴根越角，江南水乡，河道纵横交错，交通便利，地理位置优越；大桥人民自古聪慧勤劳，淳朴友善，不仅拥有五千多年的南河浜遗址，还有吴越古战场的胥山遗址，有着深厚的历史底蕴，还有优良的文化传统，文化传承源远流长，一方山水养育一方人，所以我的家乡历来比较富庶。

这几年，我组织了南湖区作家协会、嘉兴市作家协会的作家们，前往大桥镇进行多次文学采风活动，参观了南河浜遗址博物馆，看到那些出土五千年前的精美陶瓷，都是手工制作，精美绝伦，无不惊叹我们祖先的聪明才智。

南河浜遗址位于嘉兴市南湖区大桥镇焦山门村，面积2万多平方米，为新石器时代遗址。1996年4月，沪杭高速公路土建施工时，在这里挖出了大量的玉器、陶器、石器和骨器，惊动了各级文保单位，抢救性发掘面积1000平方米。清理出良渚文化墓葬、崧泽文化墓葬、灰坑、房屋、祭台等诸多遗迹。同时出土了大量的陶、玉、石、骨、角、牙等类器物。

遗存分为两期五段，包含了从崧泽文化早期到晚期连续不断的发展过程，为认识崧泽文化的发展演变期提供了很好的资料，为后人研究崧泽文化提供了一把有意义的时间标尺，也为考古学家研究良渚文化提供了宝贵的实物资料。该遗址被评为1996年中国十大考古新发现奖。2006年5月被国务院核定为第六批全国重点文物保护单位。

胥山遗址公园尽管已经成为浙江省"3A级景区村庄"，但无法令人相信，元代大画家吴镇，是在这里所画的《嘉禾八景图》之七"胥山松涛"。因为出现在作家们面前的，只是一个占地百亩深约十米的石坑。

胥山，是嘉禾平原上唯一的一座山，是我小时候上学的必经之地，山高约五十米，晴空万里时站在山顶，可以隐约看见海盐县六里山连绵起伏的山峰。山上原有伍子胥墓、观音殿，山腰有东岳庙和蚕花庙，山下有伍相国祠，祠前有一方亭，亭中置一碑，碑刻伍子胥之功德，还有凝望水溪的石龟等。山的西边有磨剑石，磨剑石长三四丈，是一块很平整的巨石，中间有一道极深的剑痕。山南麓还有两座石碑坊及河埠，有嘉兴陈氏读书于此的胥山草堂，有陆氏墓园等景观。山的东边有条伍子胥河，现称伍子塘。

1969 年，因嘉兴北部水利工程急需石料，当时经过嘉兴县政府批准，大桥公社在胥山边上成立了石料厂，开始炸山采石。从此每天二次爆破，惊天动地，就如愚公移山坚持不懈，到 1980 年，山体已经被挖成一个长约 200 米、宽约 60 米、深 5 至 10 米的大坑，才停止了开挖。

后来嘉兴市想创建历史文化名城，涉及端午文化和胥山文化，如何开发胥山？是再造一座胥山，还是保留胥山废墟，这是最近几年来人们持续争论的焦点。甚至摆上了嘉兴市政府的议事日程，每月举行一次例会，商讨胥山何去何从。市里花费数十万元巨资，做出了胥山整体规划设计，但还是由于种种原因，仍然按兵不动，停滞不前。

胥山文化遭受的劫难，让大家真切明白了，破坏环境是容易的事，但要恢复是难上加难，再次印证了"绿水青山就是金山银山"的道理。

当作家们来到位于大桥镇花园村的嘉兴市绿色能源有限公司，看到整洁干净的厂区，焕然一新的厂房，很难想象这是一家生活垃圾处理厂，每天可以处理生活垃圾两千多吨，嘉兴市本级的生活垃圾都是在这里处理。

为了彻底解决垃圾处理厂的废气污染，市政府痛下决心，由国资控股，原地重建垃圾处理厂，采用全新的设备，新的处理工艺，将垃圾处理厂打造成花园式工厂，也为环保设施向公众开放奠定了基础，更好地接受公众监督。同时再次证明，只要肯化大钱花大力，任何污染都可以治理。

附近的公众积极参与对垃圾处理厂废气治理的监督，起到了很好的作用，公众的积极参与，推动了政府对污染的治理，也是公众参与环保"嘉兴模式"的体现。同时家乡的文学爱好者们，竭力要求成立"大桥文化学会"，在各级政府和当地文学爱好者的共同努力下，"大桥文化学会"终于成立了。在成立大会上，聘请我为名誉会长。

因此，我对"大桥文化学会"提了几点建议：格局要大，定位要高，立足大桥，面向世界，文化无国界，世界触手可及，地球也就一个村，志存高远。要有阵地，有抓手，不仅要有公众号，还应该定期择优录用一些好的作品，发表在刊物上，对文学爱好者给予鼓励。要请进来，走出去，不定期地邀请一些文学专家学者来给大家培训，要经常组织一些文学采风活动，走进大自然，领略美丽乡村的蝶变跃升，激发创作灵感。

2021年10月份，中国环境出版集团公司，出版了我的一部环保主题长篇小说《底线》，小说里的独山乡独山村，就是以我的家乡胥山为原型，里面的有些事件，也曾经在家乡的土地上发生过。

2022年1月9日下午，嘉兴市作家协会主办，南湖区作家协会承办，举行了我的小说《底线》分享会，来自北京、杭州和我们嘉兴的作家，以及相关部门的领导欢聚一堂，畅所欲言，使我受益匪浅。《底线》描述了改革开放四十多年来，我们的乡村振兴，以及环境保护的成长史。最后我给大家分享了江苏省作协会员、省报告文学学会理事、东南大学中国特色社会主义发展研究院（智库）特邀研究员、江苏省生态环境厅贺震的评论。

贺震的文章开头便直接阐述："毋庸讳言，当下，环保题材文学作品不多，优秀的作品更少。这与生态环境保护工作深受从中央到地方各级党委政府高度重视和广受社会高度关注相比，形成了强烈反差。作为一名生态环保工作者与生态文学的关注者，笔者对此有着强烈感受。在这种情况下，中国环境出版集团推出的环保题材长篇小说《底线》，显得尤为令人关注和振奋。作者万加华先生是中国环境报特约评论员，在那年报社召开的评论员年会上彼此相识后，彼此引为知己。是故，《底线》甫一出版，加华先生便惠寄一册。捧读之后，不禁为之称好。可以说，《底线》是以文学的方式宣扬习近平生态文明思想的成功尝试，是一部充满正能量的、难得的艺术佳品。"

贺震在文章结尾时呼吁："通览全书，《底线》虽然没有华丽的辞藻、煽情的描写，但却具有极强的故事性和画面感，一个个故事仿佛就发生在我们身边。因此，《底线》很适合拍摄成电视连续剧。我期待着能有电视剧版的《底线》早日在屏幕上展现出来，助力我国绿色发展，影响更多的人始终严守环保与发展的底线。"

2022年1月12日，贺震的文章刊发在发行量超过30万份的《中国环境报》上，相信有更多的人会读懂他的意思，更相信会有更多的人，能创作出更多更好的环保文学作品。

赓续红色血脉，擦亮绿色底色。我在"大桥文化学会"成立大会发言时，也要求我们家乡的广大文学爱好者们，认真学好习近平生态文明思想，参与环保，践行环保，环保只有起点，没有终点，环保一直在路上。环保将是我们文学创作的永恒主题，我们要谱写出时代的主旋律，抒发出我们这个伟大时代的最强音，创作出更多环保作品，更好的精品。

近年来，大桥镇的经济建设突飞猛进，城乡面貌日新月异，人民群众的物质生活水平不断提高。老百姓已不再仅仅满足于吃得好、穿得好、住得好，还有更高的精神文化追求。最近几年，大桥镇在文化软件、硬件上都加大投入力度，文化礼堂已经遍布各村（社区），全镇村村都有美丽乡村建设精品点。

2021 年，大桥镇花园村的村歌曾唱进了人民大会堂，荣获全国村歌创作金奖；举办了首届胥山诗歌"村"晚，吸引了全国不少知名诗歌创作者和诗歌朗诵者参加；举办了以胥山为题材的首届诗歌楹联征集活动和摄影作品征集活动；出版发行了《胥山文化丛书》等系列作品集；开展了庆祝农民丰收节、江南葡萄文化节、由桥龙虾文化节等文化活动……全镇群众文化精彩纷呈。

我们相信"大桥文化学会"的成立，必将丰富全镇人民业余文化生活、繁荣民间文化事业起到积极的推动作用，也必将掀起大桥镇又一波文化热潮，更加坚定文化自信，铸就文化强镇，促进人民群众物质、精神双丰收。

看看今日，展望未来，回顾我曾经走过的历程，思绪万千，心情澎湃。我们这一代人，从日出而作，到日落而息，从脸朝黄土背朝天，到实现了四个现代化，真切地彰显出了我们中华民族，从站起来，到富起来，从富起来，到强起来。

我情不自禁地在键盘上敲打出我的人生足迹，回想起我的童年、少年和青年时代，留在我家乡的脚印，撰写出《"老底子"

の快乐时光》，真切地感受到我们这个伟大的国家，所发生的沧桑巨变。

的快乐时光》，真切地感受到我们这个伟大的国家，所发生的沧桑巨变。

　　由衷地呼唤我的感恩之心，感恩我们的共产党，感恩我们这个伟大的时代，感恩我的父母，感恩我们的生态环境。

　　"老底子"的快乐时光，请听我慢慢道来。

第二章　捉野蜜蜂

我出生在大桥公社胥山大队晒浜小队，童年、少年、青年都生活在这里。我的家位于俞家浜的浜底西边，虽然是在晒浜小队，但住在俞家浜，主要是我们这里浜较多，俞家浜形状是直角形。浜底在南端，向北大约 300 米处，直角转向右边，一直向东，连通东边的伍子塘，伍子塘是南北走向，是条宽阔的大河。

所谓的浜，都是我们的先辈，来到一处地方，沿着大河，开凿出来的。开凿这些浜，是为了能够方便更多人居住，农户都是居住在这河浜两边，依水而居，所以农村里人口集聚多的地方，河浜肯定比较长，甚至分里浜和外浜。

当然，开凿河浜不仅仅是为了居住，当时最主要的目的是种田。种田必须要用水，以前农田灌溉都是用水车取水，有的是靠人力踏水车，有的用牛来拉水车，那是比较高档了。因此，为了种植更多的耕田，人们就必须开凿更长的河浜，便于取水灌溉。同时，也是为了耕田排涝。

水车又称孔明车，是我国最古老的农业灌溉工具，是先人们在征服世界的过程中创造出来的高超劳动技艺，是珍贵的历史文化遗产。相传为汉灵帝时毕岚造出雏形，经三国时孔明改造完善后在蜀国推广使用，隋唐时广泛用于农业灌溉，已有 1700 余年历史。

在俞家浜的浜底，东边就曾经建有牛拉的水车，称为"水车棚"，建在高地上，中间有圆形机械，上面搭建了凉棚，遮风挡雨。水牛围绕着旋转拉动机械，带动旁边的水车。水车上有很多好像盛水的勺子，成排的勺子布置在水车上，水车一头伸入河里，一头搁在岸上，这样转动水车，就将河里的水舀上来，输入沟渠里，流入耕田。有时也可以人踏，踏水车是件非常累的体力活，基本上都是些身强体壮的男人干。我曾经也去踏过，但不是为了耕田取水，而是为了玩耍。

我家的房子虽然是砖瓦房，但比较简陋，三间朝南的房子，又在中间偏东的地方，建造两间上南房间即厢房，形成了一个"T"字形状。那三间的房子，中间是堂屋，西边的是厨房间，东边是大姐的房间，在厢房里，北边是奶奶和二姐的房间，南边是父母和我的房间，住房并不宽绰。

房子不大，但房间很多，门也不少。厨房间有扇向南独立朝外的门，方便进出，还有向东通向堂屋的门。堂屋有大门朝南敞开，还有一扇通往大姐房间的门，旁边还有一扇通向厢房奶奶房间的门。奶奶房间向南有通往父母房间的门，还有西边朝外面的一扇门。下雨天，有时我经常和二姐一起在家里玩捉迷藏，我躲她找，她藏我寻，不亦乐乎。

我家的房子虽然是砖瓦房，墙体是砖头砌起来的，屋面是木头梁柱和椽子，上面是黑色的瓦片铺设，是正宗的砖瓦房。但墙面没有抹灰，风吹雨淋，有些墙缝里能够透出太阳光线。因此，在房子的东南和西北方向，父母用稻草编织成帘子，挂在墙上，不仅可以起到遮风挡雨，还能保护墙体砖缝中泥土流失，从而减少对墙体造成损伤。

有些没有被遮挡的墙体，墙缝里就有不少洞孔，每到春暖花开季节，便是野蜜蜂的快乐家园。野蜜蜂们每天等待露水干燥了，才钻出洞来，活跃在五颜六色的花丛中，辛勤地采蜜，成群结队，并发生"嗡嗡"的响声。

野蜜蜂的"嗡嗡"声音，并非从口腔里发出的声音，而是在飞翔时翅膀振动发出的声音。野蜜蜂也和人们一样，早出晚归地工作，上午出发，要到太阳落山时，才飞回来。

那些野蜜蜂，只要天不下雨，就会天天干活，绝不偷懒。蜜蜂忙碌是为了自身需要，采蜜进食，其实各种花卉中的蜜是很少的，所以需要一天采集到晚，或许才能勉强果腹。蜜蜂的最大作用，就是给各种花卉授粉，提高结果率，这是对自然界作出的最大贡献。

我小时候，经常帮助父母去授粉，主要是给南瓜花朵授粉。南瓜藤上开两种花，花朵都较大，就像一只只小喇叭。一种是雄花，花朵中间有一根花柱。另一种是雌花，花朵中间有分散的花蕊。我先采一朵雄花，将四周的花瓣掰掉，然后找到一朵雌花，将雄花的花柱插入雌花的花蕊。这样肯定能结果，我们人工授粉，只是对蜜蜂和蝴蝶授粉的补充。

除了南瓜授粉，其他的瓜果，比如黄瓜、番茄、茄子等，都不会帮助授粉。由于那些瓜果的花朵很小，而且又多，人工授粉比较麻烦，只能任其生长。反正农村里的蜜蜂蝴蝶很多，会不厌其烦地在花丛中飞来飞去，乐此不疲。它们的脚上和身上，都粘上了不少花粉。

由于野蜜蜂非常勤劳，要捉野蜜蜂，必须要在早晨，或者是太阳落山的傍晚。早晨，野蜜蜂还都在洞里睡懒觉，当然不是真的睡懒觉，野蜜蜂很聪明，早晨出去早了，各种花朵上还有露水，既不能采蜜，又影响体力。

捉野蜜蜂时，用一个透明的玻璃瓶，还要准备一根细小的竹枝，比较柔软些，硬的容易刺伤野蜜蜂，就是狗尾巴草也可以。

先将瓶口对准洞口，然后用竹枝伸进洞里，轻轻地转动一下，马上抽出来，将瓶口贴近洞口。洞里如果有野蜜蜂，一旦受到惊吓，就会马上钻出洞来，正好钻进瓶子里。

早晨捉野蜜蜂，概率不一定高，不清楚这个洞里是否有野蜜蜂，只能碰运气。太阳西下时，那就不同了，那些野蜜蜂忙碌了一天，纷纷回归，寻找自己的家园，"嗡嗡"声此起彼伏。看到野蜜蜂钻进了洞里，再去捉，肯定十拿九稳。

俞家浜底东边，有我的二家邻居。王桂龙家在南边，徐平贤家在北边一点，前后两家人家。王桂龙和徐平贤年纪相仿，比我小一点，我们也经常在一起玩耍。他们两家当时还是茅草房，就是用泥土筑墙体，屋子上面用竹子和稻草盖成。

茅草房经济实惠，冬暖夏凉。只是上面的稻草，几年时间就要换一次，重新编织成很多草帘子，然后将原来的拆卸掉，新的铺设上去。最主要的坏处是容易发生火灾，万一着火了，就很难扑灭，记得徐平贤家，曾经就发生过一次火灾。

茅草屋着火，火势非常快，毕竟都是稻草和竹子，都是容易燃烧的材料。尽管生产队的社员拼命救火，可都是用脸盆和水桶，没有其他消防设备。又要去河里取水，来回速度很慢，根本控制不住火势。

茅草屋的墙体，都是泥土人工夯实，时间久了，上面有无数的野蜜蜂洞，是捉野蜜蜂的最佳场所。每当晚霞西照，泥墙四周便是一片"嗡嗡"声响，野蜜蜂们寻找自己的洞穴。

有的野蜜蜂可能还不想休息，便在外面和同伴共舞，用它们的语言愉快地交流，讨论着今天的收获，还有明天的计划。有的野蜜蜂采到了蜜，精神旺盛，发表着高谈阔论，规划着自己的远大理想。因此，墙边就像小镇上早晨的茶馆，人声鼎沸，热闹非凡。

此时，我们这些小伙伴们，便一手拿着玻璃瓶子，一手拿着竹枝，两眼注视着墙上的洞口，只要看见有野蜜蜂钻进洞里。就马上过去，将瓶子口对准洞口，再用竹枝伸进去转动一下，一只野蜜蜂就立即钻出来了。

有时一不小心，野蜜蜂从瓶子口飞走了，我们也无所谓，反正野蜜蜂很多，是捉不完的。没有多久，便可以捉到半瓶子的野蜜蜂。

野蜜蜂在瓶子里，不会展翅飞翔，因为没有起降空间，又爬不出来，瓶子的壁非常光滑，是无法攀登。我们采点野花放进去，以为可以让野蜜蜂采蜜，其实是我们的一厢情愿，野蜜蜂已经根本没有了采蜜的兴趣。

野蜜蜂装在瓶子里，过了一夜后，有些就死了。我们也不清楚是为什么。也许是闷死了，也许野蜜蜂堆在一起压死了，也许有可能是气死了，被剥夺了飞翔的自由，野性无法施展，被活活地气死。

在捉野蜜蜂时，不小心手会被蜇。野蜜蜂屁股后面有根毒刺，在受到危险时，它会将刺扎入人的皮肤里。野蜜蜂的毒刺扎人皮肤，就有一股疼痛感，让人感到惊慌，而野蜜蜂就趁机逃脱了。当然，一旦野蜜蜂刺人后，必死无疑，因为野蜜蜂刺人后，它的刺连同屁股都留在人的皮肤上，它是做垂死挣扎，相当于要同归于尽，只是人比较强大，野蜜蜂的毒最多使皮肤上鼓起个疱，不至于对人产生生命危险。

有的小伙伴，将野蜜蜂的毒刺拉掉，可以吃到里面的蜜，据说还很甜，但我不敢吃，感觉有点恶心。我们捉野蜜蜂，既不是想弄死它，也不是想吃蜜，只是感到有趣好玩，因为那时娱乐活动严重缺乏，没有什么可以玩的。

当时，别说环保意识了，就是环保的法律法规也都还没有完善、普及，更别说保护生物多样性了。纯属于原生态，犹如那时的一首童谣："癞痢背洋枪，洋枪打老虎，老虎吃小孩，小孩抱公鸡，公鸡吃蜜蜂，蜜蜂叮癞痢。"一物降一物，世道的轮回。

第三章　竹园趣事

　　我家厢房南旁边，就是我家的河埠。河埠是用条石铺设，岸上是垂直铺设，河边是横着铺设，从我家的厨房间门口，一直铺设到河里，为了雨天方便。每天一早，母亲第一个起床，去河埠上淘米，做早餐，烧水做饭，都是用稻草作燃料。

　　母亲做好早餐，就去河埠提水，将厨房间的水缸灌满，那时的河水很清澈，在水缸里沉淀一下，就可以直接饮用了，如果能放点明矾，效果就更加好。后来我长大了，提水就成了我的任务。随后母亲便将全家换下的脏衣服，拿到河埠上去洗。因此，乡村的早晨，是从各家各户的河埠上醒来，开启了忙碌的一天，也是早晨最热闹的地方。

　　在我家的河埠南边，就有我家的一片竹园，沿着河边，长约20米，宽约5米，这个竹园的南边，是一条很长很深的排水沟，用于上面农田排水。排水沟南边，一直到俞家浜底，沿河边都是竹园，长约百米，宽约10米。这个竹园北边约30米是缪龙才家的，南边直到浜底的竹园，都是我家的。

　　"宁愿食无肉，不可居无竹。无肉令人瘦，无竹令人俗。"早在近千年前，北宋诗人苏东坡，就对肉和竹作了精辟的论述；在我们的生活中，可以不吃肉，但必须要有竹子相伴，可见竹子有着特殊的意义，在我们的江南水乡，更是不可或缺之物。

说起竹子，油然想起"竹林七贤"。"竹林七贤"指的是三国魏正始年间（240—249），嵇康、阮籍、山涛、向秀、刘伶、王戎及阮咸七人。据考证先有"七贤"而后有"竹林"，由于当时的血腥统治，作家不能直抒胸臆，所以不得不采用比兴、象征、神话等手法，隐晦曲折地表达自己的思想感情，他们是魏晋风骨的代表人物，一直深受人们敬重。因此才有"竹林七贤"，而不是"树林七贤"，抑或"石林七贤"。

我们江南水乡，河道纵横交错，早在7000年前，便有了马家浜农耕文化，自然文化底蕴深厚，人杰地灵，漕运亨通，这为水乡的兴旺发达奠定了基础。

这就如雨后春笋，一旦破土而出，就积极向上，义无反顾敢为人先，茁壮成长开枝散叶，但绝无二心。竹子在地下盘根错节，牢牢扎根于大地，抱团发展，集天地之灵气，采日月之精华；在地上却都是虚心向上，刚正不阿，有着宁死不屈的坚强韧性。

漫步在乡间，道路曲径通幽，绿树成荫，青草茵茵，小河蜿蜒，清澈的河水潺潺，小桥流水，鸡犬相闻，农舍附近整洁干净。特别是在房前屋后，河边沟旁，散落着一片片青翠的竹林，迎风摇曳，婀娜多姿，仿佛在向人们挥手致意，热情地欢迎远方来客。

竹子，被苏东坡推崇，为"竹林七贤"冠名，不仅仅是竹子有着正直的寓意和优良的品行，更是乡村农户的必需品，竹子浑身是宝，无论是食用，还是使用，农户一年四季都需要竹子，也是生活的必备品。

春暖花开时，春笋便破土而出，竹园里到处冒出竹笋，先是一个尖角，随后便跳出地面，层层叠叠，颇为壮观。春笋是人间美味，无论是蒸、炒、煮都改变不了那份鲜美，就是晒成笋干，四季皆可食用，味道依然如故。竹笋渐渐长大，开枝散叶后，那些大的笋壳就可以裹粽子，香味独特。秋天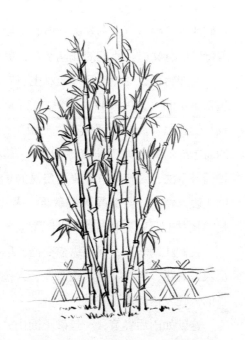时，可以到竹园里去挖鞭笋，寻找地面开裂的地方，那条缝由大变小，从中间挖下去，必然有支鞭笋，这种鞭笋比春笋味道还要鲜嫩。

竹子曾经是农户们各种各样农具的手柄，无论是锄头，还是铁锹等，农具上都需要一根手柄，才能使用，竹子做柄，既轻巧又牢固，又可以随用随取。竹子取上面有枝叉部分，3 米左右，将枝杈留下 10 厘米，两根竹子固定在间隔 3 米左右，再取一根竹竿，搁在这两根竹子的叉口，便是农村里的晾衣架了，家家户户都有。竹子还能削成竹篾，制作成竹篮、竹筐等日用品，既方便又耐用，甚至可以制作一些工艺品；大的竹子可以用作船上的竹篙，是船上的必备品，最小的竹子可以当篱笆，将菜地围起来，防止鸡鸭侵犯。最细的竹枝，农户们编扎成扫帚，打扫场地和道路非常实用，竹子的作用还有很多，简直是无所不在。

正是由于竹子在乡村广泛使用，有着不可替代的作用，所以农户们，各家各户基本上都有竹园，甚至都很茂盛。有的农户到了冬天，会将田里的泥土挑到竹园里，还有的农户将河里的淤泥，挑入竹园里，既当肥料，又给竹子培土。年后春天，长出来的竹笋，既粗又壮，不仅是种美食，还可以派很多用处，农户们都很珍惜这竹园。

竹园，不仅仅是竹子的家园，也是我们孩子的乐园。每年夏天，我们都喜欢往竹园里走，特别是午后，搬一条长板凳子，在竹园里找到一处阴凉的地方，在凳子上睡午觉，是非常惬意的。如果在竹园里，找一块宽阔些的地方，用扫帚打扫掉上面的枯枝烂叶，铺上草席，在上面乘风凉，或者睡觉，那是无比舒坦。

休息是一种快乐，玩耍更是一种快乐。夏天的竹园，微风轻拂，竹叶婆娑，小伙伴们便在竹林里，比赛爬竹子，看谁爬得高，既要选择一根粗壮的竹子，还要有攀爬能力。

爬竹子有两种形式。一种是凭自身能力攀登，双手握住竹子，双脚绞住竹子，当双手用力向上拉时，双脚放松，身体就上去了，双手停止时，双脚夹紧竹子，防止身体滑下来。另一种是借助绳子，用稻草搓一根绳子，根据自己脚的大小结一个绳箍，套在二脚板上，然后双手握着竹子，双脚借助绳箍扣住竹子，做引体向上爬上去，这样脚板不会擦痛。无论哪种形式，比赛最终是看谁爬得高为胜。

爬到竹子高处，感觉非常爽。透过竹叶，远眺乡村田野，感觉一览众山小，犹如平步青云，向下俯瞰，有种高高在上，飘飘然也。甚至还可以像猴子那样，从这根竹子上，换到旁边另一根竹子上，在竹园里自由移动。

竹子茂盛的地方，还有鸟窝，春天时能够掏到鸟蛋。初夏时，就有小鸟，有时能够捉住小鸟，那些刚刚能飞，却又飞不远的小鸟，用一条细线系住小鸟一只脚上，随后牵着线，让小鸟飞翔。

有时候，我们用稻草绳，系在竹子上，在竹林里织成一张网，距离地面一人高低，将一些竹子编织在里面。然后人就可以爬到上面，睡在用稻草绳结成的网里面，就像现在的吊床一样，晃荡起来，也很舒服。

竹园里虽然乐趣很多，但也有危险。如果爬在竹子上面，到处游移，必须要注意有种也喜欢在竹园里生活的蛇，蛇身颜色是绿色的，和竹叶颜色很接近，这种蛇叫"竹叶青"，是种毒蛇，万一不小心被咬上一口，必须要送医院。否则，有生命危险。

初夏还可以用新竹子做工具，用来捉鱼。所谓的新竹子，就是那些春笋，开始时健康成长，长了几米后，由于头上被虫子伤害了，或者是被人为破坏，反正就是不能开枝散叶，上面逐渐枯死，下面的竹竿还是碧绿，由于没有枝叶，下面的竹竿也会慢慢枯死，我们称为"窝竹头"。

我们挑选比较大的"窝竹头"，用刀剖开，将里面的结打通。在排水沟靠近河面处，选择一处筑坝，然后在临近河边挖个潭。把准备好的"窝竹头"的竹竿，一头连通坝上，另一头在河边的潭上。这样排水沟里的水，通过竹竿流入潭里，因为有落差，就会发出声响，吸引河里的鱼，跃进潭里，那么就可以捉住鱼。

用"窝竹头"是废物利用，如果用好的竹子，要被大人训斥，认为是糟蹋了竹子。这些废弃的竹子，可以用小刀轻松切割，制作成小的水桶，小的玩具，上面可以刻字。有的时候我们在竹子上，也会刻字，写下小伙伴的名字。

春笋长大后，竹园里就留下很多大小不一的笋壳，还有竹子的枯叶，那些都是很好的燃料，我们收集起来，拿到厨房里，在灶头里烧饭，或者烧开水，燃烧得特别旺。

夏天天气炎热，我们在竹园里纳凉的时候，有时会采集些竹芯。竹芯又名竹卷心，竹针。是多年生植物竹子的嫩叶。其性凉，味甘、苦。归心经和肝经，具有清心除烦，解毒利尿的功效。对于小便赤短，热病烦渴，口舌生疮，泌尿感染等症有治疗的作用。另外，竹芯还有抗疲劳，提高身体免疫力，延缓衰老，抗氧化和预防心脑血管疾病的作用。另外，竹芯对大肠杆菌和痢疾杆菌等致病菌，有明显的消除作用。

竹芯采来后，清洗一下，然后放进碗里，放上半碗水。在做饭的时候，放在蒸架子上蒸煮，饭后就可以喝竹芯汤了。

乡下有种朴树，是荨麻目榆科朴属植物，落叶乔木，高达20米。树皮平滑，灰色。一年生枝被密毛。叶互生，革质，宽卵形至狭卵形，长3—10厘米，宽1.5—4厘米。花杂性（两性花和单性花同株），1—3朵生于当年枝的叶腋。核果单生或2个并生，近球形，熟时红褐色，果核有穴和突肋。花期4—5月，果期9—11月。

我们就用一节小竹子，长约10厘米，竹子的洞孔比朴树果子略小一点，然后采来朴树的果子，用一根小竹棒硬顶进去，顶到这节竹子一端。随后再硬顶进去一粒果子，因为两粒果子在这节竹子里是密封，当第二粒果子使劲顶入，两粒果子间就产生气体的压力，推进距离越短压力越大。当二粒果子间的压力达到一定大时，前端的果子就会被弹出去，速度越快果子飞射出去越远，犹如子弹一样，并且伴有清脆的声音"啪"。

如今，随着农业现代化的实现，现在的孩子们都几乎看不到了竹制品了，竹子得到了解放，使用得越来越少了，竹园也越来越少了。但我还是希望利用竹子削成竹篾，编织出更多的竹篮，让城乡居民都能用上竹篮，无论是去买菜，还是包装食物，既安全更加环保，才能真正推动限塑和禁塑，防治塑料的污染很有成效。

第四章　捕鱼乐趣

　　刚才我说起，我们小时候用"窝竹头"来捉鱼，这是一种方法，但是效率不是很高，捉鱼的方法非常多，甚至有的更为有效。

　　农户基本上每家都有一个河埠，大小不一，长短不同，可以说是千姿百态，形形色色。绝大多数是用石头铺设而成，从家门口，直接通到河水里，至少是在枯水期，也能取到水。因此，农户在铺设河埠时，都是选择在冬天枯水期，最为合适的时间。

　　每家的河埠，是个重要场所，直接关系到每家的吃喝拉撒的事情。取饮用水，淘米洗菜，洗衣服，清洗一切东西，更为重要的是用船装卸货物，必须要有个河埠才行。

　　人们在河埠上淘米和洗碗的时候，河里是最热闹的，那些小鱼蜂拥而至。淘米时，有不少细小的米粒飘出去，那些淘米水也有营养成分，特别是在洗碗时，不仅有饭粒，还有菜籽油的成分，这是小鱼们的美食，它们趋之若鹜。有些胆大的小鱼，甚至冲到手边，触手可及。

　　有一种小鱼，俗称"餐条鱼"。餐条鱼，体长，扁薄，背鳍具有光滑的硬刺。行动迅速，常成群游于浅水区上层。杂食，主食无脊椎动物。

　　餐条鱼喜欢成群结队，大小不一。大的有 20 厘米长，小的几厘米。餐条鱼习惯听到河埠边水面声响，就会本能地云集而来，纷纷前来觅食，争先恐后。

　　钓餐条鱼，便是我们时常乐意做的事情。取一枚大头钉，在凳子上，或者石头上，弯成一只钩子形状。如果没有大头钉，就用缝纫针也可以，更加牢固，但在弯钩子形状时，需要用火在缝纫针中间烧烫了，才能弯成钩子，否则会弯断。做好了钩子，就用尼龙线，或者比较牢固的纤维线也可以，先穿进缝纫针，再取鸭子或者鹅翅膀上比较粗的羽毛杆子，去掉羽毛，杆子剪成每段 2 厘米左右作为浮子，三四个，或者五六个都可以。利用缝纫针将线穿进做好的浮子里，然后将线的一头牢牢系住钩子，另一头系在一根小竹竿上，这样就做好了钓鱼工具。

　　钓餐条鱼的饵料很简单，饭粒就可以，如果用苍蝇更好，餐条鱼更加喜欢。乡村里苍蝇很多，特别是夏天，室内到处乱飞，用拍苍蝇的拍子，就很容易拍到，或者用粘蝇纸也很方便。牛身上也很多，不仅有苍蝇，还有牛虻，牛虻是一种昆虫（类似蜜蜂），体积比蜜蜂要大，比蝉小一些，靠吸血为生，叮咬人和牲畜，特别喜欢叮咬牛，将牛皮叮出血。

　　这种牛虻很凶残，叮在牛身上，不会轻易松口，不吸饱牛血，决不罢手。有时天气热，中午时，牛往往被放到河里，牛的绳子系在岸上的木桩上，让牛在河水里凉爽些。此时，还有一些牛虻叮在牛身上，就是牛身体一下浸入水里，牛虻还不松口。这时候，如果河水里恰好有群餐条鱼，那就可以大饱口福，大的餐条鱼，可以一口将牛虻吞下，营养更加丰富，餐条鱼群纷纷争抢，既热闹，又有趣。

准备好了钓餐条鱼的饵料后，还要准备一只脸盆，或者水桶，是为存放餐条鱼。我便拿着钓竿和鱼饵，提着水桶，来到河埠头，坐在河埠的石头上，一只脚伸进河水里，不停地晃动，搞出一些声响，不久便吸引来一群餐条鱼。然后将饵料装上钩子，甩入河水里，餐条鱼比较凶猛，争先恐后，前来抢食。只要看到浮子突然下沉几个，就必须立即提竿，十之八九钓到了餐条鱼，周而复始，没多久，就能钓到几十条，放入带水的水桶里，还是活蹦乱跳。

餐条鱼，不仅个子小，一般都在 10 厘米左右，大的也有 20 厘米左右，而且还多鱼刺，吃起来比较麻烦，但有一种烹饪方法最好，那就是油爆。将餐条鱼刮去鳞片，去除内脏，还有那些鱼鳃，洗干净后，放在竹篮子里晾晒一下，去掉些水分，然后在食用油里爆一下，外焦里嫩，骨头都酥脆了，就可以直接吃。也可以放些酱油，再煮一下，咸淡合适，味道鲜美，不愧是一道农家的佳肴。

钓餐条鱼只要小竹竿，如果要钓其他鱼，就必须要用长竹竿，鱼线也要长很多。

有一次，我在我家的浜底，用蚯蚓当饵料，在那里垂钓，突然看到浮子下沉，我立即提竿，感觉好沉，估计是条大鱼，随即使劲拎了上来，发现居然是一条河鳗，真是喜出望外。这种鳗鱼是稀罕物，不仅很难捕获，而且营养价值特别高，后来清蒸，刚好一盆，味道特别鲜美。

钓鱼，我并不擅长。如果真的钓到大鱼，千万不能硬拎上来，必须要溜鱼，鱼竿弓起来，慢慢地溜鱼，直到大鱼没有了力气，再用网兜捞起来。如果硬拎起来，就有可能鱼线断了，甚至鱼竿也有可能断掉，大鱼就会逃跑。

还有是用鱼叉来捉鱼。鱼叉有两种，一种是扁形的鱼叉，一般五根铁刺并排着，中间的一根稍微长一点，前面还有一个倒钩。另一种就是圆形的鱼叉，中间也有一根比较长些的铁刺，上面也有倒钩，这种倒钩是叉到鱼后，起到防止鱼逃跑的作用。

用鱼叉捉鱼，是有季节性的，一般春季最佳，到了春天，大多数鱼类便进入繁衍季节。最多的是鲫鱼，其次是鲤鱼，这些鱼喜欢在水面，特别是在水草旁边，你追我赶，雌鱼排卵子，雄鱼排精子，它们是体外受精的。因此，动静比较大，也许是有一种快感，而且时间比较长，这里"哗啦啦"，那里"哗啦啦"，很容易发现，用鱼叉捉鱼，成功率比较高。

夏季可以用鱼叉捉黑鱼，黑鱼区别于其他鱼类的地方，主要就是很有爱心，精心呵护下一代，每次有小黑鱼数十尾，甚至上百尾。其他鱼类只是将体内的卵子和精子排出，既不管受精卵有多少，也不管受精卵是否健康成长，好像是任务观点，排完了卵子和精子的鱼，就独自快乐去了，该干啥就去干啥。

但黑鱼就不同，也许是它本性就凶猛，时常会吃其他的小鱼，所以就特别关心自己下一代的安全，生怕自己的孩子也被其他鱼吃掉。因此，黑鱼在产卵后，就尽心尽力地看护小黑鱼，防止小黑鱼受到伤害，始终围绕着小黑鱼群。那些小黑鱼也很守规矩，不会轻易脱离队伍，独自去活动，像小蝌蚪一般成群结队，直到能够独立生活，才彻底独自分散，各自为政。

在这个黑压压的小黑鱼团队旁边，时常能看到大黑鱼，偶尔浮到水面，警惕地观察四周，这时便是用鱼叉捉鱼的最好良机。往往发现黑鱼刚刚浮起来，早已准备好的鱼叉，就像离弦的箭，飞速射出，就能手到擒来。

当然，捉黑鱼除了用鱼叉外，还有一种办法，就是钓黑鱼。平时黑鱼是难见踪影，但有了小黑鱼群后，黑鱼时刻警惕地守护在旁边，就有了目标。钓黑鱼要用活的诱饵，泥鳅和小青蛙都可以，而且钓饵要在小黑鱼群附近不停地拉动，仿佛是泥鳅或者青蛙在活动。一旦黑鱼发现了诱饵，就会毫不犹豫地抢食，露出它凶猛的本性，反而误了自家性命。

春季是鱼类的繁衍季节，用鱼叉来捉鱼，感觉有点血腥，场面有些残酷，如果用网袋来捉鱼，对鱼类没有一点伤害，就显得比较文明了。

网袋一般都是尼龙线编织，网眼比较大，一般的小鱼都可以穿越，抓大放小，保护鱼类平稳生长，比较人性化。网袋都是安放在水草下面，河道里有不少放养的水草，用作猪或者羊的饲料，也叫"羊头草"，然后有绳子固定在水草上，或者竹竿上，等待雌雄鱼儿排卵子和精子时，在水草旁边追逐，一不小心就钻入网袋里了，进了网袋就很难再逃脱。

有的利用网袋抓"霉头鱼"，主要是针对鲤鱼。每当抓到了一条雌的鲤鱼，肚子很大，里面有很多鱼子，就用细尼龙绳，系牢鲤鱼背鳍上最粗那根硬棘。鲤鱼背鳍基部较长，背鳍和臀鳍均有一根粗壮带锯齿的硬棘，因为有锯齿，系牢后就不能逃跑了。

随后将这条雌鲤鱼放入河里，旁边安放一只网袋，雌鲤鱼要排卵，就会吸引来雄鲤鱼排精子，折腾来折腾去，雄鲤鱼大概率就会钻进网袋里。抓住了一条雄鲤鱼后，可以继续让雌鲤鱼作诱饵，还能招引其他的雄鲤鱼，所以将雄鲤鱼称为"霉头鱼"，确实也够倒霉的，名副其实的"触霉头"，但也是为了繁衍后代，义不容辞。

说到鲤鱼，让我想起，曾经我用罾捉到一条大鲤鱼。罾，就是一种用木棍或竹竿做支架的方形渔网，用四根竹子，一端固定在渔网一角，另一端对角的两根竹子捆住，再将四根竹子一起捆住，中间还有一根比较粗壮的竹子，作为支杆，然后用一条结实的长绳子，作为牵引渔网。

我家的北边，有一条很长又很大的排水沟渠，沟渠北边就是我们生产队的畜牧场，饲养了多头母猪，还有数十头肉猪。养猪场西边，有一个牛棚，饲养着两头牛。

有一次，我在畜牧场东边的河道里用罾扳鱼。那里时常是牛洗澡的地方，夏天中午和傍晚，牛干活回来，基本上都放在河里，河边上堆些青草，既让牛吃饱，也要让牛休息好，便于更好的干活。

此时，牛没有在河里，河道里比较安静。我将罾轻轻地放入河里，过一会儿拉起来看看，没有鱼，就又轻轻地将罾放下。用罾扳鱼也需要耐心，不能急躁，只有不停地将罾拉起来，又放下去，再拉起来，又放下去，农村有句俗语："十网九网空，一网轰隆冬。"

不知不觉中，我又拉起了罾，渔网刚刚起水一半，突然有股力量往下沉，我心中窃喜，肯定有鱼了。就赶紧拉绳子，不一会儿，渔网全部起水，一条大鲤鱼浮出水面，自然它还不甘心，拼命地挣扎，在渔网里窜来窜去，始终逃不出网中央。应验了"十网九网空，一网轰隆冬"，自然一网就够了。

可以用罾捉鱼，还可以用夹网来捉鱼。夹网是由两根长竹竿，系上一张长方形的渔网，渔网上方有一排小浮子，为了使渔网上方浮在水面，下方有一排小的铅块，便于渔网的下方尽快沉入河底。这夹网捉鱼，还要有点小技巧，两手握住竹竿，胳膊还要夹住竹竿，才能用力，一只手拉着渔网的上方，双手往外扬起，将渔网的下方甩入河里，稍稍等会儿，估计渔网下方沉入河底时，两手将竹竿由外及内收缩，使得渔网成半包围状态，当二根竹竿合到一起时，两手用劲将竹竿在河里拍打几下，将鱼赶进网里，随后迅速提起来。

夹网捉的鱼，多数是鲫鱼，还有餐条鱼等，一般性大鱼是不容易捉到，毕竟就在岸边上，大鱼很少会到河边游荡。夹网起水时，有没有鱼是很明显的，如果有鱼，刚起水就能感觉到鱼的撞击力，有时一网能逮到几条鲫鱼，也非常有趣。

捉鱼，除了利用工具来捉，更加有趣，更加刺激的是徒手捉鱼，什么工具也不用，直接就用手来捉鱼。

江南水乡，每年都有个特殊的季节，那就是黄梅天。黄梅天是指初夏长江中下游流域经常出现一段持续较长的阴沉多雨天气。此时，器物易霉，故称"霉雨"，简称"霉"；又值江南梅子黄熟，亦称"梅雨"或"黄梅雨"。常出现于中国长江中下游地区，通常每年六月中旬到七月上旬前后，是梅雨季节。

在梅雨季节，天气持续阴雨绵绵，雨量时而大时而小，好像苍穹漏了，不分昼夜，雨是淅淅沥沥下个不停。无论大河还是小河，河水暴涨，奶黄色的浑浊不堪，就连农田里的水，也都满溢出来，通过排水沟渠，直接排入河里。

因此，每到梅雨季节，农田里的排水沟渠，时常是川流不息，源源不断地将水排入河道，吸引了很多的鱼溯流而上，主要是鲫鱼，我们俗称"上缺鱼"，或者是"上缺鲫鱼"。

吸引那么多鱼逆流而上，一方面是河道里的水，比沟渠里的水浑浊，沟渠里的水，是经过农田沉淀后，才排入沟渠，比较清澈了，鱼儿自然需要一个清洁干净的水源；另一方面沟渠里的水，是通过农田里排出，里面存在不少微生物，各种小昆虫之类，是鱼儿喜欢的美食，因此就趋之若鹜。再则，随着"哗哗"的流水声，鱼儿都喜欢逆流而上，不喜欢顺波逐流，也是一种天性。

农村河道边的排水沟渠很多，我家前面竹园处有一条沟渠，后面也有一条沟渠；我家河埠对面，也有排水沟渠，为了便于农田排水，沟渠随处都有。

在梅雨季节，便是捉"上缺鱼"的最佳时期。有一次，我在我家河埠对面的沟渠里，那条沟渠并不长，全长不到十米，我悄悄地走近沟渠，临近河边的地方，探头朝沟渠里仔细打量，发现有几条鲫鱼在沟渠里逆流而上，不时发出声响。我赶紧跳入靠近河边的沟渠里，双手张开，看到一条墨黑脊背的鲫鱼，一把摁下去，逮了个正着，马上将鲫鱼扔到沟渠旁边的地上，随后继续向上摸去。不一会儿，又有一条鲫鱼被我捉到，又扔到地上，那些扔到地上的鲫鱼，不停地跳跃，但离开了水，再如何蹦蹦跳跳也无济于事。

我在捉鱼时，动静也不小，自然惊动了上面的鱼，这些鱼警惕性也很高，感觉不对劲，就马上顺流而下。此时必须要眼明手快，因为鱼下来时速度很快，稍不留神鱼就冲进河里了，况且鱼本来就滑溜，在水里不容易抓住。

这次，我在这条沟渠里，徒手抓到了七条"老板鲫鱼"，每条鲫鱼都有半斤左右，逃跑了二条鲫鱼，已经相当不错了。我在河边折了一根柳枝，将七条鲫鱼串起来，感觉沉甸甸的，兴高采烈地回家了。

对于比较长的排水沟渠，最好的办法就是在上面，用闸门一下子拦截水流。然后飞奔到沟渠入河处，沿着沟渠往上摸，越往上水流就越小，渐渐地干涸了，那些鱼儿根本不清楚这突然的变故，都来不及撤退，在浅水里挣扎，就可以随心所欲地捉鱼，有鲫鱼，还有餐条鱼，甚至还有汪刺鱼和鲶鱼等，但多数是鲫鱼。

捉"上缺鱼"还有一种更加方便的办法，就是在靠近河边的沟渠里，安放上一只"退笼"。"退笼"是用竹子削篾做成的，长圆形，一头大，一头小，大头处编织成一个倒喇叭形，口子留在中心，鱼一旦进入"退笼"，就很难再退出来，所以称为"退笼"。"退笼"的小头处有个帽子堵住，抓住的鱼，就从小头处取出。"退笼"的安放是将大头朝河里，在大头的两边，用泥巴封堵，鱼儿逆流而上时，正好钻进去。再用一根竹竿，穿过"退笼"的缝隙插入泥里，用于固定住"退笼"，防止被沟渠里的水冲入河里。

后来，还出现了一种捉鱼方法，就是电触鱼，用电来捕捉，直到现在还有人在使用，虽然政府明令禁止，可还是禁而不止。电触鱼，鱼苗被触电后，就会死亡，那是让鱼断子绝孙的，还会伤害其他生物，严重破坏了生态平衡，更是破坏了生物多样性，必须严厉惩处。

第五章　泥鳅黄鳝

　　我家属于江南水乡，河道纵横交错，田野肥沃，桑地众多，是名副其实的"丝绸之府，鱼米之乡"。在我的家乡，不仅有各种淡水鱼类，还有泥鳅和黄鳝，在农村里是司空见惯。泥鳅和黄鳝，都是高蛋白高营养的食物，也是我们农家的时令佳肴。

　　泥鳅和黄鳝，适应红烧，红烧泥鳅，营养丰富，泥鳅俗称"活人参"，可见名不虚传。黄鳝除了红烧外，还可以做鳝筒汤，味道鲜美无比，新鲜的黄鳝，加上大蒜头，再加些咸笋干，也是一种咸笃鲜，色香味俱全。

　　尽管这些菜非常好吃，但要做起来并不容易，因为泥鳅黄鳝，浑身都是黏液，滑不溜秋，一般人很难抓住，宰杀起来很麻烦。在我们乡下，却有多种方式，就地取材，宰杀泥鳅黄鳝非常容易。

　　一种方式是用我们灶里的稻草灰，拿一只畚箕，从自己家的灶头里，用灰耙取出来一些稻草灰，将泥鳅或者黄鳝倒入鳝箩里，一般的鳝箩都是竹子削篾编织而成，让水流掉，随后倒入装有稻草灰的畚箕里。此时的泥鳅黄鳝，在稻草灰里挣扎，越是挣扎得厉害，身上就会粘上更多的稻草灰，身体上的黏液被稻草灰充分吸收，直到动弹不得，就任你宰割。

这样宰杀起来非常容易，清洗起来也方便，只是看起来很难看，在稻草灰里一条条乌漆墨黑。

另一种方式，是将泥鳅黄鳝倒在泥地上，反正乡下的场地很大，任凭蹦蹦跳跳，也不怕它跑掉。过一阵子，蹦跳得差不多了，就用剪刀将泥鳅黄鳝的头颈剪断，顿时就一动不动，然后准备好一些谷树叶，采那些谷树叶，是因为谷树叶两面都很毛糙，可以将泥鳅黄鳝身上的黏液直接擦掉，清洗起来也非常方便。

褚树，也称苟树，别名：谷树，我们都称为"谷树"，兼有灌木和乔木的属性。它生于大地上，可长成七八米乃至十几米高而与乔木比肩齐生，它也可生于墙缝甚至瓦屋房顶之上，而成为矮小的灌木，甚近与杂草为伍。它是生命力极强的植物，无论沃土或是贫瘠石骨地，均能生根发芽，乃至开花结果。是一种能起到绿化美化自然的树木。它的树叶作清洁器物表面污垢用，自然对于滑溜的泥鳅黄鳝，清理起来也非常管用。

当然，还有一种方法，可以用盐来去除泥鳅黄鳝身上的黏液，这种方法不仅麻烦，而且要花钱，虽然盐比较便宜，但也要花钱去买。因此，我们习惯用稻草灰，或者谷树叶子，既经济，又实惠，就地取材，随用随取很方便。

泥鳅黄鳝吃起来津津有味，抓起来也很有趣，这如同鱼儿一样，吃鱼不如抓鱼更加有乐趣。吃鱼时，有的人性急，一不小心，就会被鱼刺卡在喉咙里，搞起来比较麻烦，严重的只有送到医院里去，才能将鱼刺夹出来。因此，有些人就往往不要吃鱼，因噎废食，失去了吃鱼的美味，宁愿吃肉，可以大快朵颐，没有任何顾虑。

抓泥鳅，在乡下一年四季都能够抓到，只是多少而已。早春季节，对于那些面积小，又不规范的耕田，大人们就去"翻白田"，就是用铁锄去翻地，人工翻好地，再用牛来犁地，将泥块分散，然后用铁钞和木钞将耕田整平，才能插秧种田。

在"翻白田"时，耕田已经很滋润，水灵灵的，天气逐渐暖和起来，泥鳅躲在泥土里面，经过了一个冬天的冬眠，都在渐渐地苏醒。翻地时，锄头一下子砸下去，翻起一大块泥土，有时就能看见一个小洞，再挖下去，便是一条泥鳅了；有时锄头不慎翻起泥土，居然将一条泥鳅拦腰斩断了。

在花草田里，所谓的"花草"，就是紫云英，我们都称为"花草"。紫云英既是一种青饲料，可以喂养家畜，人也可以吃，清炒一下也比较香甜，曾经闹饥荒时，人们将紫云英当饭吃，但吃多了，会胀气，对身体有不好的影响。紫云英也是一种绿肥，翻耕在田里，是很好的有机肥，还能改良土壤。紫云英的花朵非常漂亮，红的、紫的、白色的都有，盛开时犹如一片片花海，艳丽多彩，所以我们都叫"花草"。

花草田是最早耕种的，在牛来犁田前，先将花草田里灌溉好水，让泥土吸满水，犁田就会轻松多了。一旦花草田里灌溉满了水，田间的泥鳅都会钻出来，要开始觅食了，也是泥鳅繁衍的时候。泥鳅产卵喜在雨后晴天的早晨，产卵前，雌鳅在前面游动，数尾雄鳅在其后紧追不舍，发情时，雌雄鳅多活动在水表面，当发情达到高潮时，雌雄鳅的头部和躯体互相摩擦并相继游出水面。雄鳅追逐纠缠雌鳅，并卷曲于雌鳅腹部，以刺激雌鳅产卵，同时雄鳅也排出精子，进行体外受精，这种动作因个体大小不同而次数也不相等，个体大的可在 10 次以上，受精卵先黏附在水草或其他附着物上，随着水的波动，极易从附着物上脱落沉到水底。

从这时候开始，我们这些农村的小伙伴，就进入了抓泥鳅的旺季。抓泥鳅的工具是"泥鳅笼"和"麦榔头"，"泥鳅笼"是用竹子削篾做成的，形状就像喇叭，长约1米，上面敞开的，喇叭口比较大，口子上有一根竹条编织在里面，引伸到上面80厘米处交叉，与一根横着的竹竿捆绑在一起，竹竿另一头固定在喇叭形的尾部。"麦榔头"就是冬天在麦田里敲打泥土的榔头，榔头是木头做成的圆柱体，中间钻一个圆洞，插入一根约两米的竹竿固定住。本来的作用是冬天在麦田里，敲打麦田的泥土，一方面是敲碎泥土，给麦苗起到保暖作用；另一方面，是敲打刚出苗的麦子，便于麦子分蘖，能够提高产量。因此，农村到了冬天农闲时，基本都去敲打麦田，这种活我们孩子也能干。

我的"泥鳅笼"是请我们队里的俞明甫编织的，我从自己竹园里砍了两根竹子，拿到他家里，他在工作之余，削篾编织，也要几天时间。因为除了"泥鳅笼"，还要用竹篾编织一只"泥鳅箩"，圆柱形底大口小，抓到的泥鳅就倒进这只"泥鳅箩"里，一般可以装十几斤泥鳅。

　　有了捉泥鳅的工具，就可以放开手脚，大干一场。"花草田"里有小沟，排水需要，纵横交错。我们先将"泥鳅笼"安放在沟里，然后距离三至四米的地方，用"麦榔头"捶到沟底，驱赶沟里的泥鳅游进"泥鳅笼"里。当捶到"泥鳅笼"旁边时，一手捏住"泥鳅笼"上面的竹竿，一下子拎起来，水从"泥鳅笼"里漏掉，剩下的泥鳅便在里面蹦蹦跳跳，等泥鳅安静了，再倒入"泥鳅箩"里，一次可能捉到数条泥鳅，甚至十几条泥鳅。随后再将"泥鳅笼"安放到刚才的起点，循序渐进。

　　花草田犁田好了，那么就在田埂上，在田埂的旁边就会留下一条沟，那里也同样可以赶泥鳅。就是在耕田抄平整后，田埂边上也可以赶泥鳅，但被大人看到会骂的，因为这样会影响到插秧。

　　花草田插秧后，大麦就收割了，大麦收起后，就要灌溉准备犁田了，那么大麦田里的沟更多，比花草田里的沟多了不少。大麦田抓泥鳅结束时，油菜田和小麦田就可以开始了，油菜田里的沟更加多，小伙伴们可以热火朝天地抓泥鳅，甚至起早贪黑地抓泥鳅。

　　就是耕田里都插上了秧苗，耕田旁边还有排水沟渠，也同样可以用"泥鳅笼"抓泥鳅。当然，在抓泥鳅的时候，有时黄鳝也能抓到，黄鳝和泥鳅习性相似，在田野里普遍存在，就像邻居一样，也都喜欢吃蚯蚓。

　　当耕田里插上秧后，就可以在田埂边装"弯笼"。弯笼是用竹子削篾制作成的，总共有两节，圆柱形，一节是两端口子都有倒喇叭形，泥鳅黄鳝钻进去，就出不来了，只进不出，因为泥鳅黄鳝都喜欢沿边行走，不可能腾空从中间的倒喇叭口子出去；另一节是一端也是有倒喇叭形的口子，另一端是一只盖子，可以打开倒出里面的泥鳅黄鳝。每节的长短约 50 厘米，两端都有倒喇叭形口子的那节，其中一端向外开了一个口子，这个口子对准另一节有倒喇叭形的那端，固定住，成直角形，所以叫"弯笼"。

弯笼一般贴着田埂，两端口子旁边清理一下，上面压些泥巴，方便泥鳅黄鳝游进来，有盖子的那端稍微向上翘起来些，露出水面。泥鳅黄鳝沿着田埂旁边，游进弯笼里，就会从向外开口子的地方，游进带盖子那节里，因为空间比较小，需要露出水面呼吸空气，否则时间长了，会闷死的。

装弯笼，一般是傍晚去安放，次日早晨去收弯笼。泥鳅黄鳝都喜欢昼伏夜出，晚上出洞觅食。收弯笼时，要带一只泥鳅篓，拎起弯笼，就知道有没有收获，一是从重量上判断，是否沉甸甸，二是听动静，起水时候有没有跳动。

抓到泥鳅黄鳝后，就打开弯笼的盖子，将泥鳅黄鳝倒进篓子里，然后将盖子重新盖上，用竹篾固定住。当发现弯笼特别沉重时，那就要小心了，千万不要打开盖子直接倒泥鳅篓里，因为很有可能里面是条蛇，有水赤练蛇，也有火赤练蛇，都有可能，毕竟蛇也喜欢晚上出洞。

水赤练蛇浑身灰色斑点，比水蛇要大，是无毒蛇。火赤练蛇浑身是橙色和黑色分色，颜色鲜艳，有点毒性，但比蝮蛇的毒性小多了，但被咬一口也会肿起来。

因此，弯笼里重量特别重时，往往就是钻进去一条蛇了，必须小心地打开盖子，仔细观察一下，是蛇就倒进田里。我虽然对蛇不是特别害怕，如果抓到了一条蛇，还是有点紧张。

在水稻田里，除了装弯笼外，晚上还可以去照泥鳅黄鳝。照泥鳅黄鳝需要一些工具，首先要制作一盏油灯，用一只铁皮罐子，用两根铁丝穿过罐子口边扎牢，长短约一米，铁丝另一端，固定在一根竹竿上，再用一段粗点的纱线，一头放在罐子底上，另一头露在罐子口的外面，罐子里加入煤油，点燃露在罐子口外的纱线头，就是一盏油灯了。

做好了油灯，还要准备一把夹子，或者一只小网。夹子一般用毛竹片子，底端中间用铁钉固定，下面的竹片上刻有锯齿形，方便夹住黄鳝。另外就是要带着泥鳅篓，也称"鳝篓"，就是放泥鳅黄鳝的篓子，万事俱备，只欠东风。

当然，如果用手电筒那是最好了，但很费电，需要花钱。晚上水稻田里，泥鳅黄鳝就出来觅食，灯光照着时，它们一动也不动。因此，有的人干脆直接用手去抓黄鳝，伸出右手，握成拳头形状，但中指展开，用中指使劲扣住黄鳝，迅速放进鳝篓里，这个动作需要眼明手快，否则很容易脱手。

小心！刚才已经警告过了，晚上也是蛇喜欢活动的时候。水蛇，那是随处可见，田野里随时能够看到，体型比较轻巧苗条，背部深灰色的线条清晰流畅。还有就是水赤练蛇，体型相对大些，恰与水蛇习性相同，既喜欢水，又没有毒性，被咬一口，也只是感觉皮肤上被拉了一下。刚才也说了，还有火赤练蛇，体型比较大，与水赤练蛇相仿，但颜值很高，非常漂亮，却有点毒性。

最要命的是蝮蛇，中国境内所指的蝮蛇多为短尾蝮（一种常见的蝮蛇）。蝮蛇的学名 *Agkistrodon* 源自希腊语，当中 *Ancistro* 意思是"钩"，而 *odon* 则代表"牙"，两者合指蝮蛇最为人所知的钩形毒牙。头略呈三角形，体粗短，尾短，全背呈暗褐色，体侧各有深褐色圆形斑纹一行。有较强耐寒性。多栖息于平原、丘陵、树丛、田边和路旁等接近水源的地方。

蛇在游时，是不会咬人的，只有在盘着时，我们称为"绷弓"，走到它旁边，蛇就有可能发起进攻。一旦被毒蛇咬了，必须马上去医院，看起来越漂亮的蛇，毒性就越强。

秋天，水稻田里已经不能装弯笼了，基本上没有水，有时只是放下"跑马水"，为了施农药，没几天就放掉了。此时，只能挖泥鳅了，就是在沟渠里还有些水，挑选一段沟渠，筑两个坝，然后在一个坝旁边，用脸盆来舀水，将两坝之间的沟渠里的水舀干，随后就沿着沟渠挖底下的淤泥，慢慢地翻这些淤泥，那些躲在淤泥里的泥鳅，就插翅难逃。

有的泥鳅翻出来时，好像还在睡觉，赶紧捧起来放进脸盆里，有的感觉到了危险，就到处乱钻，有时钻到脚边，马上抓起来。一段沟渠挖好了，就再拦一段沟渠，循环往复。

秋天挖泥鳅，傍晚有时会有"马疯子"来侵扰，那种小虫子，比蚊子还要小，却成群结队，满世界飞，被咬了一口，就异常痒。传说这种"马疯子"是奸臣秦桧，被挫骨扬灰后，就变成了"马疯子"，还要在人间作恶。

秋天的泥鳅特别肥，吃得肥肥的，就可以准备冬眠了。有的泥鳅是黄色的，蜡黄的颜色，有的泥鳅是灰背白肚，大部分泥鳅是暗黑色。

抓黄鳝一般是和抓泥鳅同时的，犹如乡下的一句俗语："抓鱼不着掰茭白"，意思就是说抓不到鱼，就在河边随手掰些茭白回去，总有点收获。无论是在装弯笼的时候，还是在照泥鳅的时候，很大概率能够同时抓到黄鳝。但也有专门抓黄鳝的方法，那就是钓黄鳝。

钓黄鳝工具比较简单，用一支钢丝一头弯成钩子，另一头弯一个圆圈，在地里挖些蚯蚓，带上一只鳝篓就可以了。先将一条蚯蚓穿在钩子这端，然后在田埂边，沟渠旁边，或者河边，寻找黄鳝洞，洞口比较光滑，就说明这里常有黄鳝进出，就将钩子慢慢地伸进去。

有一次，在我家对面的河边，我发现一个黄鳝洞，洞口比较大，我就将装了蚯蚓的黄鳝钩子，慢慢地伸进洞里。突然，感到钩子被咬住了，我赶紧往下捅了一下，立即拉起，目的是将钩子再深入些，怕黄鳝脱钩。

黄鳝是比较凶猛的，它进食时，是抢着吃，吃相更加凶，不是咬，而是一口吞下去。这条黄鳝被我钓住了，但它并不死心，还要拼命挣扎，在洞里不停地旋转，我的黄鳝钩子也跟着快速旋转，我绝不松手。折腾了一阵子，黄鳝消耗掉了大部分体力，便显得有气无力，我就拉了出来。

黄鳝一出洞口，我一只手握住钩子，另一只手一把捏住黄鳝，迅速放进鳝篓里。这条河黄鳝，背脊暗黑里带些黄色，肚子也是黄色的，足有半斤多。晚上，母亲将黄鳝清蒸一下，味道鲜美。据说有人钓到过一斤左右的黄鳝，但我钓到这条黄鳝是最大的了。

我捉到那么多的泥鳅黄鳝，自己吃的是很少一部分，毕竟杀泥鳅黄鳝比较麻烦，常吃就厌了，绝大多数是去卖掉的。

每天捉到的泥鳅黄鳝，就分别饲养在缸里，虽然说饲养，其实是不需要喂食的，只要过段时间换些水。泥鳅养在缸里，还是运动不停，上蹿下跳，将体内的垃圾吐出，水没有几天就混浊了，需要重新换些清水，过分脏了，泥鳅容易死亡。黄鳝相比泥鳅，就安静的多了，行动也缓慢，水也不容易脏。

当饲养着的泥鳅黄鳝数量多了，我就倒进鳝篓里。早晨一早，我便提着鳝篓，走到伍子塘桥旁边，那里有个轮船码头，乘坐轮船，直接到嘉善县轮船码头上岸。然后，就赶紧提着鳝篓，赶到人民桥上，那里都是卖泥鳅黄鳝的，不仅有本地的嘉善人，还有从上海过来的上海人。

有时刚刚从轮船上下来，就有人来看货，要买泥鳅黄鳝，但往往只是问下价格，一般都要到人民桥处，先领下市面，今天的泥鳅黄鳝在卖什么价格，然后再根据自己的泥鳅黄鳝质量，定下一个价格。随后就在路边待着，等待买主来讨价还价，这是要看心态。有时想赶紧脱手，会稍微便宜点，就卖掉了；有时不愿意便宜，反正时间还早，就咬住价格不松口，也许可能卖个好价钱。

在嘉善县人民桥上，或者到轮船码头买泥鳅黄鳝的人，除了一些买来自己吃的本地人，还有一批小贩。这些小贩，成群结队，一早赶到嘉善这个市场上，收购泥鳅黄鳝，然后贩卖到上海，一转手，利润比我们捉泥鳅黄鳝的好多了。因此说，养猪不如杀猪的，捉泥鳅黄鳝不如贩泥鳅黄鳝。

有一次，我一早就走到伍子塘桥的轮船码头，提了一鳝箩的泥鳅，也挺重的。泥鳅在鳝箩里，还不消停，也许不习惯这么多挤在一起，也感觉不舒服。

轮船迎着朝霞，从步云乡启航，沿着伍子塘一路向北，直到嘉善县城。轮船有时因为人多，还拖了一只拖船，行驶在伍子塘里，岸边浊浪滚滚，浪奔浪流，气势磅礴。

轮船靠上码头，工作人员上来，将缆绳系到一个桩柱上，人们争先恐后地上船，工作人员便一个劲地喊："小心，注意安全。"因为人们都想到轮船的舱里去占个座位。

我将鳝箩放在轮船的船头上，去卖泥鳅黄鳝的人，都放在那里，工作人员不允许我们带进船舱，形成了一种规矩。可能船头上卫生打扫起来方便，可以提些河水，直接冲干净，船舱里就麻烦，大家都理解。

我放好鳝篓，也赶紧去船舱找座位，从轮船的窗口就能看清楚，里面的座位早已坐满了，我就只有爬到船舱上面，是一层隔空层，四面通风。夏天坐在船舱上面比船舱里舒服，比较凉爽，空气也清新，冬天就不行了，太冷了。

到了嘉善县轮船码头，我就提前出去，站在轮船前面的边上，靠上码头，我赶紧提起我的鳝篓，像冲锋一样，跑去人民桥头。人民桥头有个农贸市场，都在路边，人们摩肩接踵，热闹非凡。卖泥鳅黄鳝的人，你追我赶，主要是想到那里抢一个满意的位置，想卖个好价钱。

那天，我的泥鳅经过几次讨价还价，最后以每斤二角五分卖掉了，恰好是十斤，卖得二元五角钱。我卖掉了泥鳅，便提着空鳝篓逛街，反正时间还早。一起去卖掉泥鳅的三观叔叔，他到茶馆店里喝茶了。

我来到一家百货商店闲逛，里面商品琳琅满目，其中有双凉鞋吸引了我的双眼，凉鞋前面有两根仿皮的带子交错，后面一根带子有搭扣，棕色的样子很漂亮，我是一见钟情，非常喜欢。我随手翻了下口袋，只有刚才卖掉泥鳅的二元五角钱，但那双凉鞋的价格是二元六角钱，这就有点为难了。

无奈之中，我来到人民桥堍旁边，看见一家修理皮鞋的店，店老板正在修理皮鞋，满脸疙瘩，样子有点恐怖，但那时我觉得还是有点可爱，便和颜悦色地上前说道："师傅，我刚才卖掉泥鳅，想买双凉鞋，还差二角五分钱，您能否可以借我一下，我下次来还您。"

这个老板看着我，双眼眨巴了一阵，居然一声不吭，我知道没戏了，瞬间感觉这个人太可怕了，就赶紧逃之夭夭。随后想到一起来的三观叔叔，他卖掉了泥鳅，说要去喝茶了，我便找到茶馆店，向他说起这件事情，三观叔叔爽快地说："拿一角钱去，等会我们一起走回家。"

我拿了三观叔叔的一角钱，立即去百货商店买了那双凉鞋。本来我想借二角五分钱，是还考虑到回去胥山窑厂的船票，中午轮船只到胥山窑厂码头，不到伍子塘桥码头，需要一角五分钱。既然不坐轮船，就又省下了一角五分钱。

随后我就和三观叔叔，兴高采烈地走回家，走回家需要一个多小时。看到手里拎着的新凉鞋，浑身是劲，幸福得简直想要哭的感觉，一路风光无限。

第六章　六畜兴旺

六畜即牛、马、羊、猪、鸡、狗。六畜兴旺。六畜兴旺是指各种牲畜、家禽繁衍兴旺。

我们嘉兴是江南水乡，到处有水，是以农耕为主，浙北粮仓，鱼米之乡。除了粮食，还有各种淡水鱼，泥鳅和黄鳝等，只是没有牧场，自然也没有马。

难得来个外地的马戏团，看到几匹马，那是异常兴奋，毕竟实在是难得看到真的马。一般都是在图书上看到，或者从大人的嘴里听到，眼见为实，自然有点喜出望外。

尽管我们看到马匹感到有趣，但我们并不喜欢马匹。因为我们不会骑马，那是要有点技术的活，别人一般也不会让我们去骑马，就是让我们去骑马，我们也没有这份胆子上去骑。另外马匹有种怪味，也许就叫马骚味，闻到很不舒服，可能是我们接触得少，不习惯这种味道。那些经常骑马的人，应该是对这种味道过敏了，或者是习以为常适应了。

虽然我们乡村里没有马，但水牛是都有的，而且还是农村的宝贝，种田就是要靠水牛，这是不知几代人流传下来的方式方法，不可或缺，也是我们中华民族的农耕文化。

　　我不敢骑马，但敢骑牛背。当然，骑牛背也是要有点技巧，否则这么个庞然大物，也不容易上去。牛站着比我们孩子的个子要高好多，牛的体重都是上千斤，况且牛也不乐意让你骑的。牛身上的味道，比马的味道好多了，也许牛时常要洗澡的缘故吧。

　　要想骑牛背，先要和牛亲近些，牛虽然比较温顺，但有的牛脾气也不小，所以不熟悉的牛，我也是不敢骑上去，经常放牛，比较熟悉了，那么牛对你也认识了。骑牛背必须要从牛头那里上去，后面是没有办法上去的。

　　我放牛时，一般都在牛的前头，控制牛不准吃庄稼和农作物。在沟渠边放牛，有时一不小心，牛头就伸进田里，舌头一卷，就是一大口庄稼进去了。如果在牛后面，就要离稍微远点，牛的尾巴经常在拍打身体，如果不注意，就有可能被牛尾巴打到脸上。牛还习惯边吃边拉屎，一拉屎便是一大坨，要有数十斤。

　　牛的脚只有两个大脚趾，但很大，上端还有一个小脚趾，相当于是点缀。牛在走路时，后脚印踏在前脚印上，基本上是重合的。因此，骑在牛背上，虽然牛背面积蛮大的，却不是四平八稳，而是有点颠，没有把握好节奏容易摔下去，也是有点危险，万一被牛踩一脚，会伤筋动骨。牛一般不会踩人，它也是比较聪明的。

骑牛背时，要站在牛的右前脚那里，最好是趁牛低头吃草时，双手拉住牛脖子上部的脊背，那里才有些毛可以拉住，其他地方的毛是拉不住的。当双手拉住牛毛时，右脚立即抬起来，蹬在牛右脚与身体的结合处，那里有个较大的关节。随后左脚赶紧蹬地，身体依靠左右脚的借力，迅速翻身骑上牛背，动作要一气呵成。否则，牛不乐意时，会将头转过来，把你推开。当然，也可以从牛的左前脚那里骑上去，方式是一样的，需要干脆利落。

如果骑上牛背，手中牵牛的绳子也不能丢弃，要牢牢捏在手里。放牛时不能由着牛的性子，必须要管住牛的嘴巴，防止它吃庄稼，或者农作物。牵牛的绳子，就直接穿在牛的鼻子上，只有牵住牛鼻子，才能控制住牛，其他地方根本无法左右牛的。

控制牛，就是通过牵牛的绳子，无论是在沟渠旁边放牛吃草，还是在耕田里犁地，都要握住那根绳子。如果要让牛转向绳子这边，就拉紧一下绳子，牛就知道向这边转过来，如果想让牛转向另一边，就将绳子朝另一边甩几下，牛就明白了你的意思，想想牛确实也挺聪明的啊。

最好是在大的沟渠里放牛，牛在沟渠里面，就只能吃沟渠两旁的草，边吃边走，我就骑在牛背上，可以信马由缰，而且骑牛背也方便，可以得心应手。

牛在一年四季，最辛苦的就是在春夏二季，春耕夏种，需要牛犁田，耙田，还有耖田，这些重体力活，人们必须依赖于牛来完成。其他时间，牛就是吃吃喝喝，睡大觉，无所事事。

牛，每天由我们生产队的农户轮流饲养。轮到我家，我就去割青草，每天早晨、中午，还有傍晚，必须要喂牛一箩筐青草。

上午和下午还要去放牛吃草，如果天气炎热，中午和下午，都要将牛放到河边，牛会在旁边吃草，也会下河洗澡，凉快一些。

冬天没有青草，就喂枯草，甚至稻草。有时我们还要用稻草，里面包上大豆，增加牛的营养。春天来了，春耕开始前，还要给牛喝黄酒，因为需要牛卖力了，需要先犒赏一下，也是希望牛有更好的体力，帮助我们劳作。

饲养羊的人家在我们生产队里并不多，我家也没有饲养。养羊是为了剪羊毛，羊毛可以送到镇上，镇供销社的收购站里收购，剪羊毛也是件麻烦的事情。还有就是产羔羊，收购站里也收购，羔羊皮还是能卖个好价钱，只是数量有限。

养羊虽然有产出，但每天需要喂青草，必须天天出去割羊草，效益不是很高，所以大家兴趣也不大，因此饲养羊的人家很少，只是偶尔有农户养一头，或者两头湖羊。我们这里饲养的羊，一般都是湖羊，而不是山羊。

养羊的农户很少，但养猪的人家，基本上是家家户户都养，只是多少不同而已。一般农户家里，至少饲养一头猪，或者两头猪，但不会超过四头猪。因为养猪需要饲料，猪的食量比较大，一头成年猪的排泄量，相当于 7 个人的排泄量，由此可见，猪的食量就有多大了。

我家里基本上是养两头猪，或许是为了猪也有个伴，可以热闹些。按照父亲的说法，一头猪吃食会挑剔，本来就没有什么好的饲料招待猪，一头猪吃起来，就会挑三拣四，有时像吮吸奶水一样，发出"吱、吱、吱"的声音，而不是大快朵颐。两头猪在一起，吃起来会相互争抢，不管饲料好坏，一倒入猪食槽内，两头猪便立即狼吞虎咽起来，争先恐后，各不相让，有利于成长，确实很有道理。

猪饲料一般是米糠，就是稻谷在加工成米时，稻谷的壳，被轧米机粉碎成粉状，以及一些细小的米粒，也称为"轧米糠"，这种已经是属于精饲料了。还要加入一些粗饲料——"稻柴糠"，就是将一些清白的稻草，到生产大队里的加工厂，通过粉碎机轧成粉，就是"稻柴糠"，虽然营养成分不高，但能让猪填饱肚子，不至于经常感觉饿肚子。猪在饿肚子的时候，就会叫唤不停，甚至还要想方设法钻出猪栏，外出觅食，影响生长。

有些农户，没有多少猪饲料，猪经常吃不饱。猪便开始千方百计地寻觅食物，想填饱肚子，如果猪栏比较结实，猪没有办法逃出来觅食，就只能在猪棚里翻，将猪棚里比较干燥些的地方，用鼻子翻出一个个坑。但除了些稻草，又找不到食物，猪就不死心，一直折腾，越折腾肚子越饿。有的农户为了遏制猪翻棚，就在猪鼻子上穿根铁丝，迫使猪用鼻子翻棚感到疼痛而放弃翻棚，可见当时做头猪也不容易。

由于没有足够的饲料，猪的成长很慢，往往要饲养一年左右的时间才能出栏。猪出栏时也不是很大，一般毛重一百多斤就要出售，镇上食品公司收购，按白肉 66 斤为合格，俗称"扣任务"，只有几十元。有的农户急于用钱，时常要求食品公司验收员帮忙，抓紧卖掉猪变现金，可以贴补家用，这是一大笔收入，可以办好多事情。

这种猪肉，吃起来真的很香，因为饲养的时间长，饲料又比较差，而且猪经常折腾运动，所以猪肉基本上都是瘦肉，没有什么膘。猪杀了后，连猪肚子里的板油也是很薄，网油更加薄。如果我们吃饭时，能够放一小勺子猪油，再加点酱油，称为"猪油拌饭"，这是上等美味。

农村的猪舍一般都比较简陋，猪栏基本上都是用木头做的，固定在猪棚两边，猪棚低于地面约 1 米，每天扔些稻草进去，在猪睡觉的地方，也是为了积肥，有种说法："猪多肥多，肥多粮多。"猪棚里的猪灰，是种很好的有机肥，不仅给庄稼提供养分，还能改良土壤。给猪喂食的槽，一般也是用木头制作，也有石头，放在猪栏旁边，便于喂食。

给猪喂精饲料和粗饲料外，还有就是"青饲料"，我们割的青草，还有地上种的青菜叶，或者番薯藤等，甚至还有一种叫莲子草，是外来物种，原产地是巴西。

莲子草，别名：满天星、虾钳菜、白花仔、节节花、膨蜞菊、水牛膝。苋科莲子草属多年生草本，高 10—45 厘米；圆锥根粗，直径可达 3 毫米；茎上升或匍匐，绿色或稍带紫色，有条纹及纵沟，沟内有柔毛，在节处有一行横生柔毛。叶片形状及大小有变化，条状披针形、矩圆形、倒卵形、卵状矩圆形，花药矩圆形；退化雄蕊三角状钻形，比雄蕊短，顶端渐尖，全缘；花柱极短，柱头短裂。胞果倒心形，深棕色，包在宿存花被片内。种子卵球形。花期 5—7 月，果期 7—9 月。全植物入药，嫩叶作为野菜食用，又可作饲料。

莲子草，我们叫"水活头"，也称作"羊头草"。可能是这种草生长力太强，无论是在旱地上，还是在水里，它一样生长的茂盛，生命力特强。这种草不仅猪能够吃，羊也喜欢吃，所以也称作"羊头草"。

冬天时，青草缺乏，从河里捞些莲子草，晾干了水分，不仅可以给羊吃，还可以给兔子吃。乡村里基本上都饲养几只兔子，养兔子是为了剪兔毛，镇上的供销社收购站里收购的，只是剪兔毛是项精细活，一不小心会将兔子皮也剪掉。

剪兔毛要从背部开始，因为兔子背部的毛最长，质量也最好，最干净，价格也是最高，兔子毛是以长短干净论价格，按级论价，肚子上和腿上的毛就差多了。所以剪兔毛必须先从背部开始，背部也是最容易剪的地方，其他地方剪毛时，兔子会跳动，一不小心就剪掉一小块皮，也是常有的事情。

走进乡村，鸡犬相闻，鸡鸣狗叫到处可以听到，那是一种常态。农户家喜欢养狗，帮助看家护院，毕竟农户住宅都是开放式的，特别是晚上，黑灯瞎火，乡村的夜是很深沉，在月黑风高的夜晚，伸手不见五指。

狗的眼睛在夜里也是贼亮贼亮，好像是有红外线功能，外面的一举一动，狗看得一清二楚。狗的耳朵更加灵敏，因为狗喜欢趴在地上睡觉，耳朵贴着地面，就是在很远的地方，只要有点震动就能听到。何况狗的鼻子嗅觉最好，稍微有点怪味，它就能闻出，马上警觉起来，立即会咆吠，引起主人的注意。

狗除了这些特殊功能外，最值得称道的是狗的忠心，所谓："狗不嫌家贫，子不嫌母丑。"无论是什么狗，不管你的家庭是富贵，还是贫穷，只要你能够让它吃饱，狗就心满意足，而且就会死心塌地地跟着你，别无二心。

狗对吃是不讲究，无需大鱼大肉，只要是残羹剩饭，吃饱就好，而且狗在正常情况下，不仅吃完饭，还会将狗食盆也舔得一干二净。狗在进食时，一般是吞噬，最后用舌头舔，不留下一颗饭粒，实现真正的"光盘"。

我家养过一只黄毛的狗，后来还有一只黑毛的。黑狗比黄狗漂亮，黑色的毛，感觉油光锃亮，晚上隐蔽性能更好。不管什么毛色的狗，只要养着，它都非常听话，特别小的时候，胖墩墩，圆鼓鼓，跟着屁颠屁颠，有时让它四脚朝天，特别可爱，慢慢地感情就深了。

猫比狗要娇气，同样是只饭碗，狗饭碗不需要打理，总是很干净，需要喂食时，只要将里面的垃圾清理一下即可。猫的饭碗，时常没有吃干净，只能将剩下的饭倒掉，让鸡吃，再重新喂食。猫喜欢吃腥味，最好来点鱼汤之类，那么猫的胃口大开，猫有时虽然也很黏人，缠着脚边，甚至会跳到身上，但我不喜欢猫。农家养猫的目的，主要是让猫捉老鼠。

尽管猫比狗小得多了，但乡下有句俗语："猫娘舅，狗外甥。"顾名思义，猫的辈分比狗要大。狗和猫有时无聊，也会吵架，追逐着，猫在地上很难取胜，毕竟个子比狗小得多了，所以往往吵着吵着，猫一下子爬上了树，狗只有在地上仰望着猫，"汪汪"叫几声，无可奈何，技不如人，也许因此就辈分小了的缘故吧。

狗和猫经常要闹别扭，时而就打打闹闹，闲着也就是闲着，但狗和鸡却能相安无事。乡下鸡鸣狗叫，体现的是烟火气和生机。

乡下养鸡曾经也被限制过，要按人头来饲养，每人可以养一只鸡，家里五个人，就只能养五只鸡。生产大队还会组织人来检查，到了晚上，鸡都进了鸡笼，检查的人用手电筒照鸡笼里，清点鸡的数量，如果超出规定，就有可能被没收。

有天晚上，我们准备要睡觉了，突然听到我家的狗狂吠不停，隐隐听到人声响起。父母赶紧出去，我和小姐姐也跟着到了室外，月色朦胧中，只见两个黑影在我家旁边晃荡，看到我们出来了，便过来问道："你家的鸡棚在哪里？"

原来是来检查养鸡数量的人，父母告诉他们，我家的鸡笼在祖母的房间里，他们便进来检查。当时来检查的一个人，是我们家的亲戚，他点了一下鸡，鸡在夜里都一声不吭，被手电筒照着，更是一脸惊慌，他匆匆点下数，说声："没有超出任务。"也就算检查好了。

农村要的就是鸡飞狗跳，鸡鸭成群，那才是自然风景。鸡鸭成群，鸡和鸭是互不干涉，所谓："鸡对鸭说。"只能是自言自语，完全不是一个频率。鸡一般都是生活在旱地上的，虽然扔到河里也不会淹死，自己会游上岸，但鸡是不愿意下河。只有鸭子，一天不下河里去，估计也难受，就是寒冬腊月，鸭子也要下河去游泳。

当然，鸭子并非天然的游泳健将，也不是天生不怕冷。鸭子不怕冷，是因为鸭子有绒毛，鸭毛是鸭毛，鸭绒毛是鸭绒毛，鸭绒毛是起到保暖作用，我们穿的羽绒服就是鸭绒毛，或者是鹅绒毛，所以才感觉非常暖和。鸭绒毛只负责保暖，不负责防水，而鸭毛只负责防水，不负责保暖。

鸭子休息的时候，都会梳理羽毛，梳理羽毛不是为了臭美，而是在给鸭毛上油，鸭子的一双翅膀上各有一个脂肪腺，分泌出脂肪，鸭子将这些脂肪均匀地涂抹在全身的鸭毛上，形成一层防护膜，就能起到很好的防水作用，相当于鸭子穿上了救生衣，鸭子才能在水里游泳。

鸭子如果生病了，一眼就能够看出来，鸭子的毛失去了光泽，无心打理，毛会蓬松起来。此时，鸭子是不会下水的，一旦被扔进河里，可能会淹死。

我家不仅饲养猪、狗、猫、兔子，还有鸡、鸭子，春天偶尔还会养几只鹅。养鹅相对容易，因为鹅是素食主义者，它就是吃草，不吃荤腥，在农村到处是草，所以不愁饲料，下的蛋还特别大，简直就是"吃的是草，挤的是奶"。

第七章　苦中作乐

尽管农村里大家或多或少都饲养一些牲畜，但成不了气候，成不了产业，政策也不允许。因此，就是饲养了牲畜，也只是改善一下伙食，改变不了生活，仍然在贫穷线上挣扎。农村流行一句俗语："冷在风里，苦在债里"，这是非常生动形象的描述。

冬天北风呼啸，数九严寒，阴冷的风能够刺进骨头里面，不仅阴冷，而且又潮湿。这与北方的冷，完全是两种概念，北方温度再低，但空气干燥，就是零下二十度，还没有我们江南水乡零下二度冷。

光温度低还好，如果再刮风，那真是冷得要命。两只手经常冻得红彤彤，数下冻疮就有好几个，脚上也有冻疮，特别容易生在脚后跟，有时走路也一瘸一拐。脸蛋被风吹上来，就好像针扎一般，甚至有时也会生冻疮。

有时冷空气一个接着一个，几个冷空气南下，我们这里便是天寒地冻。早晨躲在被窝里就不想起床，母亲做好了早餐，叫了一遍又一遍，才心不甘情不愿地起来，赶紧穿衣服，线衫、球衫，甚至棉袄，能够穿暖和已经很不错了。

我吃好早饭，来到河埠头，地上是一层浓霜，雪白雪白的，踩在上面，发出"咔嚓、咔嚓"的响声。河面上都结了冰，只有河埠头处的冰没有结，母亲在这里提水、淘米，一直要来取水，包括别的农家，河埠头都是一样的，是农家的重要生活场所。就是结冰了，也要打碎了取水。

冰冻三尺，非一日之寒。经过多个冷空气侵袭，河面上的冰才渐渐地厚起来。有些河浜里，冰面上可以走人，大人也可以在冰上漫步，我们小孩只能蹑手蹑脚，在河边的冰面上溜达，谨小慎微，不敢到河中间走，生怕一不小心，冰破裂了掉进河里就危险了。

只要河面上结冰，我们就有可以玩的项目，不管冰的厚薄，都没有关系。我们几个小伙伴，一起到河边，用河边的碎的瓦片，在冰面上削，比赛谁削得远。当我将瓦片使劲甩出去时，就听到瓦片与冰面摩擦产生的声音"纠、纠、纠"，清脆悦耳，声音悠扬。因为冰面上的摩擦力小，瓦片能飞速地旋转，我们都能将瓦片削到很远的地方，才慢慢地停下。

当然，河面上没有结冰，我们同样可以削瓦片，我们称为"削水片"。将瓦片贴近水面，使劲甩出去，这需要把握好瓦片与水面接触的角度，也要选择好适当的瓦片，小伙伴们一样可以比赛，找寻乐趣。

"削水片"与冰上削效果有所不同，冰上削是听声音，然后比赛远近，但在水面上"削水片"，不仅需要比赛远近，还要比谁削出来的水花漂亮。瓦片在水面上高速旋转，惯性使其跳跃前进，瓦片跌落水面上会溅起水花，瓦片在水的作用下，又弹起，再跌落，循环往复，直到最后速度慢慢地降低，瓦片跌落水里。

"削水片"溅起的一片片水花，犹如一线连贯起来，煞是好看，水花从大到小，直到消失，河面荡起阵阵涟漪。我们比赛着谁的水花好看，谁的瓦片跳跃得更远，谁就是胜利者，周而复始，其乐无穷。

尽管天气很冷，但对于我们这些充满朝气的孩子，一点也不害怕，乡下有句俗语："冻小子，饿老子。"意思就是说，孩子是比较耐冻的，经常运动不停，就不怕冷；老人比较耐饥饿，少吃一点也没有关系。同时，也真实地反映出那个时代经济的拮据，缺衣少食。

就是在三九严寒时，我们依然展现出热火朝天。我和小伙伴们一起打弹珠，虽然手有时冷得抖索，放在嘴边用热气呵一下，然后在地上一起打弹珠，就是那种玻璃弹珠，一个人先打远处，随后另一个人瞄准前面那个人的弹珠打，谁打到了弹珠就归谁。

还有滚铜板，用两块砖头，一块砖头侧着放地上，另一块砖头平面一头搁在侧放的砖头上，另一头放在地上，形成一个斜坡。所谓的铜板，就是铁的垫圈，圆的铁片，中间有圆的洞孔，大小不一。

滚铜板，比试的是谁的铜板滚得远。每个人用自己的铜板，将铜板的侧边，用力甩到砖头的斜坡上，利用人力的惯性和铜板的重力，使铜板接触砖头时，产生向下迅速滚动的动力。当然，这种玩法也有点小技巧，滚铜板时，铜板的侧面要正面撞击砖头，打偏了就滚到旁边去了，肯定滚不远。

铜板除了滚之外，还有另一种玩法，我们叫"吃铜板"。就是一个人的铜板，先放到一定距离之外，另一个人用铜板瞄准距离外的铜板投过去，如果两个铜板正好撞在一起了，那么这个投铜板的人胜出。这种玩法可以循环往复，乐此不疲。

还有滚铁箍，铁箍就是那种马桶箍，或者粪桶箍，或者脚桶箍等等都可以，只要是铁条围成圆的箍。有了一个铁箍后，还要用一根铁丝，一头弯成一个"U"字形，那么就可以开始滚铁箍了。

我右手握着铁丝，左手拿着铁箍，在任何平坦些的地面上，将铁箍安放在铁丝的"U"字形里面，稍微用力启动一下铁箍，左手马上放掉铁箍，用右手握着的铁丝把握铁箍前进的方向，慢慢地使劲，铁箍就乖乖地听我的话，想到那里就那里，速度和方向，全部由我控制，随心所欲。

冬天是兴修水利的最佳时节。我家西边就是一条大的沟渠，我们称为"龙沟"，对于比较大的沟渠，我们都是这样称呼，说明沟渠的宽度很宽，一般在两米左右，小孩子是跨不过去的。

有时这条龙沟需要重新修整，使用时间长了，沟渠两边的泥土里，不仅有黄鳝洞，还有蟹洞等，遭到破坏，水会流失，对旁边的稻田也有影响。所以到了冬天，将沟渠两边的泥土，全部翻起来平整。平整压实后，再重新开挖，成为一条崭新的龙沟。

平整这条龙沟，需要用大型拖拉机来压实泥土，所以大型拖拉机成了我们的稀罕之物。我们有时爬上停在那里的大型拖拉机，左看看，右瞧瞧，这么一个庞然大物，怎么会开起来那么灵活？

在多数时间，我们跟在大型拖拉机后面滚铁箍。被大型拖拉机压过的泥土，非常平坦，是滚铁箍的理想场所，距离远，可以尽兴地滚铁箍。还能呼吸到大型拖拉机屁股后面喷出的烟味，从来没有闻过，感觉有点香，闻多了有点呛。

打弹珠，滚铜板，吃铜板，甚至滚铁箍，还算不上大体力游戏，翻"香烟壳子"的体力就大多了。香烟壳子，就是大人们抽完的香烟盒子，有各种品牌的香烟，五颜六色，各种图案，正是琳琅满目。我们就去捡来香烟盒子，然后折成四角形，或者三角形的香烟壳子，花花绿绿。

一般是两个人比赛，四角形的对四角形，三角形的对三角形。一个人先将一张折好的香烟壳子放在地上，另一个人用自己的香烟壳子，甩在地上的香烟壳子旁边，如果地上的香烟壳子翻了个身，那么这只香烟壳子，就归甩香烟壳子的人了。

这种游戏是需要大体力付出，这样玩一个小时，就会大汗淋漓。在甩香烟壳子的时候，是用尽浑身的力量，才能使香烟壳子形成的气流，冲击地上的香烟壳子，使其翻身。其中也有点小窍门，先要观察地上的香烟壳子，选择与地面接触缝隙大的一边，这样就能事半功倍。

那个时候，通信是靠喊，取暖靠跺脚。有人对跺脚归纳出不少优点：促进血液循环、消闷气、辅助纠正驼背、缓解小便不畅、缓解压力、补助肾气、缓解手脚冰凉、预防中风、防止静脉曲张。只因脚底有很多穴位、用力跺脚可振动、按摩并打开这些穴位。因此跺一次脚，等于做一次足疗，而且比足疗的效果翻倍。

我在上小学时，有时在上课铃响起后，大家坐在座位上，老师还没有进来。一旦一位同学跺脚，大家就一起跺脚。顿时，教室里弥漫起滚滚灰尘，大家赶紧用衣袖捂住鼻子，进来上课的老师也大吃一惊，居然退避不及，那时就是为了缓解手脚冰凉。

虽然课间休息时，我们有的同学到操场打篮球，有的同学在墙角里"扎灰堆"。所谓"扎灰堆"，就是在一个墙角里，一个人先站在角落里，随后大家沿着墙壁，相互用力推挤，不断有人从外面挤到里面，不断有人被挤出去，周而复始，最后能够坚持站在墙角落里的为胜者。

这种游戏是人与人之间，相互作用，运动产生热量，互相取暖，又不会出现伤害。当然，也有缺点，那就是在大家的相互推挤下，会产生很多灰尘，既有墙上的灰尘，也有地上的灰尘，那时的地面是泥地，很容易就会尘土飞扬，取名"扎灰堆"，也是名副其实。

冬去春回，百花齐放，各种小草露出笑脸。我们这些孩子们的主要任务，就是每天需要去割草，每家都饲养着猪、兔子，有的还有羊，或者是鹅，都需要吃青草。每天放学后，首要任务就是拿起镰刀和竹筐，去田野里割青草，这是件很容易的事情，毕竟田野里到处是青草。

我们割满了一竹筐青草后，往往还要玩一阵子。有时玩"猜一猜"，在田埂上先挖三个小坑，选择一块小砖头，或者是一朵小花也可以。先由我来藏在一个小坑里，三个小坑都盖上泥巴，然后让小伙伴猜放在哪个坑里，如果猜到了，就挖出来，那样我就输给小伙伴一把青草。

随后再由小伙伴来藏，我来猜，轮流下去。猜到的赢对方一把青草，猜不到的就没有，轮流做庄，循环往复。

除了"猜一猜"外，有时我们还玩"铡结子"。镰刀我们这里称呼为"结子"，就是用镰刀来玩，可以几个人一起玩，也可以两个人玩。右手握住镰刀柄，镰刀的刀口朝外，然后用力将镰刀柄朝下使劲甩掉。

输赢是看甩出去的镰刀形状，如果镰刀甩出去丢在地上，躺平了，那是肯定输了。不仅要求镰刀头插入泥里，还要看镰刀的柄翘起的角度，镰刀柄翘起的角度越大，代表成绩越好，以此论英雄。当然也可以赌的，赌资就是青草，一把青草，或者两把青草都可以，只要事先约定就行。

春夏季节，我们这些孩子们，抓泥鳅钓黄鳝，这是正经事情，毕竟是可以赚钱的活。有时还会去抓虾，抓虾不仅有乐趣，还可以改善伙食。

抓虾有多种方式。有时用"棺材网"，所谓的"棺材网"，就是一个长方形的网，三面有网围着，底下也是网，只有一面没有网围着，形状像棺材。然后就在河边水里，放在距离岸边一米左右，再用一个竹竿做的扫帚形状的架子，下面一根一米左右的竹竿，中间固定竖立一根一米左右的竹竿，两边用竹片人字形固定。慢慢地从岸边驱赶，好比赶泥鳅一样，或者简单粗暴用脚赶。虾逃进了"棺材网"里，随后一把拎起来，虾就只能瞎折腾了。当然，有时候还能抓到鱼，有鲫鱼，鲶鱼，汪刺鱼，甚至还有甲鱼。

有时候去钓虾，用钓鱼的方法，钩子上装上蚯蚓，到河埠的石头缝隙旁边，或者石头桥墩处。虾喜欢躲藏在那些石头缝隙里，尾巴在里面，露出头部，几根很长的须在水里挥舞。一旦发现装有蚯蚓的钩子，两只大钳脚，就抓来塞进嘴里。所以我看到水面上的浮子，被拖入水里时，稍等一下，就立即提起杆子，虾就腾云驾雾一样被提出水面，只见虾张牙舞爪，已经是插翅难飞。

最简单的就是徒手捉虾，在河埠处的石头缝里，两只手形成包围形状，慢慢地摸进去，虾感到危险，因为外面被围着，只能往里面逃，却为时已晚。还有河边的杨柳树下，杨柳树的根系发达，好多都在水里，虾就在根里面躲着，我就轻轻地靠近，慢慢地摸过去，收获还是不少。

一般出去捉虾，都能够捉到一些，至少可以做一个菜，多少也不管。乡下有句俗语"一只弯转十八碗鲜汤"，我们将虾称为"弯转"，一只都可以做十八碗鲜汤，可见虾的鲜美程度。

夏天的傍晚，我们到河埠边摸螺蛳，挑选一些大的青壳螺蛳带回家，先养在罐子里，放些水，再滴几点菜油，容易将螺蛳里的垃圾排出。还会在岸边的水里摸河蚌，选择一些大的黑壳河蚌，养在盆里，方便时才做成菜肴。

我在河边玩耍时，经常被父母训斥，因为我还不会游泳。特别是在船上，在我们的河浜里，有几条船，大多数是水泥船，也有一条木头船。我们这些小伙伴，有时就上船学摇船，但都不会，只是玩，只能用竹篙撑船。在水里感觉很好玩，但也有危险，不会游泳，万一掉入水里就有溺水危险。

为了学游泳，大家都到龙沟里去学。虽然龙沟里水也比较湍急，但附近基本上都有大人在干活，他们能够看到，况且我们都带着各自家里的脸盆，或者小脚盆。双手握住脸盆，两只脚在水里拍打，随波逐流。有时龙沟里的水不深，我们就钻到下面去，拔水草，玩耍时，也难免被水呛了，我们称为"吃酸梅子"，鼻子会发酸。

在龙沟里不仅可以学游泳，而且还是一种纳凉。赤日炎炎，天气炎热，不干活也是汗流浃背，到了水里，那是太凉爽了，神仙般的享受。有时趴在水面上，有时仰卧在水面上，露出洁白的肚皮，优哉游哉，逍遥自在。

有时候冷不丁从龙沟边上，游出一条水蛇，相互吓一跳，人看见蛇有点怕，蛇见人或许更加害怕，那也是常有的事情。反正我们是见多识广了，对于水蛇已经无动于衷了，就是被水蛇咬上一口，也没有关系。水蛇是无毒蛇，牙齿又细小，身体也不大，所以我们熟视无睹。

我在龙沟里学游泳，学了几个夏天。后来有一次，在我家旁边的河浜里，我选择了一处比较浅的地方，放弃脸盆，直接游了过去，一下子居然会游泳了，我心里非常高兴。这一次以实际行动证明了我会游泳了，其实也是一种心理作用，游泳主要还是心态，只要克服怕水，马上就能学会游泳。

春夏季节，也是我们可以一饱口福的季节。春天来了，蚕豆开花结果了，结果不久，我们就可以采摘了。在割草的时候，采几个豆夹，剥开来，便是尚未饱满的蚕豆，吃起来还有点涩味，不能吃多，偶尔解解馋。

桑葚也出现了，中文名"桑椹"，未成熟时为绿色，逐渐成长变为白色、红色，成熟后为紫红色或紫黑色，味酸甜。具有良好的防癌、抗衰老、抗溃疡、抗病毒等作用。

到了桑葚成熟时，我们在桑树地里，有时爬到桑树上，一边采桑果，一边吃桑果，我们都将桑葚称为"桑果"。往往吃得满嘴乌黑，桑葚的汁很难洗涤，吃多了也不好，乡下有句顺口溜："吃桑果拆狗乌"，拆狗乌即拉狗屎。吃了不少桑果后，次日大便时，就能一目了然。

接下去吃的瓜果就多了，绿油油的黄瓜，红彤彤的番茄，金黄色的黄金瓜，墨绿条纹的青皮六月瓜，翠绿色条纹的田鸡瓜（瓜皮颜色就如青壳田鸡的颜色，我们将青蛙称为田鸡），还有黄灿灿的水蜜桃等。有些我家里的自留地上就有，母亲经常种些番茄、茄子、黄瓜，偶尔也种几棵小瓜等。

自己家里没有的瓜果，别的农户家里种植的，偶尔也可以去顺手牵羊，乡下人都很大方，不会计较。有时看见你，还会采来送你吃，乡下人就是那么真诚善良，大气好客。

记得还有一种甜黍，也叫甜高粱。甜黍和高粱相仿，生长和形状也差不多，每当甜黍头部的籽乌黑了，就说明甜黍成熟了，可以割下来，按照甜黍的节子，剪成一段段。甜黍像甘蔗一样吃，先要将外面的皮剥掉，我就用嘴将皮撕下来，一圈皮都撕掉后，就可以津津有味地品尝了，甜黍不仅汁多，而且又非常甜，我家也经常种植。

秋高气爽时，番薯也可以吃了。番薯可以生吃，从地里挖出来，削掉皮就可以吃了；有时我将番薯在水里洗干净，用嘴啃掉皮，直接吃，味道有点甜，又能填饱肚子。如果在锅里煮熟，那就更加香甜，甚至可以放进灶里，在烧好了饭后，灶里的稻草灰还非常烫，把番薯放进灰烬里，过一段时间，就成了香气四溢的"烤番薯"，这种吃法最佳。

番薯收获时，有点累，因为都长在地里，需要一锄头一锄头地翻出来。有人想出了个好办法，就是用牛犁田的方式，用牛来帮助翻地，这样只要一个人犁地，其他人只要捡拾番薯就可以了，非常省力。

大人们中间休息时，都回家了，我和小伙伴们还在那里玩。

看到这个犁在地里，感觉很好玩，我就叫几个小伙伴在前面拉绳子，我在后面掌握着犁的把手，控制着犁的方向。犁的方向可以控制，但犁地的深浅就不知道如何操作，后来才明白，犁的深浅是靠犁的把手控制，犁的把手抬高点，犁头就深入地里，犁的把手按下去些，犁头就翘上来了。

不知不觉中，小伙伴们拉不动了，我便过去将犁头掰出来，小伙伴们还依然拉着绳子，犁头一松动，犁又开始向前了。突然，我感到左脚剧烈的疼痛，一看顿时吓得哇哇大哭，只见脚边血流如注，犁头划破了我左脚的大脚趾根部。

那些拉绳子的小伙伴们也吓傻了，有人赶紧跑去我家，告诉了我的父亲，说我的脚被犁掉了。父亲马上冲过来，看到我的左脚大脚趾已经血肉模糊，立即明白出大事了。

有些乡亲也赶到了，看到这个情况，有人建议快点送窑厂医护室。父亲给我简单包扎一下，止住血，怕血流多了，更加影响身体，随即就抱起我奔跑，还有几位叔叔跟着一起，他们轮流抱着我奔跑。从我们玩的地方，到窑厂医护室，需要半小时左右，一个人抱着我，是跑不了多远的。

窑厂就在我家北边，是属于浙江省建设兵团，从各地召集来的知识青年（大部分是来自杭州的人）在那里开办了一个砖瓦厂，生产砖头和瓦片，都是红色的砖瓦。以前是劳改农场，关押犯人的，所以那里有个医护室，医疗设施还不错。到了医护室，赶紧叫医生治伤，医生看到后，也吓一跳，这个口子很大，清理创口后，缝了五针。

我是一个劲地哭，既是因受伤而哭，又是怕父亲训斥我。父亲倒也没有训斥我，其实他也很痛心，从他严肃的表情就可以看出，只是没有表达而已。从这次受伤后，我才知道这犁的使用方法，或许所有的得到，都需要一定的付出，只有付出了，才能有所收获。只是我这次付出的代价太大了，直到现在，我左脚的大脚趾根部上，还清晰地留下一条约 5 厘米的伤疤。

初冬季节，有种叫"金玲子"的水果很好吃。金铃子俗称赖葡萄，金黄色的外壳，上面鼓凸着若干大小不等的颗包，果实成熟时，瓤是红的，味甜，含有丰富的维生素 A 和维生素 C。与苦瓜同属苦瓜属，其叶子和果实外形一样，但苦瓜只要成果就可食用；而赖葡萄必须成熟才可食用。

金铃子属于一种中药材，不仅可以驱虫，还可以用于治疗头癣。驱虫是金铃子的重要作用之一，这种中药带有一定的毒性，进入人体肠道以后能把肠道中的寄生虫杀死。金铃子能治头癣，金铃子性寒有小毒，能清热除温，对癣症有很出色的治疗作用，特别是对头癣和秃疮更是治疗效果出色，治疗时只需要把金铃子放在锅中培黄再加工成末，用香油调制成膏，然后直接涂抹在需要治疗的部位上就可以。

我们是不讲究这些药用效果，也根本不清楚这些，我们只要能吃，感觉好吃，就可以了，能玩能吃，便是我们童年的快乐时光。

第八章　传统耕作

那时候，城里人的生活比乡下人更加艰难，出门宅家都要钱，最好一分钱掰成两半用；乡下人不管怎么困难，只要不是好吃懒做，做做吃吃还是可以度日。

我们的父辈们，仍旧沿用着几千年的方式方法，日出而作日落而息，但就是那么传统的劳作，也是有一定的技术和窍门在里面。就如我前面所描述，因为我不懂犁的使用方法，将自己的左脚大脚趾也犁破了，任何的操作都是包含着一定的技术成分。

灌溉耕田，传统的取水是采用水车。所以乡村里，有那么多的浜，浜的作用既是为了方便耕田灌溉取水，又是为了耕田排水。需要灌溉时，就要用水车取水，需要排涝时，能够及时将耕田里的水排放掉，这是种植水稻的必要条件。

水车既有人踩的，也有用牛来拉的。踩水车也要有点技巧，把握一定的节奏，踩快了，人的体力跟不上，容易疲劳；踩慢了，水车里面的水漏得多，效率就差。牛拉的水车也是这样，尽量保持一定的节奏，才能达到最佳效果。

虽然水车能够满足正常情况下的灌溉，但有时天气炎热，有些耕田距离比较远，就很难满足耕田的灌溉。后来人们发明了抽水机，安装在船上，便于机动性，哪里缺水，就开到哪里去抽水，大大地加强了灌溉效果，我们称为"抽水船"。

抽水船的抽水机安装在后船舱里，取水口直接连接河里，通过铁的管道，管道直径在 25 厘米左右，出水口的管道相对长些，直接通到耕田的沟渠里。是用柴油作为燃料，机器声音非常大，站在旁边讲话，需要用点力气才能听到。

有时看到滚滚的水流，流淌到干涸的耕田里，散发出"吱吱"的声响，犹如孩子在尽情地吸吮着乳汁，水稻顿时就精神焕发，真正感受到水是各种生物的生命之源，有时我就追逐着水流奔跑。抽水船比水车的灌溉效果好多了，高温酷暑时，抽水船就像救护车一样，到处在救急，这里的耕田需要灌溉，那里的耕田也需要灌溉。

机埠的诞生，就彻底淘汰了水车。机埠就是在河边建造一间小房子，里面安装上抽水机，通过建设四通八达的沟渠，将水源源不断地输入耕田。沟渠有主干道，从机埠直接抽水上来，我家北边的真龙浜机埠，一直向南通到南晒浜生产队。两边再有分沟渠，东西方向，好像蜈蚣的脚一样分开，需要灌溉晒浜队，以及俞家浜队和童子浜，还有南晒浜队一部分。

每个分沟渠与主沟渠连接处，都设置了闸门。原则上灌溉时，由远及近，先打开远的分沟渠，后再打开距离机埠近的分沟渠，这样有利于合理灌溉。因此，机埠上还有放水员，负责机埠抽水和沟渠放水，便于统一管理。

耕田需要耕作时，先放上水，浸泡几天，让泥土吸饱水，所以我们称为"水田"。然后再用牛来犁田，犁田的犁有两种，一种是木头做的犁，只有犁头是铁的，这种犁虽然比较轻便，但容易坏，时常要维修。另外一种犁都是铁的，虽然有点重，但比较牢固，渐渐地大家都喜欢铁的犁。

耕田在犁田前，需要人工对田埂两边进行切割一下，将一些草根都切割断，便于犁田。一般用铁铲切割，铁的铲刀，上面安装一根木柄，顶端再装一段 20 厘米的横档，方便使用，这项农活我们称作"铡岸脚"。

犁田根据耕田里的沟，径直来回犁地，将泥土翻转，上面的翻入下面，浸入水里，使得一些杂草腐烂，也是一种绿肥。人与牛要成一线，牵着牛鼻子的绳子，便是方向盘，控制牛的方向。牛是比较聪明的，非常容易领会人的意思，但有时也会调皮，所以犁田时，一只手还要拿着一根小竹竿，偶尔敲打一下牛屁股，让它听话。这只是一种威慑，不能经常敲打，毕竟牛也很辛苦。

人们对牛是很爱护的，大家清楚，最繁重的农活需要牛帮忙，不可或缺。不仅仅是爱护，甚至于敬重牛，牛不仅吃苦耐劳，又任劳任怨，而且也很老实，憨态可掬，让人喜欢。

耕田犁好后，过一段时间，就要耙田。铁耙是用木头做成，长方形，长约 2 米，宽 1.2 米左右，中间加两根木档，连同边框，四根档子上都安装了铁片。牛拉着铁耙，在犁好的耕田上来回横着走，人就站在铁耙上，增加些重量，目的是将犁好的泥土切碎。

耕田一般都是长方形的，犁田时从距离长的方向，来回犁，翻起的泥土一溜溜排成行。耙田时，是从距离短的方向，横向来回耙田，将翻起的一行行泥土切碎。当然，就是耙好了田，还不能插秧，因为泥土还不够碎。

耙好田后，还要用铁耖来耖田。铁耖是用木头做成的，上面的把手，还有下面那个耖都是木头，只有下面的一根约3米的木柱上布满铁齿，间隔10厘米，露出木头约20厘米。铁耖的作用有两种，首先还是要将泥土搅碎些，便于插秧。其次是平整一下耕田，铁耖在耕田里，先是横着来回耖田，后再竖着耖田，将一些地方露出水面的泥土，带到低洼的地方放下，从而达到耕田平整均匀，能够使得秧苗插下去后，不至于高的地方干死，低的地方淹死。

用铁耖来耖好了田，还不能插秧，还需要用木耖来平整耕田，使得耕田达到水平。所谓木耖，顾名思义就是木头制作，上面的把手，下面的耖，甚至连那些齿都是木头的，下面那根横档木头，比铁耖还要长，大约4米，齿也比较短，约10厘米，间隔也在10厘米。

木耖的作用只有一个，那就是平整耕田。在耕田里，先横着耖，横着来回都耖好了，再竖着耖。无论是铁耖，还是木耖，都是由牛拉着，一遍遍地在耕田里来来回回，不停地折腾，直到耕田一片水平，才可以插秧。

不管是铁耖，还是木耖，使用起来也都是一个理。主要是平整耕田，可以从控制耖的把手来调整，耖的把手是二根木头横档，将横档向后面拉过来，按下去，就能使耖齿深入泥土里面，耖前面会有很多泥土；如果将横档向前推出去，耖前面的泥土就会留下来，以此来达到平整耕田的目的。

耖田，在牛掉头转弯时是关键，必须要将耖尽快与牛的方向保持一致，拉直才能使耕田平整，否则耕田里转弯地方会出现明显的圆圈，很难迅速平整。对于那些耖不到的田角，只能人工平整，每块耕田里，至少有四个角落，只能用铁耙来将泥土摊平，那铁耙就如猪八戒的铁耙相似。耕田基本上都是进水处高，排水处低，因为排水处的泥土容易流失，所以时常要将进水处的泥土，带一些到排水处，便于水稻管理。

平整耕田都是男人干的活，就在男人们平整耕田的时候，女人就开始拔秧苗了。秧苗是早已播种在秧田里，秧田都是横着做，每畦宽度是 1.5 米左右。女人们便坐在拔秧凳子上，拔秧凳子不高也不大，只是凳子脚底有木条子，可以防止陷入泥土里面，人坐在凳子上面，双手开始拔秧，需要同时进行，这样速度会快多了。但有些人做不到同时双手拔秧，那么拔秧的速度就慢得多。

拔秧速度的快慢，不仅取决于能够双手同时拔秧，还要做到快速扎秧，就是将两手拔出的秧苗，迅速地用稻草绑扎好，成为一只只秧，也是需要一点技巧。两手的秧苗迅速合在一块，然后用准备好的稻草，取出一根稻草就可以了，在秧苗的中间部位绑扎，这个部位很重要，如果绑扎部位太高，秧苗在搬运过程中就容易散落，下面秧苗根部蓬松，影响插秧速度，我们俗称"老母鸡秧"。

当然，在绑扎秧苗时，也不要太低，秧苗的根部相对发达，绑扎起来数量就少，这样就影响拔秧速度。因此，绑扎秧苗时，必须要绑扎在秧苗中间部位，这是比较科学的做法。既能绑扎住秧苗，又能将一棵秧的数量最大化，还能提高拔秧速度，而且这棵秧观感也很好。

我在帮助母亲拔秧时，时常做不到两手同时一样快速拔秧，往往就是顾此失彼。拔秧不是那么容易的事情，既要快速拔秧，迅速绑扎，还要不能拔断了秧，拔断的秧就没有了生命，所以在拔秧时，一次只能拔两到三棵秧苗。

拔秧时，一次性拔的秧苗多了，不仅很费力，还容易产生断根，同时还会将秧田的泥块带上，我们称为"泥卵子"，这种秧男人拔的概率最大。泥卵子多了，挑秧时既重又累，插秧时也麻烦，那些连着泥块的秧苗，拆开时比较费劲，甚至往往被人调侃，叫拔秧的男人将裤管扎紧了，免得卵子都掉下来了。

耕田平整了后，秧拔好了，接着就是挑秧和打秧。挑秧基本上都是男人干的活，将拔好的一只只秧，根部朝外，叶子朝里面，装进"拖大"里。所谓"拖大"就是用竹子编织，像畚箕一样的农具，在两只角和背面中间系上绳子，绳子比较长，主要用途就是挑秧和挑猪灰。

男人挑着一担秧，走在田埂上，一不小心就会滑到田里，也不轻松，毕竟田埂也很湿滑。随后将秧撒到平整好了的耕田里，就是称为"打秧"，打秧也要有点技巧，既不能打多了，也不能打少了。

"打秧"是根据插秧的面积，这些面积里需要多少秧。打多了，插秧时用不完，就要插秧的人将秧扔到别处；打的少了，插秧的人缺少秧，就要去旁边捞秧来插。无论是多还是少，都会影响插秧的速度，最好就是不多不少，恰到好处，"打秧"的水平就体现在这里，这就是要取决于"打秧"的人，对插秧的评估水平。

随后就是真正的种田，种田便是插秧，有时也称"种六棵头"，自然种田也是有规矩的。先用尼龙绳子，在耕田宽度的两头处量好距离，早稻基本上是"二尺四"，一米等于三尺，也就是80厘米，晚稻在"二尺六"，就是87厘米，一头用竹竿插住，另一头是尼龙绳架子插牢，这样就固定了种田的距离，没有规矩，不成方圆。

种田时，人是向后面退的，边种田边退后。当开始种左边的秧苗时，右脚要后退，开始种右边的秧苗时，左脚后退，必须要配合好。否则会乱套，不仅会影响种田的速度，还会影响种田的形象。

种田的棵数是六棵，所以也称谓"种六棵头"。人站在耕田里，两脚自然分开，有三个部分，即两脚中间部分，还有两脚的外面部分，这三部分要求同等距离。在这三个部分里，各种上两棵秧苗，每棵秧苗里，基本上是三根秧苗，不能超过五根秧苗，多了会影响分蘖，反而会减产。

种田的顺序是从左到右。先种下左脚外面的两棵秧苗，再种下两脚中间的两棵秧苗，然后是右脚外面的两棵秧苗，周而复始，循序渐进，边种边退。当然，每行秧苗之间，也有一定的距离，每米在十三到十五棵。

种田是我的强项，小伙伴们基本上都不如我。起早贪黑，早晨天刚蒙蒙亮，我们就去种田了。中午回家吃饭，稍微休息一下，我们就又继续种田，一直到天色较暗了，才上岸回家。一天到晚，我可以种一亩多田，不仅数量多，秧苗种下去后，形状也好。有时我们小伙伴一天种田挣的工分，要比男劳力的一天工分还要多，种田是按劳计酬，所以我们才起早贪黑地种田。

其实做任何事情，都是有一定的技巧。插秧时，左手握秧苗，用拇指和中指分拆秧苗，每次三至四根秧苗，提前分拆好，切忌两只手分拆，这样就能提高插秧速度；右手插秧，插入耕田时，要稍微用力，将秧苗向前推一点，秧苗就直立起来，这样不仅秧苗插入耕田形象好，而且还有利于尽快存活，并且速度也快。

种田的质量是有专人管理。首先是行距，每米在十三到十五棵，用一根竹竿来量，一米一根竹棒头，随便放一下，清点一下棵数，如果棵数出现过分少，就要扣工分，一般不会多于十五棵的，多了棵数，不但影响水稻产量，主要会减慢插秧速度。其次是秧苗的形状，是否直立，是否有"烟杆头"。所谓"烟杆头"，就是插秧时，右手捏住了秧苗中间，而不是秧苗的根部，插入田里，秧苗两头翘起来，就像烟杆头一样，这样不仅影响秧苗的存活率，而且会影响水稻产量。

插秧时，腰不能一直保持一种姿势，而是应该随着插秧的动作起伏，随时改变，这样能够减缓腰酸背痛。手脚都要放松，后退时就比较垂直，插好的秧苗在前面绿油油地铺开，水稻秧苗既漂亮，又生机盎然，很有成就感。

有的小伙伴，插秧时感到腰酸了，就将左手的肘靠在左脚的膝盖上，以此减轻腰的酸痛，我们俗称"靠旱烟"。其实这样也减轻不了多少酸痛，却造成了插秧速度明显慢了，而且种出来的秧苗，一行行歪歪扭扭，很不规则。

基本农田规划的耕田，一般长度是 90 米，也就是插秧时，一下到耕田里，就要插秧 90 米才能上岸。每米按照十三行，每行六棵秧苗，那么就要插 7020 棵秧苗。正常情况就是每次插完 7020 棵秧苗，才能休息一下。当时不清楚，不算不知道，一算吓一跳，居然要插这么多棵秧苗。

我每次插秧到了岸边，心情豁然开朗，一种胜利的快感油然而生。特别是在高温酷暑季节，当我爬上岸，将双脚伸进灌溉的沟渠里时，沟渠里的水是比较凉爽的，顿时一种舒坦传遍全身，简直比吃肉还要舒服，幸福来得太突然了，也太容易了。

天气越是炎热，衣服越是要穿厚一点，否则容易晒伤皮肤。汗水时常湿透一遍又一遍，在厚衣服上结了一层盐渍，有点白乎乎。我经常带一大杯子开水，里面放上盐，还有一点糖，既咸又有点甜，无论是盐，还是糖，人体都需要的养分，也是我的生活经验。或许这就是现实的人生，在人生的旅途中，酸甜苦辣咸，五味杂陈，一个人没有经历这些味道，就很难品味出人生的真谛。

大家都知道，有一首诗《锄禾》，可以说是家喻户晓，并且还时常教育我们的孩子，要珍惜粮食，要知道粮食来之不易。所谓"锄禾日当午，汗滴禾下土"，其实在禾苗还没有长成时，农民的汗水早已流了不少。

耕田里插秧完成后，过一段时间，就需要施肥了，称为"起身肥"，意思是让禾苗早点吸收营养，随后就苗壮成长。施肥后，就要耘田，耘田的作用很大，一方面是要拔掉杂草，不让杂草与禾苗争夺肥料，占领生长空间；另一方面是将一些浮在水面，还没有扎根的禾苗插入泥土里，相当于再次插秧。因为有的人在插秧时，插下了"烟杆头"秧苗，就是秧苗中间被插入泥土，两头翘起，秧苗慢慢恢复直立身子时，根部还浮在水面，需要将根部重新插入泥土。

当然，除了"烟杆头"秧苗外，还有是因为插秧时，耕田里的水位比较深，秧苗插入后，有的秧苗浮起来了。因此，在插秧

的时候，农田水位不应该太深，只要有一层薄薄的水即可。等待
插秧完成后，再灌溉一些水进去，更加有利于秧苗的扎根，更好
地促进秧苗的成长。

耘田，曾经都是跪在田里的，双膝埋入泥土里，可以减轻一
些劳累。一边双手捞取杂草，捏成一个团，埋入泥土里，可以作
绿肥，一边用双膝匍匐前进，这就是耕耘，可想而知，不是一般
的辛苦。

有的人穿上用小竹子编织的，像短裤一样的夹子穿上，避免
秧苗对腿部皮肤的伤害，或许这也是我们的先辈发明出来的产
品，可以起到很好的效果。但大多数人是不穿这个，直接穿长裤
子，或者干脆站着耘田，这样就容易腰酸背痛些。

种植水稻季节性很强，特别是三熟制，即：一熟春粮，二熟
早稻，三熟晚稻。所以插秧时，如果没有插好，浮在水面的秧
苗，耘田时再次插入泥土，今后收割时，就能明显看到水稻发育
不良的现象。比如秕谷就会增加，稻穗下面的稻谷因为没有及时
发育成熟，就容易出现秕谷。

第九章　胥山窑厂

　　自古以来农民的工作生活都是非常辛苦，一年四季，辛勤耕耘，干不完的活，做不完的事，真实的写照便是："谁知盘中餐，粒粒皆辛苦。"每一粒粮食，都由辛勤的汗水凝聚而成，我们必须要倍加珍惜，爱护农民的劳动结晶。

　　我的祖母曾经告诉我：吃饭时要注意饭粒掉地上，如果不小心掉在饭桌上，应该马上捡起来放进嘴里吃了，千万不能故意浪费粮食，浪费粮食要"天打"。她说的"天打"，就是天地不容，特别是在电闪雷鸣的雷阵雨天，她的话好像很有道理，我谨记在心，不敢丝毫懈怠。

　　饱汉不知饿汉饥。我们这些没有经历过三年困难时期的人，怎么也难想象粮食的珍贵。当时有些人几天都吃不到一粒米，别说吃野菜，就连草根也吃，甚至树皮也吃，实在饿的没有办法了，香灰也当米粉吃。

　　那时的人们将吃饭当作头等大事，吃了这顿，就在想着下顿吃什么。因此，亲戚朋友在吃饭时间遇见时，往往首先问候的就是："吃饭了吗？"这是最好的问候，最有诚意的问候。所以才有"家中有粮，心中不慌"。

有时农民自嘲"摸六棵头"，无论是插秧，还是耘田，就是与六棵秧苗打交道。有时号称是"地球修理工"，一年四季，风雨无阻，在修理着地球，不时改变地球的颜色和形状，感觉自己好像是工人师傅，充当起修理工。

农民的艰辛有目共睹，难怪有人打趣说："下辈子投胎，如果投只狗，也要投到镇头上的狗，比乡下的狗既有的吃，又更加舒适。"

当然，我感觉当工人，也不是都那么舒适。尽管做农民辛苦，但都是在田野里劳作，无论高温酷暑，还是数九严寒，至少呼吸的空气都是清新的。与我家北边胥山窑厂里的有些工人相比，简直是天壤之别。

胥山窑厂，全称"浙江生产建设兵团胥山砖瓦厂"。那些工人都是知识青年，大部分来自杭州，他们在一起时，经常用杭州话交流。比如："结个套，结个套，嘴巴甲甲老，花架没地。"意思是：怎么的，怎么的，嘴巴说起来头头是道，本事却没有。

窑厂的工作都不轻松，特别是出窑工作，那是又累又脏，最艰苦的活。出窑时砖头的温度还很高，尽管有排风扇对着不停地吹风，人到窑洞口就感觉到热浪滚滚，冬天还要好点，外面气温低，但也只有穿件单衣；夏天是最苦了，本来就热，一走进窑洞就大汗淋漓了，还要将窑里滚烫的砖头装上车子，再拉到场地上堆好，汗水是止不住地往下流。还有灰尘弥漫，既有煤灰，又有砖灰，在封闭的空间里肆意飞扬，人在窑洞里必须戴上口罩，因为空气混浊不堪，正是雪上加霜。

出窑的车子是铁平板车，上面可以装载数百块砖头。从窑洞里将砖头整齐地放到车子上，然后再拉出去。到场地上，又要整齐地码好，全部是要靠双手搬运。出窑工人四肢发达，皮肤是青铜色，特别是手臂力量最大，是靠劳动锻炼出来。

胥山砖瓦厂，就在我家北边 500 米左右，有一座坝，长度近百米。东边数百米处还有一条坝，长度有数百米，南边有个口子，通向外河。两个坝中间的几十亩水面，呈现出一条直角形的河道。原来也应该是土地，因为制造砖瓦需要大量的泥土，被挖成了河。

随后便向西边挖泥，西边的面积有上千亩土地，深度在 40 米左右。在坝的南边有个抽水站，时常将这深潭里的水抽出去，为了保证取土需要。

我们走过这条坝，北边便是胥山窑厂的地盘。东边的厂房，都是放置瓦坯的房子，十几幢房子，四面通风，便于瓦坯干燥。西边是一排排砖坯，高低有 1.5 米，砖坯两边用草帘子围着，上面也用草帘子盖上，这样既通风干燥，又可以防止雨水淋到，损坏砖坯。

砖瓦坯都需要阴凉慢慢干燥，太阳直晒不行，不仅容易变形，而且还容易开裂，成为次品。还不能被雨水淋到，一旦被雨水淋到了，必然有痕迹，甚至破损，肯定变成次品。

放置砖坯西边，有输送泥土的机器，还有两台吊车，都是为了取土的，将下面的泥土源源不断地取上来，输入翻斗车子。这种翻斗车子很大，是在铺设的铁轨上运输，需要两人推动，运送到制坯车间，制作砖瓦坯。

向北 300 米处，有一座平桥，上面铺设铁板，无论车子，还是人，只要在上面过，就会发出"哐当、哐当"铿锵声响。

平桥的南桥堍东边，就是胥山窑厂的大窑，那根烟囱有五十多米，很远就能一眼看到，鹤立鸡群一般。大窑东西走向，南北各有二十多个窑洞，东西各有三孔窑洞，在乡下显然是个庞然大

物。大窑的东边和北边都是河道，河边就是成品砖瓦的堆放场地。平桥的西边，有一个篮球场地，工人时常在工作之余打篮球，旁边有二幢三层的楼房，后面有平房，那是建设兵团一连和二连的宿舍。

走进平桥300米处，有座石拱桥，名称是"唐家桥"，也许以前有个姓唐的大户人家所建造。唐家桥的西边是建设兵团的家属宿舍，还有建设兵团营部领导办公场所，以及医务室等。东边又有一个篮球场地，后面有小卖部，有各种生活用品，甚至还有书籍。我的第一本长篇小说书——《雁塞游击队》，就是在这家店里买的，当时需要几元钱，厚度比新华字典还要厚些，阅读了好长时间。我买书籍，父母从来没有反对，都很支持。

小卖部东边有好多排平房，住着建设兵团的三连和四连，里面有几排是女工宿舍。前面又有一个篮球场，旁边便是大礼堂，这是我们的最爱，经常去那里看电影。我们这些小伙伴，常常是爬到台前两边的窗户上看电影，中间都是兵团的人，拿来凳子坐着看电影，后面还有站着看电影的，我们人小，在后面根本看不到。所以我们只有爬到前面的窗户上，或者站在前面的墙边，才能看到电影。

有时候，电影在篮球场上放映，一般在天热的时候，晚上就在室外放电影。每当窑厂里放电影，我们的消息最灵通，赶紧吃过晚饭，匆匆忙忙就赶去了，大家三五成群，热闹非凡，就好像赶集一样。

在大礼堂的南边，有一排机修车间，旁边一条路东西走向，西边连通平桥去唐家桥的主干道，东边直接到河边，便是轮船码头。这是嘉善班的轮船码头，轮船早晨从步云镇开出来，一路沿着伍子塘一直向北，直通嘉善县城。中午从嘉善县城开到胥山窑厂这个码头，然后再去嘉善县城，傍晚再从嘉善县城返回步云镇过夜。

我们要去嘉善县城，可以到东南边的伍子塘桥码头上船，也可以到胥山窑厂码头上船，但一般是到伍子塘桥比较近，比较方便。如果中午要去嘉善县城，那么就只能到胥山窑厂码头乘船。如果我们中午从嘉善县城回家，只有到胥山窑厂码头上岸，再走回家。

胥山窑厂，就是生产砖瓦，是种红色的砖瓦，也称为"洋窑"，主要生产"九五"砖和"洋瓦"。"九五"砖建筑用砖的一种，尺寸规格：240mm×115mm×53mm，此类砖又称为"统一砖"，比八五砖略大，略厚，单块重量约 2.5kg。"洋瓦"真名是"平瓦"，也是机械制作出来。平瓦是瓦的一种，又叫"红平瓦"，欧洲用得较多，瓦底有四个突出的突起，突起挂在"挂瓦条"上，以免滑落，或者被风吹动。欧洲北部普遍冬天雪多，因此屋面坡度比较陡，以便雪自动滑落，用一般的瓦要滑落，所以采用红平瓦。

乡下还有一种"土窑"。人们为了节省钱，往往建造房子的砖头和瓦就自己动手制造，或者请人来制造。先将泥土加水搅拌成稀泥，然后用双脚踩泥，使得泥土有韧性，就如做团子一样，将米粉搅拌好，达到一定的湿度和黏度。再在模型里制作砖头和瓦片。

制作好的砖头瓦片坯子，需要经过晾晒干燥。既不能在太阳下直接暴晒，又不能被雨水淋坏，必须谨慎小心。砖头瓦片干燥后，要请盘窑师傅来盘窑，将砖头瓦片一层层堆放上去，边上要抹上稀泥密封，下面留一个窑洞。在堆放砖头瓦片时，还要配上燃料，这些都要一定的技术，否则就烧不好砖瓦。

土窑里烧制的砖头，一般是八五砖模样，瓦片也是小瓦，不是平瓦。制作瓦片的模型，就是一个上下两头大小不一的木桶，泥巴覆盖上面，不停地旋转，成型后一分为四，便是四片小瓦了。土窑烧制出来的砖瓦，都是黑色的，质量有点难保证，但价格相对便宜多了。

不管土窑烧制出来的砖瓦质量如何，总是比土墙稻草顶要强多了，毕竟是瓦房。如果土墙稻草顶的房子再好，也只能称为茅草棚，坚固性和安全性，都无法与瓦房相比，是没有可比性。

就如土窑烧制出来的砖瓦，也不能和轮窑里烧制出来的砖瓦相比。土窑出来的砖瓦，只是农户自己造房子使用，不能买卖，而轮窑出来的砖瓦，就是商品，直接买卖。胥山窑厂的大窑就是轮窑，所谓轮窑，就是可以循环操作，一边窑洞出砖瓦，另一边窑洞在进砖瓦坯，整个窑洞是椭圆形的，窑火控制好，可以循环往复，一直在烧制砖瓦。

胥山窑厂，最早是属于运河农场，也称"劳改农场"，当时都由犯人在制作砖瓦。我的大姐告诉我，她小的时候，有时祖母会带着她，到胥山窑厂旁边，看那些犯人挑泥土。从泥潭里面，慢慢地挑上来，深处就如盘山道路一样走着，有的重刑犯居然还戴着脚镣挑泥土，更加艰难。

当我看到胥山窑厂时，已经是浙江建设兵团的人了，不再是劳改农场。毕竟我和大姐的年龄相差 17 岁，我和大外甥年龄只相差 4 岁，这也是那个时代的产物，兄弟姐妹之间，年龄有的相差甚远。特别是经历了三年困难时期，都饿得脸黄肌瘦，不像人样了，简直连小命都难保证，能够苟延残喘活下来，已经是祖上积德了，哪里还有繁衍能力？因此，就造成了这样的情况非常普遍。

胥山窑厂，是个好地方，我和小伙伴们时常光临。那里有大片的土地，就是取土的深潭，周围也有很大的坡地，杂草丛生，是我们割草的好去处。我们各家各户都饲养着兔子，还有猪，偶尔还有羊，都喜欢吃青草。

每当我们割满一竹篮子，或者一竹筐青草时，我们就可以在窑厂的车间，或者是砖坯弄里捉迷藏。那里的空间很大，可以自由发挥，有时躲在砖坯弄里的草帘里面，外面的人看不见，里面的人可以一目了然地看清楚外面的一切。

在步云石街村的两个舅舅家，几个姐妹经常步行到胥山窑厂割草。特别是农村双抢大忙后，她们空下来就来割草，将割来的青草放在我家的场地上晒。中午在我家里吃点便饭，一个咸鸭蛋，还要一分为四份，虽然菜肴不好，但饭可以管饱。傍晚时，舅舅会来用箩筐挑晒干的青草回家。

有时舅舅家的姐妹们，干脆摇船到胥山窑厂里割草，带点干粮，割好草再摇船回家。当时的人们都很勤快，自己家附近的青草都割完了，其实是青草的生长，跟不上农家的需求，供不应求，只有去外边割草了，才能满足饲养的家畜食物需求。

如果有多余的青草，就在烈日下晒枯草。青草晒干燥后，打捆堆放在猪棚里，可以长久储藏。等到了冬季，就会有人来上门收购，枯草是一种很好的青饲料，经过粉碎后，就可以给牲畜食用，虽然价格不高，但毕竟也是一笔收入。

除了到胥山窑厂里去割草，我们还可以去挖煤。胥山砖瓦厂的轮窑是用煤作燃料，每天需要燃烧很多的煤，也要出窑很多的煤渣，堆放在我们与窑厂的河坝旁边。我们附近几个生产队的老人和孩子，就每天去那里挖煤，那些没有燃烧完的煤。

我们拎着一只竹篮，或者一只化肥袋，拿着一把破镰刀，便在煤渣堆里不停地挖，好像老鼠打洞一般，深入煤渣堆里。寻找有燃烧价值的煤块，既有很好的无烟煤，这是最好的煤，燃烧时没有烟，热量值又高，还有蜂窝煤，就犹如蜂窝一般，虽然也没有烟，但热量值比较低，已经释放出了一部分。比较差的是烟煤，燃烧时产生大量的烟，甚至浓烟，白色中带有黄色，都不喜欢燃烧这种煤，熏得人云里雾里。最差的煤是石煤，重量最重，但热量值最低，基本上没有多少火力。

有时建设兵团的人，会跑来干涉，将我们挖的煤倒在地上，甚至将我们的竹篮也踩坏。因为我们将那里翻得坑坑洼洼，一塌糊涂，有些无事生非的人就来驱赶，所以每当有人叫喊一声"窑厂的人来了"，大家都作鸟兽散，唯恐躲避不及，被逮住了。

正是有着得天独厚的煤源，我们附近几个生产队的农户，基本上都生煤炉灶。这活也是我经常干的，煤炉灶就是煤球炉，镇上的杂货店都有售，先在底部放置一些稻草，不要多，只要能够引燃上面的硬柴就可以了。中间放些硬柴，树枝、木头都可以，上面就是煤块。

生煤炉灶有两种方法。一是将稻草、硬柴、煤块都放进煤炉灶里，然后用纸张点燃，放在煤炉灶的出灰处，也是最低层处，由纸张引燃稻草，就可以了。另一种是将稻草放入煤炉灶底部时，就点燃稻草，然后马上放上硬柴，随即放入煤块，这种方法要眼疾手快，必须是稻草要引燃硬柴，否则就失败了，得重新开始。

生煤炉灶的硬柴，除了我们家里的烂木头，以及修剪下来的树枝，还有就是胥山窑厂里的"洋瓦架子"。洋瓦架子，是安放瓦坯的架子，比洋瓦还要大点，横向的两块板虽然短，但比较厚，起到支撑的作用，约有 2 厘米厚。纵向的四块板虽然长，但比较薄，只有 1 厘米左右厚度。

一只洋瓦架子，可以生好几次煤炉灶。平时到窑厂里，看到坏了的洋瓦架子，悄悄地拿了，放进箩筐里，被人看见是不允许的。就是坏了的洋瓦架子，经过维修后，仍然可以使用。

有时候找不到坏的洋瓦架子，想起挖煤时被追赶驱逐的情景，怒从心头起，恶向胆边生，就干脆拿一只洋瓦架子，踩扁了放进箩筐里，上面放些青草，一时半会也没有人发现，就赶紧溜之大吉。

洋瓦架子，不仅成为我们生煤炉灶的硬柴，还成为我们做锅盖的材料。洋瓦架子的横板，恰好与锅盖的周边板长短厚薄吻合，圆木师傅做锅盖是恰到好处。还可以做脚盆，脚盆的周边木板，长短厚薄也差不多。

胥山窑厂里面还有不少乐趣。拉车子，用出窑装砖头的平板车，一个人拉，其他人坐在上面，轮流着拉和坐，也非常惬意。还有去推大的翻斗车，在铁轨上，二个人一起，将翻斗车推到一个比较大的坡度上，随后迅速上车，翻斗车沿着坡度滑行，越来越快，风驰电掣，我们好像铁道游击队员一样，快乐无比。

第十章　知识青年

胥山窑厂，带给我们无数的美好回忆，最深刻的还是能够看到电影。这在农村，那是稀罕物了，一般农村里，一年到头，难得来生产大队的礼堂里放映电影，或者在露天放映电影。哪天晚上放电影，那么整个生产大队，甚至附近的生产大队，都要拖家带口地来看。当时的《小兵张嘎》《地雷战》《地道战》《铁道游击队》《红色娘子军》《白毛女》《渡江侦察记》《洪湖赤卫队》等电影，往往是看了一遍又一遍，不厌其烦。

看电影，对于我们这些乳臭未干的孩子来说，不是坐在前面的地上，就是站在前面的墙边，或者趴在礼堂的窗台上。两眼聚精会神地看着电影，电影里的人活灵活现，只有在换胶卷的时候，才感觉漆黑一片，唯独放映机旁边有只灯泡亮着。

但是对于那些年轻的男男女女来说，看电影可能还有别的一番意义。轧轧朋友，谈谈恋爱，各怀鬼胎，也是正常的现象，毕竟大家都到了那个年龄，无论男女，总有那种萌动，引起一阵骚动的心。因此，这些男男女女往往东看看西瞧瞧，有点心不在焉。

胥山窑厂建设兵团，有一个营部，共四个连部，有 300 人左右，大部分都是男人，那里毕竟是干重体力活的地方。取土、出坯、进窑、出窑，这些活都是男人干的，只有砖头坯弄盖草帘、清理坯场等轻便活，才是女人们去做。自然女人不多，呈现阳盛阴衰氛围。

建设兵团的男男女女，都是大姑娘小伙子，年轻力壮。虽然没有多少高的学历，但都是读过书上过学的人，至少是初中毕业，都不是文盲，应该也算是知识青年。

这些人平时除了上班工作，干着重体力活，业余时间也没有什么娱乐活动，娱乐内容匮乏。虽然有篮球场地，可以尽情发挥，但打篮球也是强体力运动，身体本来就已经比较疲惫了，也就没有那么多精力去打篮球。

大多数时间，知识青年们，是在自己的宿舍里看看书，或者下棋。也有的人，三五成群地在厂区的马路上闲逛，厂区的路都很宽敞，因为运送砖头坯的车子经常来回交错，路面是柏油浇筑，相对平整干净。两边是高大的苦楝树，挺拔茂盛，夏天就像一把把绿色的大伞，遮挡着烈日的炙烤。路灯在乡村的晚上，显得更加耀眼，因为农户家里基本上都是 15W 的灯泡，泛出橘黄色的光，有点暗淡。

农户家里那种 15W 的灯泡，虽然不能与胥山窑厂的路灯媲美，但和煤油灯相比，那简直就是天壤之别。煤油灯只能照亮一方，一旦被遮挡，那就是一片漆黑。还不稳定，有个风吹草动，灯火飘摇，一不小心就熄灭了。15W 的灯泡，尽管光线昏暗，但吊在房子顶上，可以照亮整个房子，既没有味道，又不会被风吹灭，安全可靠。主要还是为了省电，才选择功率最小的灯泡。

夏天，农村里好吃的东西很丰富。在自留地里，有桃子，也称为"毛桃"，因为个子很小，上面毛很多，所以叫"毛桃"，甚至有更加难听的称呼"狗卵桃"。还有梨子,核比较大,肉质比较硬,就称谓"石梨"。尽管这些水果味道都不怎么好吃,但能够吃上一个也非常享受了。

自留地里有农户还种上几棵小瓜,有的是黄金瓜,小瓜生成时是青色的,等到成熟时,就变成金黄色了,顾名思义,就叫作"黄金瓜"了;有的是翠绿色的,我们叫作"六月青",既甜又脆,非常好吃;还有一种我们称为"老太婆瓜",个子不小,成熟后既甜又酥,还很糯,我特别喜欢吃。正是因为比较酥糯,最适合我祖母那样没有了牙齿的老年人吃,所以取了一个很俗气的名字"老太婆瓜",不是没有道理,乡下就那么直白真诚。还有一种叫作"田鸡瓜",圆柱形的,浑身就好像"青壳田鸡"一样的花纹,也就是像绿色的青蛙条纹,这种瓜特别爽口,又很脆嫩。

番茄,也就是西红柿,基本上家家户户都种植,番茄植株有股特殊的香味,番茄从开花到结果,直至可以食用,需要经过约两个月时间。看着西红柿慢慢长大,也很有趣,开始颜色是青色的,果子慢慢膨胀,长大后颜色渐渐变淡,随后又转变淡黄,再由黄变为红色,直到成熟时,才变成大红色,鲜艳又美丽,百吃不厌。成熟后的西红柿,既可以做菜吃,也可以直接生吃。

建设兵团的知识青年,有时闲逛到附近农村,恰好有农户在采小瓜,或者是西红柿,有时会给几个小瓜,让这些知识青年分享一下。年轻人如获至宝,兴高采烈的回去,品尝到时令瓜果。

这些知识青年,绝大多数是循规蹈矩,安分守己,不会惹是生非。但也有个别年轻人调皮捣蛋,无事生非,干出一些偷鸡摸狗的勾当,甚至还闹出过令人啼笑皆非的事情。

农村每个生产队,每年都要种几亩,甚至几十亩地的西瓜，西瓜成熟后，采摘起来，随后就在瓜地里，按照各家各户的人数分配。采摘西瓜是必须要有点技术的人，才能知道西瓜是否成熟，不能光看大小来确定。既要看西瓜皮的颜色，还要观察西瓜蒂的形状，甚至要用手指轻轻地弹一下，听听声音来判断。

在西瓜成熟时节，胥山窑厂的个别年轻人，就会趁着夜色，悄悄地摸进瓜地，来偷窃西瓜。偷一只西瓜是小事，但在夜里，在西瓜地里折腾，会损坏很多西瓜，就是被偷几只西瓜去，也不一定是成熟的西瓜，甚至还不好吃。

西瓜长大时，每个生产队，都会在瓜地里搭建一个瓜棚。安排人员值班看守，每天夜里都睡在瓜棚里，并配了一个长手电筒，晚上能照射到很远的地方，一道白光非常醒目。

在瓜棚里看守西瓜的人，都比较警觉，一旦听到风吹草动，就立即仔细观察，生怕瓜田遭殃。寂静的田野里，午夜时的脚步声，会非常清晰，一旦发现西瓜田里有人，看守的人会立即起床，冲出瓜棚，看到有人偷瓜，马上吹响哨子。

万籁俱寂的夜晚，如果哨子声音响起，立即引起农户家里的狗叫声，顿时此起彼伏，整个村庄就热闹起来。听到瓜棚里看守人高喊："抓贼啊，有人来偷西瓜。"小伙子们赶紧起来，纷纷奔向西瓜地方向。偷瓜的人，往往猝不及防，仓皇逃窜，有的一不小心，滚进了沟渠里。被追赶而来的村民，痛打一顿，才释放回去。

盛夏季节，南瓜也从翠绿色变成橙红色，南瓜不仅可以做南瓜团子，还可以直接煮熟了吃，更是猪的主食。每天我都要切开几个南瓜，将南瓜籽在河里洗干净，然后在太阳里晒干燥。要晒干燥南瓜籽，需要在太阳里晒几天，如果晒得不够干燥，时间长了会霉变。

南瓜籽是好东西，炒熟后是非常可口的食物。农闲时，能够炒一盆南瓜籽，优哉游哉，边嗑南瓜籽边聊天，简直就是神仙生活。农户们一般很少炒南瓜籽吃，因为南瓜籽可以卖钱，还可以卖个好价钱。

当农户们家里收集了一些南瓜籽后，胥山窑厂里的知识青年，有时就会过来收购。一般是两三位知识青年结伴而来，挨家挨户地询问，购买几斤南瓜籽，每斤南瓜籽也要几毛钱。农户们都是将每天的南瓜籽洗干净，然后在太阳下晒干燥，就装入塑料袋子里，防止受潮。

一个南瓜没有多少籽，长形的南瓜，籽更加少，只有蒂部才有一些籽，上面那些部分都是实心的，没有一粒籽。那种"癞司皮"南瓜，里面的籽相对多些，所谓"癞司皮"南瓜，就是扁圆形的南瓜，南瓜皮上到处是坑坑洼洼，好像癞蛤蟆的皮肤一样，我们就称作"癞司皮"南瓜。

我们喜欢吃"癞司皮"南瓜，这种南瓜肉质比较厚，又非常有糯性，味道也很甜。其他的南瓜，肉质比较松弛，味道很淡性，都是作为猪饲料。喂猪的南瓜，既可以剁碎了，直接喂猪，也可以煮熟了拌糠一起喂猪。

曾经有位农户，在胥山窑厂旁边的自留地上，种植了一些南瓜，南瓜长势很好，结了不少大南瓜。南瓜成熟后，相继采回家，堆放在家里，慢慢地喂猪。

有次一位农户剖开一个大南瓜时，居然意外地发现，大南瓜里面空空荡荡，没有一粒南瓜籽，他感到非常好奇，这么大的南瓜竟然没有籽？他接连剖开几只南瓜，每只南瓜都是一个样子，好像统一做了绝育手术，怎么会这样？他是百思不得其解。

随后他挑选了一个大南瓜，一刀下去，剖开了南瓜，一股臭味扑鼻而来。他以为是南瓜坏了，在腐烂了，定眼一瞧，赶紧扔掉了南瓜，还有那把刀。居然在南瓜里，赫然出现一堆人屎，吓得目瞪口呆，天底下哪有这种奇怪的事情。

一堆人屎，猛然使他想起，这不是天灾，而是人祸。他仔细地揣摩着，这些南瓜籽不翼而飞，必然也是人为。他认真地检查这些南瓜皮，发现了每只南瓜皮上，都有明显的伤疤，有的是长方形，有的是正方形。

不难判断，这些南瓜籽是被人偷走了。成熟的南瓜，被人用刀切开一个口子，掏尽里面的籽，然后再将切下的这块南瓜，重新塞到原来的地方，南瓜的汁液是有粘性的，就迅速地凝结了，恢复到原来的样子。如果不是这个恶作剧者，在切开的南瓜里拉了一堆屎，还真的很难让人明白南瓜籽的去向，简直让人啼笑皆非。自然可以肯定，干这事情的肯定是胥山窑厂里的知识青年。

在我们乡下，不仅有这么一大批建设兵团里的知识青年，还有一些上山下乡的知识青年，每个生产队里都有几个，男男女女。虽然这些知识青年文化水平不是很高，但也都是上过学读过书的年轻人。

在我家的俞家浜东边，有座石板桥，南桥堍，就有一排坐北朝南的平房，这里便是晒浜队上山下乡知识青年的宿舍。这排平房共四间，每间房子南墙上一扇窗户，靠墙壁处有一扇门，北墙上也有一扇窗户，既有利于采光，也是为了便于空气流通。

房间的中间，用编织的芦苇拦起来，一端留下一道口子，将这房间一隔为二。南半间，靠近窗口的地方，还建造了炉灶，用柴禾烧水做饭，有一张小桌子和凳子，这半间便起到厨房和客厅的作用。

北边的半间房子，就是睡觉的地方，靠近芦苇处，有一张竹塌，搁在两条竹凳上，都是由毛竹制成。上面铺设好被褥，就可以睡觉了。大多数知识青年，都用报纸，粘在睡觉那边的芦苇上，这样既干净，又能阻挡住冷风吹拂。

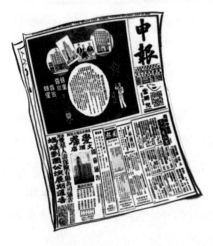

报纸在乡下也是稀罕之物，大多数人都叫"申报纸"，不管是什么名称的报纸，一律统称为"申报纸"。那是因为《申报》的出版时间早，而且影响力又大，大家耳熟能详。

《申报》原名《申江新报》，1872年4月30日（清同治十一年三月二十三日）在上海创刊，1949年5月27日停刊。是近代中国发行时间最久、具有广泛社会影响的报纸，是中国现代报纸开端的标志。它前后总计经营了77年，历经晚清、北洋政府、国民政府三个时代，共出版27000余期，出版时间之长，影响之广泛，同时期其他报纸难以企及，在中国新闻史和社会史研究上都占有重要地位，被人称为研究中国近现代史的"百科全书"。

能够拥有报纸的人，基本上都是城里人，乡下是很少见到。难得开次社员大会，也要早点准备一下，既要找到一张比较新鲜的报纸，比较有意义的文章；还要找到一个识字的人来读报纸，大多数人看见报纸，只有偶尔认识几个字。

知识青年上山下乡，接受贫下中农再教育，虽然是好事，但也实在是勉为其难。这些知识青年，乡下人称谓"白脚梗"，伸出来的手脚都是白白嫩嫩，别说下地插秧，就是在湿滑的田埂上，走起来都困难，一不小心就摔倒了。

不说我们这些楚楚动人的女知青，就是这些男知青，长得虎背熊腰，居然也挑不起多少重量的担子，担子压在肩头，没有走多远，整个人就佝偻起来，渐渐地头越来越低了，好像不得不认输一般。特别是从田里往晒谷场上挑稻，不管距离多少，中间是不许停息。一担稻如果中间停下，放在路上休息一下，那么稻谷肯定会丢掉一些在地上，辛辛苦苦种出来的谷子，就白白浪费了，是非常可惜。

对于知识青年的工作，生产队的小队长，在每天分配工作时，都会给予一定的照顾，毕竟这些青年还不适应农村的工作，只有慢慢地锻炼。只能干些轻便农活，给农民伯伯打下手还可以。

知识青年上山下乡，不仅在工作上非常艰苦，生活上也很艰辛。知青们到了农村，只有安置了住处，吃喝拉撒都要自己解决。米可以从粮站买些，但菜就不容易了，一天三餐，每餐都要菜，不可能天天去菜市场，乡下又没有自留地，就是给了地，自己也不会种蔬菜。

知青们一到乡下，往往都是人生地不熟，就是想去找人借点什么要点什么，也找不到人，不知找谁，更难开口。初来乍到，知青们的生活不仅拮据，还非常艰苦。上山下乡，不仅仅是锻炼知青们的身体，也是锻炼知青们的意志。

幸好农村的人都很淳朴，对于知青们也都很关心，知道这些都是城里人，娇生惯养，大家都理解，乡亲们经常这家给点蔬菜，那家给些瓜果，甚至柴禾。有了蔬菜，还要有柴、油、盐、酱、醋，什么都缺不了。

做饭烧菜，要么在炉灶上，炉灶每间知青宿舍里都有，用柴禾作燃料；要么在煤油炉子上，是知青自己买的，使用煤油作燃料，不仅操作起来麻烦，烧出来的饭菜味道，远没有炉灶上的好吃。

第十一章　半机械化

做饭烧菜，除了在炉灶和煤油炉外，我们这里还有煤炉灶，就是烧煤，或者煤球。当然，煤球是要凭票子供应的，一般是买不到的，各镇上和城里都有煤球店。

当时虽然已经有了电，但发电量不足，家里使用的电灯也要时常断电。后来发电量好转了，随着用电的普及，人们发明出了电耕犁。电耕犁可以取代一些牛干的活，比如犁田，还有耙田，相对来说，电耕犁的速度就大大提高了。

电耕犁就是电动牵引机，在耕田的两边，一边一台电动牵引机。这种电动牵引机，前后用铁闸板，在岸上固定住牵引机，牵引机需要很长的电缆线，至少有上百米，由电动机带动钢丝盘，用钢丝牵引铁犁，钢丝绳也有上百米。牵引机的移动，是靠一只铁锚，先拉出去，插入岸上的泥土里，再由电机来移动。

牵引机移动时，我有时也站到上面，感觉像坐汽车一样，很惬意。操作者也不会反对，电动牵引机需要重量，否则容易侧翻，毕竟田埂路上并不平坦。后来将这种大路称为"机耕路"，也是比较形象。

电耕犁的犁，是"T"字形，三个头上都有铁的空心球，支撑起这个犁，方便运行，中间装有两个相同的但方向相反的犁头，无论哪边的电耕犁牵引，都能犁田，翻起泥土，一行行的泥土，整齐划一。

当然，田埂脚边的耕田，还是需要牛来犁，还有耕田两头的也需要牛来犁，电耕犁只能解决大面积的耕田，转弯抹角的还是要牛来解决。特别是有些不规则的耕田，只能仍旧依靠牛来犁田。

电耕犁不仅能够犁田，还能耙田。这个耙都是铁的，上面有两排铁的带刀片的圆形轮子，用来切割泥土，把犁好的泥土切碎。就像狼牙棒一样，在水田里碾压过，将那些泥土捣成稀巴烂。

耕田经过电耕犁的犁田和耙田后，将耕田翻了个底朝天，又把泥土捣碎。随后就是耖田了，这耖田只能还要辛苦老黄牛，无论是铁耖，还是木耖，电耕犁是爱莫能助。所以最后还是将牛牙头套到牛脖子上，进行平整耕田。

牛牙头是木头做成的，近似于角尺一样，安放在牛的脖子上，既不能太高，又不能太低，要恰到好处。放在牛脖子上后，还要用一条绳子系住二头，围在牛脖子上。有些男人胆子小，不敢做这种牛活，就是怕上牛牙头。在上牛牙头时，人必须站在牛的脖子处，牛头会转过来，硕大的牛角可能会抵住人，让人感到恐惧。

我从小就会放牛，时常要骑到牛背上去，对牛的脾气还算了解，牛一般不会发脾气，惹急了才会发飙。你要对牛友善，牛也会对你客气，牛是比较聪明的，长期和人相处，自然也能领会人的意思。

干牛活，要套正确牛牙头的位置，套高了，固定牛牙头的绳子会勒紧牛脖子，让牛很不舒服，时间久了，牛就会发脾气，有时会一下子倒在耕田里，还要打个滚，磨洋工。牛牙头套低了，牛脖子使不出劲，也会让牛不舒服，甚至发脾气，必须在牛肩膀下面一点，那是恰到好处。

除了套牛牙头外，无论犁田，还是耖田，犁和耖与牛的距离，必须要控制好。距离短了，犁和耖容易对牛脚造成伤害，那就不是小事了，是天大的事情。干农活不能没有牛，一旦牛脚受伤，那就没法种田了。如果距离太长，牛就容易累着，不利于干农活，农活都是有季节性的，越快越好。因此，犁田时，犁要距离牛后脚一尺左右，耖田的耖，特别是铁耖，至少距离要有二尺。

无论是犁，还是耖，两边固定的绳子距离必须一样。这绳子一头固定在牛牙头上，一头便固定在犁，或者耖的一边，左右对齐，长短一致，这样牛在牵引的时候，受力均匀，不至于使牛干活时感觉到别扭，让牛的心情不爽。

电耕犁除了能够帮助牛犁田和耙田外，还有一项功能，那就是打洞。这是在秋收前，晚稻已经灌浆了，即将成熟，耕田需要脱水，这是最好的办法，就是用电耕犁来打洞，然后开沟排水。也是为春粮排水打下基础，一举两得。

打洞的工具也比较简单，下面就像一个小炮弹，直径在5厘米，长在20厘米，头尖后面圆。上面有个三角形的支架，用铁杆焊接起来，把手是木头的，操作的人要用力按住。

在水稻田里打洞，要有人先用竹竿，在水稻里分出一条道，根据插秧时的脚印，将水稻向两边稍微压倒些，就有了这道笔直的路线，打洞时就方便了。先将这个炮弹头钻入泥里，约地下30厘米，只要按住打洞的工具，随着电动牵引机的钢丝，慢慢地就可以打好一条地下通道。

每块耕田，一般打 5 至 6 条地下通道，随后在排水那头，横向开一条沟，将这些地下的洞都连接，那么这块耕田里的水，都能迅速流入排水沟。这样既有利于晚稻生长，又方便接下去的秋收冬种。

电耕犁的出现，虽然比牛的劳作效益提高很多，但也存在着不少安全隐患。无论是用电耕犁来犁田，还是用电耕犁来耙田，就是用电耕犁来打洞，都是靠牵引钢丝来达到目的。有时钢丝的接口不慎脱落，有时钢丝老化或者损伤，突然断裂，那么在牵引时，钢丝会飞速回弹，对于正在操作电动牵引的人，将会造成致命的伤害。

曾经发生过这种事故，在电动机即将牵引到头时，钢丝突然断裂回弹，不偏不倚，回弹的钢丝一下子缠住了操作者的脖子，当场将人勒死，这种情况操作者是防不胜防。

还有在用电耕犁打洞时，打洞工具使用不当，炮弹头突然从地里钻出来，操作者为了控制住，人低着头向前冲，一不小心，炮弹头就砸在自己的头上，根本躲避不了。轻则皮开肉绽，重则一命呜呼。

顾名思义，电耕犁就是用电驱动，在乡村里，用电有时不太规范，毕竟那些操作者，都是一知半解，并非真正熟悉电工知识。所以在使用电动机时，偶尔会出现漏电，发生触电危险，甚至有的操作者不慎触电身亡。

电耕犁由于是在田埂路上移动，前后两边的铁闸板，对于田埂的破坏很大，特别是一些不宽的田埂路，被铁闸板划过，田埂边的泥土纷纷落入沟渠里。因此田埂就越来越窄，甚至于电耕犁无法操作。

正是由于电耕犁存在着较大的隐患，不仅一旦不慎，就会造成严重后果，而且对于乡村的田埂和沟渠，破坏性很大。虽然提高了犁田和耙田的速度，相对于牛的速度来说，确实是加快了很大程度，但后期的影响也不少。

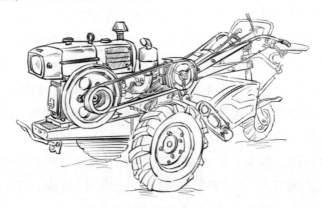

人的智慧是永无止境的，什么人间奇迹都能创造出来，电耕犁流行了没有几年时间，就被手扶拖拉机所取代。手扶拖拉机，众所周知，是利用柴油机来驱动，只在下面安装了一根轴，轴上面布置了很多弯头刀，这种弯头刀，就是用钢条一端固定在轴上，另一端弯成直角。

这些弯头刀，随着拖拉机下面的轴快速旋转，便将耕田里的泥土打得粉碎。拖拉机是用柴油作燃料，相比用电更加安全，没有安全隐患。拖拉机比电耕犁操作起来更加方便，只需要一个人即可，也不管耕田形状是否规则，连旮旮旯旯里的耕田也能一视同仁，完全可以取代牛犁田。

拖拉机耕田，不像牛和电耕犁的幅度大，是在原来的地方，直接打碎泥土，所以对耕田的平整度影响不大。拖拉机耕田，一般需要二遍，头一遍耕完后，让这些杂草腐烂一下，然后再耕第二遍，这样杂草基本上都能消除。

正是由于拖拉机的这种属性，不仅将耕田翻耕好了，且基本上没有破坏耕田的平整性，所以就不需要铁耙来耙田，可以直接用木耙来平整一下就好了。因此，在拖拉机第二遍耕田后，就直接使用木耙，由拖拉机牵引着，将耕田平整好，连牛也不需要了，一次性解决，既省工又省力，而且还节省了很多时间。

随着拖拉机的大量使用，几千年来，耕田永远离不开的牛，便失去了作用，可以说是农耕时代颠覆性的改变。由传统的耕作，向着机械化现代化转变，拖拉机便是标志性的工具，起到了里程碑的意义。

特别是在农村秋收冬种季节，无论是要种植大麦，还是小麦，都需要开沟，为了耕田迅速排水。如果种植油菜，那么就要开更多的沟，纵横交错，春花春粮耐旱不耐湿。

春粮田里开沟，先要有两个人，在耕田里用划刀，切割出沟的两边。一个人掌握划刀在地里的方向，另一个人用绳索牵引着划刀，将绳索放在肩头，两手抓紧绳索，使劲向前拉，就如牛犁田一样。

沟的宽度在 25 厘米左右，两边用划刀切割好后，就用锄头将沟开挖出来，将泥土提到两边的耕田里，如果耕田里播种了麦子，那么正好需要泥土覆盖。划刀切割后的沟两边，都是比较光滑平整，不仅方便开沟，还有很好的观感，只是比较费劲。

后来为了提高开沟速度，我们就想出了偷工减料的方法，用划刀只切割一条缝隙，然后沿着这条缝隙为中心，用锄头在两边将泥土扳起来，自然也形成了一条沟。这种沟作用是一样的，只是沟两边凹凸不平，好像被老鼠啃了似的。既然没有影响沟的使用性，又提高了开沟速度，还减少了很多劳动力，那就何乐而不为。

春粮田里，除了要开挖这些沟外，还要开挖一些深沟。所谓的深沟，就是要比原来的沟深度还要深些，目的是利用深沟，汇聚原来浅沟里的水，迅速排出耕田。

开挖深沟，是有专门的深沟锹。锹口子约 10 厘米，长有 50 厘米，上面还需要装上木柄，才能使用。深沟一般宽 20 厘米，深度在 45 厘米左右，开挖深沟是体力活，没有办法偷工减料，只有老老实实一锹一锹地挖出来，将泥土散放在旁边的耕田里。

在开挖深沟时，深沟锹先从沟边插下去，然后再沿着沟里的泥土插下去，随后将泥土提起来，扔到旁边田里，锹插下去时，稍微倾斜一些，便于提起泥土。一般深沟的宽度 20 厘米，大约需要 4 锹前进 5 厘米，纵向的深沟一般是 90 米，开挖一条纵向深沟，需要 7200 锹，就是数下数字，也要好一阵子，所以往往一天时间也完成不了。

因此，开挖深沟，欲速则不达，只有循序渐进，按照一定的速度渐渐推进。我开始开挖时比较心急，半天时间双手上就产生几个水泡，慢慢地手上就长出了老茧，锹柄也是光滑无比，好像上了一层生漆。

麦田里的深沟需要一纵三横。一纵就是在这块耕田中间，一条纵向的从头到尾，连通进水口到排水口；三横就是在这块耕田的二头距离 10 米左右，各开挖一条横向深沟，耕田中间再横向开挖一条深沟。这样就形成浅沟深沟，纵横交错，沟沟相通，完成了这块耕田的排水体系。

当然，如果是种植油菜，那么在如麦田那样，开挖好深浅沟渠，还要在这块耕田的四周，再开挖一条深沟，更加方便这块耕田的排水。因为油菜怕下大雨，被水淹了，就会减产，甚至被淹死。

自从有了拖拉机耕田后，就有人想到了用拖拉机开沟。将拖拉机后面轴上的弯头刀，只保留中间几把，两边的弯头刀全部拆下，这样只剩下中间一条沟宽的距离。弯头刀快速旋转，将泥土打碎，后面带个犁，随后将打碎的泥土翻到上面耕田里，沟就出现了。

拖拉机开沟，速度几何级提高，不仅开出了沟，而且还将开挖出来的泥土都打碎，又省去了人们斩泥土的活。人工开出的沟，泥土扳到耕田里，还是比较大的，需要再用锄头斩碎，随后再平整一下，这是传统的操作方法。

只是拖拉机只能开浅沟，深沟还是需要人工开挖，拖拉机无法代替。虽然拖拉机只有开浅沟，但已经解放了很多的劳动力，毕竟浅沟的数量远远多于深沟，人们只需要开挖出耕田的深沟，就完成了排水体系。

耕田实现了半机械化，显著提高了务农速度，在很大程度上极大地减轻了劳动力，也可以说是解放了劳动力。随后不久，又有人发明出移动电动脱粒机，也就是水稻脱粒，可以在田野里进行。

原来在田野里脱粒的也是有的，就是用一只硕大的四方形木头做的稻桶，上面的口子很大，四边大约1.5米，桶底的四边大约1米，高约1米。稻桶底部有两根木头，便于在田间牵引。至于脱粒只有人工，人们握着一捆水稻，使劲地甩在稻桶里面的桶壁上，运用人的力气，将稻谷甩下来。

在稻桶里脱粒，全凭体力，力气大的人，使劲甩二下，稻谷可能全部掉下来了，力气小的人，使出吃奶的劲，甩四次五次，还不一定将稻谷全部脱下，这份活是非常累。

因此，大部分都是将水稻挑到晒谷场上，然后使用脱粒机。以前的脱粒机也是人工操作，像踩水车一样的道理，在脱粒机后面有一踏板，需要人踩在踏板上，才能带动脱粒机脱粒。当时的人们真是厉害，做到一心两用，一边踩踏板，一边要脱粒，手脚一齐运动。

有了电动机后，就改用电动脱粒。不仅减轻了劳动力，还加快了脱粒速度，做到既快又好。正是有了电动机，所以才有人发明了移动脱粒机，便于直接在田间脱粒。

移动脱粒机，就是将电动脱粒机，安装在一个铁皮框里，脱粒机上用帐篷遮挡，从脱粒机上面直到下面，避免稻谷飞出去。后面有个铁皮框，围着脱粒机，框子上面是敞开的，脱粒出来的稻谷，就是从这框里取出来，装进箩筐，再挑回晒谷场上晾晒。

移动脱粒机主要是针对早稻，收早稻时，田间的泥土还很泥泞，赤脚走在上面，深一脚浅一脚，双脚都陷进泥里。收割下的稻草还没有干燥，甚至还是青翠的，好像依然在生长。如果在这样的情况下，要将水稻都挑到晒谷场脱粒，劳动力是非常大。

我年轻时，挑这种水稻，只能装 24 捆，每捆水稻只有双手合拢那么大。赤脚挑着一担水稻，在水稻田里艰难地挣扎着，到了田埂边，有时还上不了岸，只能铺设一块木板，一头在岸上，另一头在水田里，才能走上岸。

收早稻时，就进入了双抢季节，所谓双抢，就是抢收抢种。我们不仅仅是要抢收早稻，颗粒归仓，还要抢种晚稻，水稻对于季节非常敏感，农村里有句俗语"最迟不种立秋田"，意思就是说种植晚稻，最迟也不能到立秋插秧。到了立秋那天后，就是上午和下午插的秧，今后也能区别出来，所以必须要争分夺秒地抢时间种晚稻。

　　为了抢抓种植晚稻的时间，利用移动脱粒机，就是最好的办法。将早稻谷抢收上来，挑到晒谷场晾晒后堆进仓库。随后将早稻柴，暂时打捆后，拖到沟渠的岸上晒着，等到晒干后，再挑回家。那么水田就腾空了，可以立即翻耕，进入抢种环节，人们起早贪黑抢收抢种，为了不误农时，希望年底能够有个好的收成。

第十二章　承包到户

　　农民们起早贪黑，千方百计抓农业生产，依然改变不了贫穷的现状。直到耕田经营性质的改变，即"承包到户"后，才给农民带来了巨变。因此，耕田的承包到户政策出台，是给我国农村农民农业带来了发展机遇，是我国历史上具有里程碑意义的伟大变革。

　　农村包产到户最早出现在 1956 年浙江省温州地区永嘉县。1957 年夏季，温州地区各县有 1000 个农业合作社实行了这种办法，但随后受到批判。

　　1978 年春天，为了抗御旱灾，安徽省不少生产队也实行了包产到户，至 1979 年全省约有 10% 的生产队实行了这种生产责任制。同时，在贵州、四川、甘肃、内蒙古、河南等省、自治区的一些贫困生产队也实行了这种生产责任制。最早恢复包产到户做法的是安徽凤阳县小岗生产大队（小岗村），这个村后来被高度吹捧为打响了改革开放的第一枪。包产到户得到了当时的安徽省委书记万里的支持。

　　这种情况下，1980 年 9 月，中国共产党召集各省、自治区、直辖市党委第一书记座谈会，在会议纪要《关于进一步加强和完善农业生产责任制的几个问题》中，提出了对于包产到户区别不同地区、不同社队采取不同的方针，并肯定了包产到户"是联系群众，发展生产，解决温饱问题的一种必要的措施。就全国而论，在社会主义工业、社会主义商业和集体农业占绝对优势的情况下，在生产队领导下实行的包产到户是依存于社会主义经济，而不会脱离社会主义轨道的"。尔后，包产到户作为家庭承包经营的一种形式，在全国农村迅速地采用和推广。1981年1月，实行包产到户的生产队占中国农村生产队总数的1%，到同年6月增加到19.9%。随着农村经济体制改革的深入发展，包产到户逐步演变为包干到户的形式。

农村耕田承包到户，人还是这些人，耕田还是这些耕田，然而却能彻底解决农民的温饱问题。因此，中央肯定了包产到户"是联系群众，发展生产，解决温饱问题的一种必要的措施"。

我家的情况便是最好的佐证。我家户籍上共五人，祖母、父母、我的二姐和我。我的大姐成家后，就独立了户籍，自成一家。祖母年岁已高，丧失了劳动能力，又没有任何的社会保障，只能在家里帮助做点家务，看管一下孩子，用她的话说："我是吃闲饭的。"

我的父母，都是晚期吸血虫病患者，肝脏受到伤害。父亲还有气管炎，身体一直较弱，干不了重活，只有做些轻便的活，那么在生产队里就挣不到高的工分。幸好父亲还有一点文化，识一些字，便担任了生产队的记分员，就是每天傍晚收工前，要走遍生产队，将每个队员的出工情况记录下来。母亲的身体相对好些，每天起早贪黑地干，也就算一个妇女全劳力的工分。

我和我的二姐还在上学，尽管二姐比我大四岁，小学毕业后，就参加了生产队的劳动，但只能算一个妇女的半劳力。那时我只是一个顽童，饿了想吃饭，饱了出去玩，没心没肺，无忧无虑。

也许我比较顽皮，生产队里的叔叔们经常要逗我玩。时常有人让我叫一位叔叔"丈人阿爸"，因为那叔叔家有位女孩与我年龄相仿。我根本不清楚什么是"丈人阿爸"，只要有人问我："你敢不敢叫他丈人阿爸？"我就追着那位叔叔一个劲地叫"丈人阿爸"。

那些叔叔们都哄堂大笑，连那位叔叔也跟着笑，我也感到很开心地笑。有时叔叔们在挑稻，一帮子人，有人看到我，说："你的丈人阿爸在后面，快点去叫他。"我便躺在青草如茵潮湿的地上，等那位叔叔到了就大声叫喊起来："丈人阿爸。"后来随着年龄增加，慢慢地明白"丈人阿爸"就是岳父，难怪那位叔叔也不生气，有时还乐呵呵地笑。

随着我对知识的增加，后来傍晚放学，回家就帮助父亲去记分，走遍生产队的田野和晒谷场每个角落。记分并不复杂，每个生产队的社员都有一页纸，可以记录一个月时间。记分册上有时间，记录哪天，摘要内容是记录劳动情况，做什么农活，还有天数，就是一天，还是半天，甚至有四分之一天，还是四分之三天。这样的记分，也帮我丰富了不少知识，认识了好多字。比如那些社员的姓名，还有那些劳动内容，这些都要叫得出，写得来。

记分册每个月汇总，就能算出每个社员一个月的出工天数，十二个月的汇总，就是每个社员一年的出工天数。生产队到年底，进行算总账，应收款减去应付款，剩下的便是生产队一年的利润。生产队每年的利润，再按照全年生产队社员的工分数量，进行核算，随后进行分红。每个劳动力分红时只有人民币1角多点，甚至有的只有 8 分钱一个劳动力。

在生产队辛辛苦苦干一年，最后还是"倒挂"，就是还欠生产队的债，也叫"透支"。不仅生产队的农户经济大部分要"倒挂"，还有好多粮食都吃不饱，青黄不接的情况时有发生。我家里就是这样，因为我家只有母亲算是妇女全劳力，生产队分红年年"倒挂"，母亲经常去舅舅家借米。

生产队的大锅饭，已经非常不合理了，严重制约了生产的发展，甚至人民群众的温饱问题，承包到户，是人心所向，大势所趋。农村耕田承包到户后，讲究人尽其才，物尽其用。我的祖母，在吃大锅饭的生产队时，已经丧失了劳动力，属于纯粹是"吃闲饭"，不允许参加集体劳动，因为年纪大也不能干农活，只能在家里待着，体现不出价值。

分田到户，祖母就帮助我们做饭，干些力所能及的家务，可以让我们一心一意地干农活，也是相对于间接地干农活。我当时虽然还小，不能参加生产队里的劳动，有时只有去捡拾稻穗。但承包到户后，我可以帮助母亲拔秧，也可以一起插秧，甚至在母亲捆稻时，我可以帮助将稻整合在一起，加快母亲捆稻的速度。

我的祖母是位慈祥的老人，瘦弱的身躯，额头上布满皱纹，头发几乎全部白了，偶尔能够找到几根黑发，眼睛却炯炯有神。祖母既善良又勤劳，而且还喜欢整洁干净，很有气质修养，简直就像大家闺秀。我时常和她在一起，在她的房间里，听她说"大头天话"，就是讲一些故事。

我偶尔在祖母旁边发呆，特别是冬天，外面寒风呼叫。我便看着屋顶，从瓦楞里射下来的阳光，都是三角形的，因为瓦片下没有铺设薄砖，阳光就能从缝隙里钻进来，在屋里投入一束光线。

从屋顶钻进来的阳光，里面有各种各样的尘埃，飘飘荡荡，非常细小，也是各式各样。有的还能折射出各种颜色，我感到很好奇，默默地观赏着。感觉这些尘埃好幸福，那么自由自在，我还不如这些尘埃潇洒，至少有我的祖母管着，但她从来没有训斥过我，或者打过我。

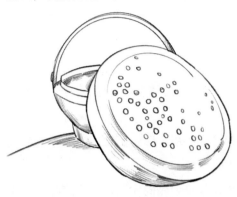

祖母有时会在脚炉灰里放几颗蚕豆。脚炉是冬天用来暖手脚的，是圆形的，铜做成的，上面的盖子有很多孔，散发热量取暖。脚炉一般下面放些稻谷的壳，或者秕谷，甚至木屑也可以，做饭好了后，从灶膛里取出些还红的稻草灰，放进脚炉里，稍微压实一下。使得这些稻草灰慢慢地燃着下面的燃料，产生热量，提供给我们暖手脚。

放入脚炉里的蚕豆，没有过多久，就会散发出香味，也就是熟了。然后就用根木棒挑出来，蚕豆的壳往往是破了，就可以凉下能够吃了，味道实在是香甜无比，有时我迫不及待，吃得快了，就会烫到嘴巴，但也无怨无悔。

祖母除了帮助做些家务，有时还会到自留地上干活。有一次，大热天的午后，祖母到自留地上的番薯地里，将番薯藤向两边翻开，然后将中间的杂草拔掉，还扯掉些太多的番薯藤。既是除草，不让杂草抢了番薯的肥料，又是为家里的兔子收获了食料，而且也是为了番薯更好生长。

由于高温酷暑，没有多久，祖母的衣衫都湿透了。恰巧此时，被我的父亲看到了，父亲大声训斥："这么热的天，你不在家里乘凉，却在地里干活，你热坏了怎么办？"

祖母听到我的父亲训斥，赶紧悻悻地回家。祖母有点怕儿子，时常偷偷摸摸地干活，生怕被自己的儿子发现，有时被我的父亲训得两眼泪水婆娑。我知道这不是痛苦的泪水，而是幸福的泪花，我更加明白，祖母也是想为家里多做一些力所能及的事情，或许也想体现自己的一份价值。

我的父亲是被公认的孝子，对于祖母一直很关心，很体贴，很孝顺，只是有时看见祖母满身大汗，担心祖母的身体，所以就唠叨一番。祖母也是心知肚明，往往是屡教不改，循环往复。父亲以身作则，起到了很好的榜样作用，让我们铭记敬老爱老的良好传统。

祖母时常还蹒跚着脚步，冒着炽热的太阳，带些凉好了的茶水，送到田间地头，给我们解渴，补充水分，让我们能够拥有很好的体力，奋战到农忙中去。

农村耕田承包到户，使得各家各户，男女老少，齐心协力，争先恐后，满怀热情地投入到养育我们的一方水土之中。功夫不负有心人，自从承包到户后，农村的温饱问题从此解决了，人们再也不用考虑到哪家亲戚处借粮食，更加不必思量何时还粮食。

农村耕田承包到户时，每亩耕田都有规定，每年必须交纳多少国家粮，在完成了国家粮任务后，剩余出售的属于商品粮，价格相对要高多了。当然，除了出售国家粮任务后，首先要留足自己家里人的口粮，然后再去出售商品粮。有句俗语："家中有粮，心里不慌。"

每家解决了温饱问题，不再为吃饭担心了，自然生产队的"倒挂"现象也就没有了。自从耕田承包到户后，各家各户或多或少都能够出售一些商品粮，绝大多数农户，春粮和早稻二季，就能够完成粮食的国家任务。晚稻收获后，留出自家口粮，就可以出售商品粮。

自从耕田承包到户后，我们的嘴巴也吃的刁钻了。以前吃籼米时，也就是早稻谷加工成的米，感觉也很香甜，有嚼劲，甚至面粉也是不错的美食，相对于吃糠巴巴，自然是人间美味。

随着我们吃多了粳米后，也就是晚稻谷加工的米，明显比籼米糯性，口感更加好，逐渐地就都不吃早稻米了。当然籼米和粳米及糯米的区别还是有不少。

根据稻谷的分类方法分为三类：粳米、籼米和糯米。粳米：用粳型非糯性稻谷制成的米，米粒一般呈椭圆形。黏性大，胀性小，出饭率低，蒸出的米饭较黏稠。按其粒质和粳稻收获季节分为以下两种：早粳米，腹白较大，硬质颗粒较少；晚粳米，腹白较小，硬质颗粒较多。籼米：用籼型非糯性稻谷制成的米。米粒一般呈长椭圆形或细长形。米质较轻，黏性小，碎米多，胀性大，出饭率高，蒸出的米饭较膨松。按其粒质和籼稻收获季节分为以下两种：早籼米，腹白较大，硬质颗粒较少；晚籼米，腹白较小，硬质颗粒较多。

从黏性程度上分，糯米黏性最强、籼米最弱。粳米居中，所以一般用籼米煮粥了。

以粳米煮粥，中医认为可补中益气，健脾养胃，益精强志，强壮筋骨，和五脏，通血脉，聪耳明目，止烦，止渴，止泻，是"第一补物"。粥的特点是制作简易、服食方便，吸收快，不伤脾胃，老少皆宜。

嘴巴的刁钻，也是一种必然。事物的发展都是经过量变到质变，首先要保证了数量，才能渐渐地提升质量。吃不饱饭时，连草和树皮都能吃，哪里还会讲什么好吃不好吃的事情，只要填饱肚子就可以了。当吃饭不再是个问题时，都会想到什么好吃，什么不好吃，挑三拣四，人之共性。

可以这样说，我们国家实行农村耕田承包到户，是我们中华民族从站起来到富起来迈出的第一步，具有划时代意义的事情。民以食为天，干任何事情，必须要吃饱肚子才行，每天饿着肚子怎么还能干事呢？所以说：家中有粮心里不慌。

原先生产队吃大锅饭时，是集体性质，大多数人是出工不出力，做一天和尚撞一天钟。干农活做好做坏都一个样，只要出工就行，谁也不会去监管谁，出工不出力乡下称为"磨洋工"。

自从耕田承包到户，尽管还是这些耕田，还是这些人员，但耕田的经营性质已经发生了根本性的变化，这些耕田的使用权是自己的，一切都由自己做主，主人翁精神得到充分发挥。不仅调动起全家男女老少的积极性，还加强了左邻右舍关系，密切了亲戚朋友之间的感情。

无论左邻右舍，还是亲戚朋友，时常是互相帮助，农户之间经常取长补短。比如有的农户家里男劳力多，女劳力少，那么就存在拔秧、插秧、捆稻是弱项，有的男人不会拔秧；有的农户家里女劳力多，男劳力少，那么就存在挑稻、挑猪羊灰、平整耕田就是弱项。因此，有些农户之间就相互帮助，男人干重活，女人拔秧、插秧、捆稻。

特别是在双抢大忙季节，有的农户劳动力多，就结束得早，便主动去帮助别的农户干农活，抢收抢种，宝贵的就是季节。所以耕田承包到户后，双抢时间比吃大锅饭时，明显提前了很多，基本上都不会种"立秋田"，不仅时间提前了，而且质量也提高了，从而确保了晚稻稳产丰收。

我家的大表哥，小的时候在我家待过几年，父母亲对他很疼爱。耕田承包到户后，他便时常来帮助我们干些重活累活，带着他的一双儿女，到我家里来玩耍，他帮助干活。特别是双抢大忙时，他的到来就犹如及时雨，给我们增加了很大的动力，抢种早一天结束也好。

　　我经常盼望大表哥来我家，倒不是想他来帮助干活。因为他还是一个捕鱼高手，从春天到夏天，他经常去捕鱼，各种工具，各种手段，他都能行，往往都能捕到鱼。抓到一条雌鲤鱼，再利用雌鲤鱼去捉雄鲤鱼，也就是"霉头鱼"，这种方法也是他想出来的。表哥虽然是捕鱼高手，但他不喜欢吃鱼，最喜欢吃肉，事实如此，捕鱼的乐趣比吃鱼的乐趣要浓烈得多。

　　正是由于农村的耕田，经营性质发生了颠覆性的变化，激发出农户空前的主人翁精神，真正体现出"一方水土养育一方人，一方山水有一方风情"。从此结束了青黄不接借米度日的生活，彻底解决我们的温饱问题，也是基本生活问题。

第十三章　乡村四季

靠山吃山，靠海吃海，农村的农民自然靠田吃田。其实这些话，只是说明了一种意思，必须要因地制宜。无论是靠山的人，还是靠海的人，就是靠田的人，都是要吃饭的，所谓："人是铁饭是钢，一顿不吃饿得慌。"

粮食，山上石头里是长不出来的，海水里是捞不到的，只能在田地里种出来。还有蔬菜也是如此，必须在地上种植出来。而人不能没有粮食蔬菜，粮食蔬菜是人类繁衍生存的必需品，无可替代。

我们嘉兴，不仅仅是浙江省的粮仓，自古以来，也是华夏大地的主要产粮区之一。嘉兴平原是稻米之乡，其真正得到开发早在中唐时期，当时朝廷为加强江南开发，在苏南浙北设立浙西郡，派朱自勉负责嘉兴一带开发屯田，大批湿地泽国成为良田。广德初（763），白雀集于高丰屯（今七星镇尚有高丰桥），是为丰收预兆。当时流传谚语："嘉禾一穰，江淮为之康；嘉禾一歉，江淮为之俭。"由此可见嘉兴作为粮食基地的作用。唐代李翰有《嘉禾屯田记及颂》记之（收入《全唐文》）。朱彝尊、陆以誠的棹歌均有写到。

何况 7000 年前的马家浜文化，我们的祖先就在这里种植水稻了，从嘉兴发掘出来的碳化了的稻谷，便是最好的佐证。

中国的二十四个节气，主要就是按照粮食生产的顺序排列。二十四个时节和气候，是中国古代订立的一种用来指导农事的补充历法，是中华民族劳动人民长期经验的积累成果和智慧的结晶。

由于中国古代是一个农业社会，农业需要严格了解太阳运行情况，农事完全根据太阳进行，所以在历法中又加入单独反映太阳运行周期的"二十四节气"，用作确定闰月的标准。

中国正统的二十四节气以河南为本。中国农历是一种阴阳合历，即根据太阳也根据月亮的运行制定的，因此加入二十四节气能较好地反映出太阳运行的周期。

二十四节气分别为：立春、雨水、惊蛰、春分、清明、谷雨、立夏、小满、芒种、夏至、小暑、大暑、立秋、处暑、白露、秋分、寒露、霜降、立冬、小雪、大雪、冬至、小寒、大寒。

2016 年 11 月 30 日，中国"二十四节气"被正式列入联合国教科文组织人类非物质文化遗产代表作名录。

立春，顾名思义，就是春天即将来临。每年公历 2 月 3 日或 4 日或 5 日，中国以立春为春季的开始，也就意味着天气就要转暖了。农历上，一般一年有一个立春节气，有时会有两个立春节气，俗称"两头春"。即过了大年初一，有个立春节气，到了年底，没有过除夕，又有一个立春节气，一年两头都有立春。

既然有"两头春"，也必然没有立春节气的年份，俗称"盲年"，就是在这一年中，没有立春节气。也有的称为"寡妇年"，不适合出嫁迎娶，或多或少有些迷信色彩。其实这是因为农历和公历的区别，农历是中国传统历法，农历取月相的变化周期即朔望月为月的长度，加入干支历"二十四节气"成分，参考太阳回归年为年的长度，通过设置闰月以使平均历年与回归年相适应。而公历，即公历纪年法，是一种源自西方社会的纪年方法。

一年之计在于春，一生之计在于勤。俗话说得好，春耕秋收，春天万物复苏，是播种的季节，因此春天的农事活动主要有耕地、播种、施肥、除草、浇水、育苗、插秧，等等。播种流程一般为松土、挖坑、播种、施肥、浇水。

耕地需要用到锄头、铁锹、铁耙。适合在春天播种的农作物有白菜、玉米、茄子、西红柿、苦瓜、辣椒等。

虽然春天雨水多，但是农作物播种下去，也要定期进行浇水，确保农作物有足够的水分可吸取。

雨水。每年公历2月18日或19日或20日，雨水节气前后，万物开始萌动，春天就要到了。雨水前后，油菜、冬麦普遍返青生长，对水分的要求较高。"春雨贵如油"，这时适宜的降水对作物的生长特别重要。

雨水节气的到来预示着冬季干冷天气即将结束，气温回升，湿度增大，雨水增多，雨水时节名副其实。大小麦陆续进入拔节孕穗期，是最需要肥料，最怕水的时期，有"尺麦怕寸水"之说，要抓好"力保面积，看苗施肥，清沟排水"的田间管理。

早稻育秧工作开始，首先要在田里做好秧田。然后将早稻种子在太阳下晒晒，可以提高发芽率，再浸入水缸里，水中放入防治病虫害的药剂。浸泡好的稻种，要放进土坑里，下面垫上稻草，并在稻种上浇上热水，上面再盖上稻草，最后盖上尼龙薄膜，保持温度，让稻种发芽，也就是催芽。

惊蛰，每年公历3月5日或6日，天气回暖，春雷始鸣，雨

间，对水稻栽插和玉米、棉花苗期生长有利。

早稻开始移栽插秧，由于早稻秧苗还比较短，既短又嫩，没有办法拔秧，只有用铁锹来抄。在秧田里，将铁锹切入秧苗下面1厘米处的泥里，秧苗连泥一起，撒到已经平整好的耕田里，然后进行插秧。由于早稻秧苗比较短，又连带着泥土，因此早稻插秧速度比较慢。

我左手托着一片早稻秧苗，右手去扯左手上的秧苗，每次扯三至四棵秧苗，连同秧苗下的泥土一起扯下来，再插入耕田。左手除了托着秧苗，就没有其他辅助作用，全凭右手劳作，必然减慢了插秧速度。

立夏，每年公历5月5日或6日或7日。立夏表示告别春天，是夏天的开始。春生、夏长、秋收、冬藏，时至立夏，万物繁茂。

这时夏收作物进入生长后期，冬小麦扬花灌浆，油菜接近成熟，夏收作物年景基本定局，故农谚有"立夏看夏"之说。水稻栽插以及其他春播作物的管理也进入了大忙季节。

"多插立夏秧，谷子收满仓"，立夏前后正是大江南北早稻插秧的火红季节。这时气温仍较低，栽秧后要立即加强管理，早追肥，早耘田，早治病虫，促进早发。

茶树这时春梢发育最快，稍一疏忽，茶叶就要老化，正所谓"谷雨很少摘，立夏摘不辍"，要集中全力，分批突击采制。

小满，每年公历5月20日或21日或22日。这时全国北方地区麦类等夏熟作物籽粒已开始饱满，但还没有成熟，约相当乳熟后期，所以叫小满。

南方地区的农谚赋予小满以新的寓意："小满不满，干断田坎""小满不满，芒种不管"。把"满"用来形容雨水的盈缺，指出小满时田里如果蓄不满水，就可能造成田坎干裂，甚至芒种时也无法栽插水稻。

相传小满为蚕神诞辰，因此江浙一带在小满节气期间有一个祈蚕节。我国农耕文化以"男耕女织"为典型。女织的原料北方以棉花为主，南方以蚕丝为主。蚕丝需靠养蚕结茧抽丝而得，所以我国南方农村养蚕极为兴盛，尤其是江浙一带。嘉兴自古就是"鱼米之乡，丝绸之府"。

蚕是娇养的"宠物"，很难养活。气温、湿度，桑叶的冷、熟、干、湿等均影响蚕的生存。由于蚕难养，古代把蚕视作"天物"。为了祈求"天物"的宽恕和养蚕有个好的收成，因此人们在四月放蚕时节举行祈蚕节。

我母亲一年四季，要饲养三次蚕。春蚕、夏蚕和秋蚕，春蚕饲养的量最多，蚕茧的质量也是最好，夏蚕最少，质量也较差，秋蚕适中，质量也不错。还有冬蚕，因为桑叶有限，饲养量不多，潜伏季节性风险，所以母亲一直没有饲养冬蚕。

养蚕比较辛苦，因为蚕一天到晚就是吃和拉，夜以继日，从不停止，几个小时就要喂食一次。除了生长需要蜕皮时，才停止进食。每蜕皮一次，就长大一次，我们称为"眠头"，一共要五次"眠头"才成熟了。所以五眠后，蚕就开始大量进食，需要大量桑叶，我也必须帮助母亲采桑叶，直到蚕吃饱成熟，开始作茧为止。

蚕成熟时，开始是呆呆的，一动不动，只是为了清理体内杂物，清理好了，蚕就要准备吐丝作茧。全身晶莹剔透，此时体内的杂物全部排泄出去，只剩下丝了，通体是玉色。这个时候就要及时布置好"柴龙"，将蚕放在"柴龙"里，让蚕选择地方作茧。柴龙就是用稻草，先纺成稻草绳子，后用整齐的稻草，通过稻草绳绞成圆的形状。蚕就会在这柴龙里吐丝作茧，编织出一颗颗洁白的茧子。

"春蚕到死丝方尽。"其实蚕并非真的死了，而是变成了蚕蛹。到了一定时候，蚕蛹就会化蝶破茧而出，成为蛾子，经过雌雄交配，繁育新的下一代，如此循环繁衍，生生不息。

芒种，每年公历 6 月 5 日或 6 日或 7 日。芒种节气在农耕上有着相当重要的意义。农历书说："斗指巳为芒种，此时可种有芒之谷，过此即失效，故名芒种也。"意思是讲，芒种节气适合种植有芒的谷类作物；其也是种植农作物时机的分界点，过此即失效。民谚"芒种不种，再种无用"讲的就是这个道理。芒种是一个耕种忙碌的节气，民间也称其为"忙种"。这个时节，正是南方种稻与北方收麦之时。

早稻要施追肥，中稻耘田施追肥。晚稻播种，早玉米收获，早黄豆收获，晚黄豆播种。由此可见，农村里一到芒种，忙得不亦乐乎，就是忙着播种。

晚稻播种时，晚稻种子就不需要放进土坑里催芽了，只要放在化肥编织袋里，堆放在室外的稻草里，24 小时就发芽了。当然，晚稻种子播种前的顺序也是一样的，不能缺少，既要晒晒种子，也要在药水里浸泡，再进行催芽。将发芽的晚稻种子，撒播到平整好的秧田里，也不需要去驱赶麻雀了，此时田野里，到处都有食粮，麻雀也就懒得去泥里寻觅了。

夏至，每年公历 6 月 20 日或 21 日或 22 日。夏至是一年里太阳最偏北的一天，是太阳北行的极致，是北半球北回归线及其以北地区白昼时间最长的一天，且纬度越高，白昼越长。这是地球自转轴倾斜造成的"昼长夜短效应"，越接近两级越明显的缘故。夏至这天，太阳直射地面的位置到达一年的最北端，几乎直射北回归线（北纬 23°26′），北半球北回归线以北地区的白昼达到最长，且越往北昼越长。

夏至是盛夏的起点。虽然还没有到一年当中最热的日子，但离"入伏"也不远了。从夏至起，经过三个"庚日"，便进入一年中最热的三伏天，所谓"夏至三庚数头伏"。气温高、湿度大、不时出现雷阵雨，是夏至后的天气特点。

夏至前后，我们嘉兴的早稻抽穗扬花，田间水分管理上要足水抽穗，湿润灌浆，干干湿湿，既满足水稻结实对水分的需要，又能透气养根，保证活熟到老，提高籽粒重。俗话说："夏种不让响"，夏播工作要抓紧扫尾，已播的要加强管理，力争全苗。出苗后应及时间苗定苗，移栽补缺。夏至时节各种农田杂草和庄稼一样生长很快，不仅与作物争水争肥争阳光，而且是多种病菌和害虫的寄主，因此农谚说："夏至不锄根边草，如同养下毒蛇咬。"抓紧耕锄地是夏至时节极重要的增产措施之一。

夏至时节，正是江淮一带的"梅雨"季节，这时正是江南梅子黄熟期，空气非常潮湿，冷、暖空气团在这里交汇，并形成一道低压槽，导致阴雨连绵的天气。在这样的天气下，器物发霉，人体也觉得不舒服，一些蚊虫繁殖速度很快，一些肠道性的病菌也很容易滋生。这时要注意饮用水的卫生，尽量不吃生冷食物，防止传染病发生和传播。

在梅雨季节，尽管三天两头下雨，既热又闷，还潮湿，但我们也有乐趣，那就是捉鱼。由于经常性下雨，田间的水都溢出来了，排水沟渠里的水，便源源不断地向河里排放，河里的鱼就逆水而上。特别是鲫鱼，最喜欢逆流上来，甚至游到田野里，在沟渠里捉鱼，相比在河里捉鱼，更加有趣。

小暑，每年公历 7 月 6 日至 7 或 8 日。小暑开始进入伏天，所谓"热在三伏"，三伏天通常出现在小暑与处暑之间，是一年中气温最高且又潮湿、闷热的时段。季风气候是我国气候的主要特点，夏季受来自海洋暖湿气流的影响，我国多地高温潮湿多雨。小暑这个时节虽然阳光猛烈、高温潮湿多雨，但对于农作物来讲，雨热同期有利于成长。我们嘉兴是更加典型。

小暑前后，早稻处于灌浆后期，早熟品种大暑前就要成熟收获，要保持田间干湿。中稻已拔节，进入孕穗期，应根据长势追施穗肥，促穗大粒多。单季晚稻正在分蘖，应及早施好分蘖肥。双晚秧苗要防治病虫，于栽秧前5—7天施足"送嫁肥"。

"小暑一声雷，倒转做黄梅。"小暑前后，我国南方大部分地区各地进入雷暴最多的季节。

大暑，每年公历7月22日或23日或24日。大暑节气正值"三伏天"里的"中伏"前后，是一年中最热的时段。大暑时节阳光猛烈、高温潮湿多雨，虽不免有湿热难熬之苦，却十分有利于农作物成长，农作物在此期间成长最快。

酷暑盛夏特别是在副热带高压控制下的长江中下游地区，骄阳似火，风小湿度大，更叫人感到闷热难当。我们嘉兴正值伏旱期，旺盛生长的作物对水分的要求更为迫切，真是"小暑雨如银，大暑雨如金"。

第十四章　四季乡村

　　立秋，每年公历 8 月 7 日或 8 日。立秋并不代表酷热天气就此结束，立秋还在暑热时段，尚未出暑，秋季第二个节气（处暑）才出暑，初秋期间天气仍然很热。所谓"热在三伏"，又有"秋后一伏"之说，立秋后还有至少"一伏"的酷热天气。按照"三伏"的推算方法，"立秋"这天往往还处在中伏期间，也就是说，酷暑并没有过完，真正有凉意一般要到白露节气之后。酷热与凉爽的分水岭并不是在立秋节气。

　　进入秋季后，由夏季的多雨湿热过渡向秋季少雨干燥气候。在自然界中，阴阳之气开始转变，万物随阳气下沉而逐渐萧落。秋季最明显的变化草木的叶子从繁茂的绿色到发黄，并开始落叶，庄稼则开始成熟。立秋是古时"四时八节"之一，民间有祭祀土地神，庆祝丰收的习俗，还有"贴秋膘""咬秋"等习俗。

　　大暑之后，时序到了立秋。立秋日对农民朋友显得尤为重要，有农谚说"雷打秋，冬半收"，"立秋晴一日，农夫不用力"。这是说立秋日如果听到雷声，冬季时农作物就会歉收；如果立秋日天气晴朗，必定可以风调雨顺地过日子，农事不会有旱涝之忧，可以坐等丰收。

处暑，每年公历 8 月 22 日或 23 日或 24 日。处暑节气处在短期回热天气（秋老虎）期内，"秋老虎"一般发生在公历 8 月和 9 月之间，每年秋老虎的时间长短不一，总体来说持续半个月到两个月不等。处暑在日常生活中起到的意义，就是提醒人们暑气渐渐消退，天气由炎热向凉爽过渡，要注意预防"秋燥"。处暑的民俗活动很多，如吃鸭子、放河灯、开渔节、煎药茶、拜土地公等。

一场秋雨一场寒。到了秋天，在西伯利亚一带，大陆内部气压逐渐加强，一股股的冷空气常常侵入东南地带，和暖湿空气相遇，形成了云雨。冷空气越来越多，形成雨的机会也就越多，如果接连下了几场雨，这即说明本地区已受冷空气控制，因而地面的温度将渐渐降低，天气也就一天比一天寒冷起来。

中国古代将处暑分为三候："一候鹰乃祭鸟；二候天地始肃；三候禾乃登。"此节气中老鹰开始大量捕猎鸟类；天地间万物开始凋零；"禾乃登"的"禾"指的是黍、稷、稻、粱类农作物的总称，"登"即成熟的意思。

白露，每年公历 9 月 7 日到 9 日。时至白露，夏季风逐渐为冬季风所代替，冷空气转守为攻，加上太阳直射点南移，北半球日照时间变短，光照强度减弱，地面辐射散热快，所以温度下降速度也逐渐加快。白露基本结束了暑天的闷热，天气渐渐转凉，寒生露凝。古人以四时配五行，秋属金，金色白，以白形容秋露，故名"白露"。

中国古人根据对大自然的观察，将白露分为三候："一候鸿雁来，二候玄鸟归，三候群鸟养羞。"意思是说这个节气，鸿雁与燕子等候鸟南飞避寒，百鸟开始贮存干果粮食以备过冬。这会儿农民也忙着收获庄稼，正所谓"抢秋抢秋，不抢就丢"。但这是在我国的北方情景，毕竟我们的祖国幅员辽阔。白露期间的各地民俗，主要有祭祀大禹、酿五谷酒、喝白露茶等。

在我们嘉兴，白露节气后，冷空气日趋活跃，常出现低温天气，影响晚稻抽穗扬花，要抓住气温较高的有利时机浅水勤灌。白露期间，华南日照较处暑骤减，且降雨多具有强度小、雨日多、常连绵的特点，所以农谚有"白露天气晴，谷米白如银"的说法。对此，要采取相应的农技措施，减轻或避免秋雨危害，同时注意防治稻瘟病、菌核病等病害。

我们嘉兴乡村有句俗语："白露白咪咪，秋分稻穗齐。"晚稻都在抽穗扬花，田野里到处是稻花的芬芳。

秋分，每年公历 9 月 22 日或 23 日或 24 日。秋分，"分"即为"平分""半"的意思，除了指昼夜平分外，还有一层意思是平分了秋季。秋分日后，太阳光直射位置南移，北半球昼短夜长，昼夜温差加大，气温逐日下降。

秋分曾是传统的"祭月节"，中秋节由"秋夕祭月"演变而来。2018 年 6 月 21 日，国务院关于同意设立"中国农民丰收节"的批复发布，同意自 2018 年起，将每年秋分设立为"中国农民丰收节"。

2021 年中国农民丰收节，在我们嘉兴市南湖区七星街道湘家荡，设置了一个分会场，湘家荡农业数字化工厂实现了农业自动化，走在全国前列。

中秋节，是中华民族一年四季中的一个重大节日，除了春节，就要算中秋节了。中秋节是团圆的节日，人有悲欢离合，月有阴晴圆缺，但愿人长久，千里共婵娟。

秋分时节，我国长江流域及其以北的广大地区，均先后进入了秋季，北半球得到的太阳辐射越来越少，而地面散失的热量却较多，气温降低的速度明显加快，因此有农谚说"一场秋雨一场寒"，日平均气温都降到了 22℃以下。北方冷气团开始具有一定的势力，大部分地区雨季刚刚结束，凉风习习，碧空万里，风和日丽，秋高气爽，丹桂飘香，蟹肥菊黄，秋分是美好宜人的时节。也是农业生产上重要的节气。秋分至寒露这半个月是秋熟作物灌浆和产量形成的最后关键时期，因此要加强对农作物收获前的田间管理工作。

寒露，每年公历 10 月 8 日或 9 日。寒露以后，北方冷空气已有一定势力，我国大部分地区在冷高压控制之下，雨季结束。从气候特点上看，寒露时节，南方秋意渐浓，气爽风凉，少雨干燥；北方广大地区已从深秋进入或即将进入冬季。寒露传统习俗主要有赏枫叶、吃芝麻、吃螃蟹、饮秋茶等。

"寒露"的意思，是此时期的气温比"白露"时更低，地面的露水更冷，快要凝结成霜了。《月令七十二候集解》："九月节，露气寒冷，将凝结也。"如果说"白露"节气标志着炎热向凉爽的过渡，暑气尚不曾完全消尽，早晨可见露珠晶莹闪光。那么"寒露"节气则是天气转凉的象征，标志着天气由凉爽向寒冷过渡，露珠寒光四射，如俗语所说的那样，"寒露寒露，遍地冷露"。

寒露后，我国南方大部分地区各地气温继续下降。华南日平均气温多不到20℃，即使在长江沿岸地区，气温也很难再回到30℃以上，而最低气温却可降至10℃以下。另外此时的华南地区将会出现一种灾害性天气——绵雨，其特点为：湿度大，云量多，日照少，阴天多，雾日亦自此显著增加，直接影响"三秋"的进度与质量—— 秋收、秋耕、秋种。

霜降，每年公历10月23日或24日。霜降节气含有天气渐冷、初霜出现的意思，是秋季的最后一个节气，也意味着冬天的开始。

"霜降见霜，米谷满仓"的农谚正反映出了劳动人民对这个节气的重视。霜降，北方大部分地区已在秋收扫尾，即使耐寒的葱，也不能再长了，因为"霜降不起葱，越长越要空"。在南方，却是"三秋"大忙季节，单季杂交稻、晚稻才在收割，种早茬麦，栽早茬油菜；摘棉花，拔除棉秸，耕翻整地。"满地秸秆拔个尽，来年少生虫和病。"收获以后的庄稼地，都要及时把秸秆、根茬收回来，因为那里潜藏着许多越冬虫卵和病菌。

"满地秸秆拔个尽，来年少生虫和病。"这句俗语是非常有科学道理，至今仍然有现实意义。只是我们这些年来，为了防止秸秆焚烧，污染空气，各地都在提倡秸秆还田，收割时将秸秆直接粉碎埋入地里。

秸秆还田，尽管杜绝了焚烧，保护了环境，但也引发了一些问题。由于秸秆过量还田，长年累月，土地消耗不了，产生的污水影响了河道水质，同时也影响了土地的质量。还有就是加剧了病虫害的发生，毕竟在秸秆中，存在着很多病虫害，留存在田野里，势必会在来年暴发。

这个因为秸秆还田引起的问题，已经困扰了我们的专家学者很久了，一直没有很好的途径来解决，简直束手无策。

立冬，每年公历 11 月 7 日或 8 日。立冬后，日照时间将继续缩短，正午太阳高度继续降低。由于地表贮存的热量还有一定的能量，所以一般初冬时期还不是很冷；随着时间推移，冷空气活动逐渐频繁，气温下降趋势加快。

立冬是冬季的第一个节气，代表着冬季的开始。立冬也是我国民间非常重视的季节节点之一，是享受丰收、休养生息的时节，通过冬季的休养，期待来年生活的兴旺如意。立冬在古代社会是"四时八节"之一，是个非常重要的节日，在我国部分地区有祭祖、饮宴等习俗。

立冬前后，我国大部分地区降水显著减少。东北地区大地封冻，农林作物进入越冬期；江淮地区"三秋"已接近尾声；江南正忙着抢种晚茬冬麦，抓紧移栽油菜；而华南却是"立冬种麦正当时"的最佳时期。此时水分条件的好坏与农作物的苗期生长及越冬都有着十分密切的关系。另外，立冬后空气一般渐趋干燥，土壤含水较少。

移栽油菜，是做农民最艰苦的一件事情，相比插秧还要辛苦。首先要将种植油菜的耕田，纵横交错的沟开挖好，便于排水，油菜最怕水淹。随后用铁锄挖坑，按照一定的距离，不能太密集，也不能太疏散。还要在坑里撒上磷钾肥，这是油菜的基肥。

油菜秧从地上拔来，需要一棵一棵地种在泥坑里，上面压上泥土，摁结实了，否则在西北风里会冻死。种植好油菜秧苗，还要施上猪羊灰，那是很好的有机肥。最后再盖上一层泥土，压在猪羊灰上面。移栽油菜，不仅顺序复杂，要求高，而且天气寒冷，手脚冻得红肿，甚至嘴里不停地发出"雌蟹雄蟹"声音。

小雪，每年公历 11 月 21 日或 22 日或 23 日。小雪是反映降水与气温的节气，它是寒潮和强冷空气活动频数较高的节气。小雪节气的到来，意味着天气会越来越冷、降水量渐增。

这个节气之所以叫小雪，是因为"雪"是寒冷天气的产物，这个节气期间的气候寒未深且降水未大，故用"小雪"来比喻这个节气期间的气候特征。"小雪"是个比喻，反映的是这个节气期间寒流活跃、降水渐增，不是表示这个节气下很小量的雪。

在小雪节气初，东北土壤冻结深度已达 10 厘米，往后差不多一昼夜平均多冻结 1 厘米，到节气末便冻结了 1 米多。所以俗话说"小雪地封严"，之后大小江河陆续封冻。

农谚道："小雪雪满天，来年必丰年。"这里有三层意思，一是小雪落雪，来年雨水均匀，无大旱涝；二是下雪可冻死一些病菌和害虫，来年减轻病虫害的发生；三是积雪有保暖作用，利于土壤的有机物分解，增强土壤肥力。

大雪，每年公历 12 月 7 日或 8 日。大雪的意思是天气更冷，降雪的可能性比小雪时更大了，并不指降雪量一定很大，相反，大雪后各地降水量均进一步减少。

"小雪腌菜，大雪腌肉"大雪节气一到，家家户户忙着腌制"咸货"。将盐加花椒等入锅炒熟，待炒过的花椒盐凉透后，涂抹在鱼、肉和禽内外，反复揉搓，直到肉色由鲜转暗，表面有液体渗出时，再把肉连剩下的盐放进缸内，用石头压住，放在阴凉背光的地方，半月后取出，挂在朝阳的屋檐下晾晒干，以迎接新年到来。

我们嘉兴这里的小麦、油菜仍在缓慢生长，要注意施好肥，为安全越冬和来春生长打好基础。

冬至，每年公历 12 月 21 日或 22 日或 23 日。据传，冬至在历史上的周代是新年元旦，曾经是个很热闹的日子。

冬至这天，太阳直射地面的位置到达一年的最南端，几乎直射南回归线（南纬 23°26′）。这一天北半球得到的阳光最少，比南半球少了 50%。北半球的白昼达到最短，且越往北白昼越短。

比较常见的是，在中国北方有冬至吃饺子的风俗。俗话说："冬至到，吃水饺。"而南方则是吃汤圆，当然也有例外，如在山东滕州等地冬至习惯叫作数九，流行过数九当天喝羊肉汤的习俗，寓意驱除寒冷之意。

我们嘉兴都喜欢吃桂圆烧蛋。这道美食是用桂圆和鸡蛋炖煮而成的，在寒冷的冬天吃一碗桂圆烧蛋能温暖我们的身体。古时候人们认为在冬至这一天有东西吃，那么明年一年就都有东西吃了，所以嘉兴人会在冬至这一天准备一碗桂圆烧蛋来吃。

冬至日太阳高度最低，日照时间最短，地面吸收的热量比散失的热量少，冬至后便开始"数九"，每九天为一个"九"。到"三九"前后，地面积蓄的热量最少，天气也最冷，所以说"冷在三九"，而"九九"已在夏历一月、二月，我国大部分地区已入春，因此"九九艳阳天"。

小寒，每年公历 1 月 5 日或 6 日。小寒的意思是天气已经很冷，中国大部分地区小寒和大寒期间一般都是最冷的时期，"小寒"一过，就进入"出门冰上走"的三九天了。

中国古代将小寒分为三候："一候雁北乡，二候鹊始巢，三候雉始雊。"古人认为候鸟中大雁是顺阴阳而迁移，此时阳气已动，所以大雁开始向北迁移；此时北方到处可见到喜鹊，并且感觉到阳气而开始筑巢；第三候"雉始雊"的"雊"为鸣叫的意思，雉在接近四九时会感阳气的生长而鸣叫。

这时的江南地区平均气温一般在 5℃ 上下，虽然田野里仍是充满生机，但亦时有冷空气南下，造成一定危害。

大寒，每年公历 1 月 19 日或 20 日或 21 日。大寒同小寒一样，也是表示天气寒冷程度的节气，大寒是天气寒冷到极致的意思。根据我国长期以来的气象记录，在北方地区大寒节气是没有小寒冷的；但对于南方大部地区来说，最冷是在大寒节气。

大寒在岁终，冬去春来，大寒一过，又开始新的一个轮回。在我国一些地方，每到大寒至立春这段时间，有很多重要的民俗，如除旧布新、制作腊味以及祭灶、尾牙祭等。尾牙祭，亦称"做牙""做牙祭"等，民间有做完牙祭后全家坐一起"食尾牙"的习俗。

大寒是二十四节气中最后一个节气，是我国大部地区一年中的寒冷时期，风大，低温，地面积雪不化，呈现出冰天雪地、天寒地冻的严寒景象。

俗话说："花木管时令，鸟鸣报农时。"花草树木、鸟兽飞禽均按照季节活动，因此它们规律性的行动，被看作区分时令节气的重要标志。中国古代将大寒分为三候："一候鸡乳；二候征鸟厉疾；三候水泽腹坚。"就是说到大寒节气便可以孵小鸡了。而鹰隼之类的征鸟，却正处于捕食能力极强的状态中，盘旋于空中到处寻找食物，以补充身体的能量抵御严寒；在一年的最后五天内，水域中的冰一直冻到水中央，且最结实、最厚，孩童们可以尽情在河上溜冰（日平均气温连续多日出现-5℃以下天气方可进行，这种活动一般出现在黄河以北地区）。

当然，溜冰在我们嘉兴也有，只是在一些小河里，或者河浜里。接连几个冷空气南下，天寒地冻，河浜里结了厚厚的一层冰，我就可以在冰面上自由行走。但这种情况已经很多年没有了，气候变暖，已经非常严重了，结冰也很少见了。

过了大寒又立春，即将迎来新一年的节气轮回。一年复一年，周而复始，中华民族几千年的文明史源远流长。在时间的长河中，我们的先辈，用自己勤劳的双手，聪明才智，一年四季，在这片土地上辛勤耕耘。不失农时，播种农物，也是播种希望，收获幸福。不仅满足了自己的温饱，也改善了自己的居住条件。

第十五章　房屋变迁

　　人类的进化，社会的发展，不仅实现了丰衣足食，必然还进一步改善居住条件。在生活消费方面，温饱问题还是小事，居住的房子才是大事。

　　我们的先辈们，原来都是居住在茅屋里的，是用芦苇、稻草等苫盖屋顶的简陋房子。能够遮挡风雨，抵御酷暑严寒，得以安身所在。

直到我小时候，有记忆的岁月里。在我们胥山村晒浜队，还有近十家农户，住在茅屋里。那些基本上都是外来的农户，有的是从江苏过来定居，有的是从绍兴来此生活，偶尔有本地的农户。毕竟要造一幢砖瓦房子成本不小，虽然也很简陋，但是相对茅屋那是没有可比性。

我们这里的茅屋，墙壁都是泥墙，泥墙是用泥土打压而成。打泥墙有一副泥墙板，长约2米，宽是0.5米，两边上下有固定的木棍，两头有封口板块，泥墙的壁厚度在0.5米。还配有多根碗口粗的木棒，长度1.5米。

造茅屋时，先规划好房子的大小、泥墙的位置，将泥墙板安装好。然后分工，有的去附近搬运泥土，泥土既不能过分硬，无法粘合在一起，泥墙就不牢固；也不能过分湿，湿度太高，泥墙板拆卸后，泥墙就可能塌陷了。有的就站在泥墙板旁边，将泥土倒入泥墙板里面，然后有人用脚踩，有人用木棒使劲地向下打压，要让这些泥土粘合在一起，泥墙才牢固。

泥墙一般不高，在1.5米左右，泥墙高了就很难操作，人们都是站在凳子上，或者是小的梯子上打泥墙。况且茅屋造的高度也不宜太高，特别是在大风天，那种强台风来时，会将茅屋的顶都可能吹掉，因为茅屋的顶都是毛竹和稻草，分量很轻。

茅屋的泥墙打好后，就用毛竹来做支柱和屋梁，当毛竹搭建好了屋顶，就盖上稻草帘子。稻草帘子在造房子前，就开始编织起来了，在一根长竹竿上，用一束稻草将一捋捋稻草整齐地固定在竹竿上，稻草帘子编织好了，才开始建造茅屋，毕竟编织稻草帘子比较慢，量又多。

稻草帘子一层压一层，至少压着下面一半的地方，层层叠加，直到茅屋顶上，最后也是用稻草来收口。茅屋的门口，是在打泥墙时就预留，先安装一个门框，固定在泥墙里面，盖好了屋顶，就可以装上门。窗户墙壁上多数是没有的，因为泥墙比较低，只有在茅屋的顶上，靠近烟囱的地方，安装一小块玻璃，能够采光，也就是在炉灶上面，方便做饭烧菜。

我家虽然是砖瓦房子，但猪棚也是茅屋，茅屋不大，建造的方式是一样。就在我家的厨房间西边，坐北朝南，北边有两间猪圈，长约3米，宽2米，深有1米。南边靠墙建有一排兔子棚子，饲养了约6只兔子。

猪圈里每天要扔些干燥的稻草，给猪睡觉用，主要还是积猪灰，猪灰越多，按重量核算成生产队的工分也越多。有的人便使劲地往猪圈里扔青草，甚至在出猪灰前，往猪圈里扔水草，目的是增加猪灰的重量，可以换算成更多工分。兔子灰，我们一般都是用在自留地上，也是一种很好的有机肥。

茅屋尽管建造成本比较低，但好景不长。因为稻草帘子，在风吹雨打严寒酷暑中，很容易老化，3到4年，就需要重新换过，劳民伤财。否则，就会这里漏水了，那里透光了。

后来，父母亲在西边的路边，建造了三间猪棚。墙壁还是泥墙，屋顶改为洋瓦了，用树木做了支柱，木头和毛竹做横梁，可能木头没有多少，只能再用些毛竹。自己竹园里的竹子做椽子，上面盖上了红色的洋瓦，是胥山砖瓦厂制造的洋瓦。泥墙外面挂上稻草帘子，防止雨水对泥墙的破坏，这样的房子，与茅屋就没有可比性，经久耐用。

这三间猪棚，坐西朝东。靠近北边的二间是猪圈，南边一间是养兔子，门在中间朝东开，靠着门口的南边，砌了一只炉灶，旁边有一个风箱，拉风箱将风吹入炉灶，炉灶燃烧得更加旺。

我经常在这炉灶上煮猪食，根据四季不同，有时煮"水活头"草，这些草也是我去割来洗干净，再切碎了放进锅里煮熟。有时煮南瓜，那是种在自留地上的，切开南瓜，挖出南瓜子，然后切碎后再煮。有时煮碎米粒，稻谷加工成米，我们在做饭前，要将米用筛子来筛选一下，碎掉的米粒，就给猪吃。这些煮熟后，倒进一只缸里，里面早已放入糠，随后就搅拌均匀。这样的猪食，对猪的成长非常有利，不容易得病，也不容易长寄生虫。

尽管我家的猪棚翻建后，距离远了好多，有十几米，特别是下雨天，必须要撑伞过去，但环境好了不少，蚊子苍蝇也少了好多。毕竟猪棚里，是有一定的臭味。

若干年后，我家的房子，年久失修，其实要修理也很难，毕竟已经是好几十年的老房子。外面大风，里面刮小风，外面下大雨，里面就小雨，晴天房子里面就有很多太阳光。特别是每年夏季，台风来临，时常去别人家里借宿，生怕房子被台风刮倒了。

父母终于痛下决心，准备重建房子。既然要重新建造，就有必要选择一处好的地方。我家原本在俞家浜的浜底，地势低洼，道路不便，连河道也不方便。在我家北边，俞家浜的河道有一处涸水期时，河底露出了水面，人就可以直接来回行走，只有在黄梅季节，小船才可以通过。

父亲是有远见的，尽管身子羸弱，但考虑问题还是很周到，终究是有点文化，识一些字的人，想的就是与众不同。父亲选择了靠近俞家浜的路边，地势相对较高的地方，与别人的自留地作了调换。那里道路就在后面，直通胥山方向，河道也很通畅，虽然后面那条排水沟渠，一年到头向河里带去不少泥土，但没有影响到通航。

在农村造房子，就是天下最大的一件事情，没有之一，只有唯一。造房子时，任何一家都会倾其所有的钱，甚至还要去借钱。借钱，不仅亲戚朋友要有钱，还要愿意出借，否则，有钱也借不到。毕竟大家的经济收入都有限，能够攒点钱都不容易，谁不想手里有笔大额存款。那时的万元户，只是嘴上说说的，是一种奢望，或者是一种理想而已。

农村造房子，也是有季节性，一般都是在秋分前后。农村有句俗语："白露白咪咪，秋分稻穗齐。"那时稻穗正在扬花灌浆。经过高温酷暑，天气开始凉爽了，又正好是农闲时期，人们也有空闲时间，可以叫到亲戚朋友左邻右舍来相帮。相帮就是吃饭退工钱，只有管酒管菜管饭，不发工钱，是农村里一条不成文的规矩。

相帮的人，都是做小工，运输物料，平整土地，开挖地基等等，是不可或缺。至于那些泥工、木工都是要发工资，工资按师傅和徒弟级别支付，每家造房子，必须要请一位"把桌师傅"，具体事项都由"把桌师傅"决定，相当于是工地负责人。

"把桌师傅"不仅要落实好泥工和木工的人数，还要安排好材料的堆放，以及次日需要多少小工，都要全盘考虑好，并关照房东做好准备。就是上梁酒开桌，也必须要"把桌师傅"先上座，然后才能安排开席。

当然，造房子不是想造就能造的，首先要准备好造房子的材料。砖头要去买，老房子的砖头都是杂七杂八，使用率是不高，虽然我家后面就是胥山砖瓦厂，但是要用钱去买的，记得当时父亲通过熟悉的人，去买了些次品砖，缺角的，不规则的，或者是火力猛砖头膨胀的"包子砖"，所谓"包子砖"就是因膨胀像包子一样的砖头，这些价格便宜多了。

瓦片，老房子上的都是黑色的小瓦，必须要统一，不能增加些洋瓦。就去嘉善县干窑那里有小瓦出售，那里都是土窑，生产的都是黑色的小瓦片。

这些砖头瓦片，都是笨重之物，必须要用船只去装运。当时的船只，都是用橹来摇船，去胥山砖瓦厂是方便，就在我家北边，摇船过去不到一个小时。要到嘉善县干窑买瓦片，必须一清早就开始出发，到干窑至少半天时间。买了瓦片搬入船里，再摇回家，已经是夜里较晚了。

次日，还要请人将瓦片从船里挑上来，堆放在准备造房子的地方，这些工作量也不小。有的在船里将瓦片装入筐里，有的将瓦片挑上岸，还有的将瓦片堆放整齐，不能倒塌，避免不必要的损失。砖头也是这样，就如燕子筑巢，将材料一点点地备齐。

木料需要砍伐大的树木，来做栋梁之材，就必须提前一年砍伐。将砍伐下来的树，扔到河边，浸入水里，树木经过水的浸泡，就不会被虫蛀。然后再搬上来，剥掉树皮，最后造房子时，由木工处理。

冬天枯水季节，河水比较浅，我和母亲一起，在河边用铁塔耙乱砖头。将耙上来的乱砖头，挑上来堆放在一起，这些乱砖头是无法砌墙头，但也有用处，可以用在房子的地基里面，打基础用。

最后准备的材料是石灰。我在自己的自留地里挖一个很大的坑，靠近河边，旁边还要筑一个池，用砖头围起来，底下也铺设好砖头。摇船去石灰窑买来石灰，然后将石灰装入粪桶里，挑上来倒入石灰坑上面的池里。池里面先注入水，石灰遇到水，就立即发酵膨胀，产生热量，蒸汽直冒，热气腾腾。如果放几个鸡蛋进去，不一会儿，鸡蛋就会煮熟了。因此发石灰具有一定的危险性。

等待池里的石灰吸足了水，成为石灰浆，就将石灰浆流入坑上面放置的铁丝网里，需要过滤一下，将石灰渣过滤掉。发石灰不能心急，只能慢慢进行，要让石灰充分发酵，才能完全利用，石灰渣过滤不干净，粉墙时会造成石灰的浪费。

造房子时，石灰的作用就是粉饰墙壁，内外墙壁都要粉饰。外墙粉饰是防止墙壁渗水，影响墙体质量，以前都是"清水墙"，就是没有粉饰，砖头和砖头缝泾渭分明，特别是下大雨时，雨水会沿着砖头缝隙，渗漏到墙壁里面。内墙粉饰，一方面是能够更好地对墙壁起到保护作用，另一方面是起到装饰作用，墙面雪白干净整洁，这也是时代发展的产物。

使用石灰时，光依靠石灰还是不行的，必须要加入"纸筋"。这种"纸筋"就是由稻草加工而成，稻草经过粉碎机加工，粉碎机里面的滤网比较破烂，有大小不一的洞，才能加工出来"纸筋"，否则就变成稻柴糠了。

"纸筋"是长短不一，又比较柔软，在使用石灰粉饰墙面时，需要提前几天，将"纸筋"拌入石灰里，经过石灰的腐蚀，"纸筋"就完全融入石灰里面。"纸筋"的作用，就是起到防止石灰裂缝，就如现在的混凝土里面钢筋一样的作用。

石灰发酵好后，都存入在石灰坑里面，还要经常往里面加水。从河里面挑水上来，加入石灰坑里，至少一个月里，要让石灰坑上面经常保持有水，目的是石灰发酵时，还有小的颗粒没有充分发酵，会产生粒子。泥工在粉饰墙壁时，遇到粒子抹不平，就会随手扔掉一块"纸筋石灰"，必然会造成浪费。最主要的是小的粒子抹在墙壁上，时间长了还会膨胀，并爆裂，犹如年轻人脸上长的青春痘一般。

这些造房子的所有材料，不论是砖头、瓦片，还是木料，甚至石灰等，父亲都要让"把桌师傅"详细地计算好。然后再一件一件一次一次地去购买，光这些材料的准备，也需要很长时间。

在当时的农村，农户要造房子，需要购买造房子的材料。有的农户需要准备几年，有的甚至十多年，还没有准备齐全，主要原因就是钱的问题。有了一些钱了，就去买点材料回家，等又有些钱了，再去买点材料回家，日积月累，积少成多。尽管家里人节衣缩食，但都心甘情愿，盼望着能造起新房子。

就是当造房子的材料都买回家了，还不能马上造房。首先要准备工钱，泥工和木工（师傅每天2元工钱，学徒每天0.6元工钱），加起来工钱也不少，如果实在凑不全，大家都熟悉，也可以欠一些，但至少大部分要付出。还有每天需要几十位小工，虽然小工不需要付钱，但每天午饭和晚餐总得准备好。午饭一般就不喝酒了，晚餐时是必须要喝酒，小菜太少就寒酸了，别人干活也没劲，这活又不是一天或者二天能够完成，而是要半个月左右才差不多。

农户造房子就一样可以说是免费的，那就是砌墙用的泥。选择一块高地，用锄头去削泥，要将小石子和碎瓦片捡出。然后将泥堆在一起，堆成四周高中间低，倒入水，让泥充分湿润。随后用铁耙去使劲搅拌，就好像做团子时捏粉一个道理，甚至可以赤脚在里面踩，直至泥巴有了黏性和韧性，就可以用来砌砖头了。

由于我家是异地建房，相对原地建房方便些，可以一边建造，一边拆除旧房子。泥工大师傅去打好房子基础桩，尼龙线拉好，用石灰撒好规划线，房子的地基就清楚了。随后就开挖基础，就像挖壕沟一样，按要求开挖好了地基，将乱砖头倒入地基里面，地基比较宽，也比较深。

地基里铺设一层乱砖头和碎石头后，五个人一起，用铁的器具夯实，四个人拉绳索，一个人掌握方向。地基平整夯实后，上面就用砖头砌大方脚，一层层砖头缩小到墙壁宽度。墙壁前后左右同时砌起来，泥工大师傅在东西大墙上，学徒在前后墙，或者隔墙上，相对技术差点，影响小点。

墙壁砌好时，木工已经准备好了横梁，我家的一堵隔墙还有落地柱脚，木工要预先将柱脚布置好。上横梁当天，要办上梁酒席，亲朋好友都要挑来团子和糕点，还有肉、鸡等表示祝贺。上梁酒是很有仪式感，抛上梁糕，还有糖果，正梁上还要裹进红包，相当热闹。

上梁好了，就要木工忙碌起来，钉椽子，将椽子一根一根钉到横梁上，距离必须统一，横梁上都已经预先划好线。随后泥工开始铺瓦片，盖屋面，做屋脊梁。屋面好了，就粉饰墙壁，最后还要平整房子的地面。

我家建造了三间平房，坐北朝南。西边靠着房子建造了两间猪棚，北面两间猪圈，南边是杂物间，东边砌了些兔子棚，可以饲养不少兔子。房子建造好，焕然一新，比原来的旧房子宽敞多了，感觉既高大，又开宽，简直是天壤之别。

春暖花开时，母亲和我，从南边我家的竹园里，挖了几棵竹子，移栽到新房子的后面，要培养成竹园。因为竹子作用很大，既可以做农具，又可以当菜肴——竹笋，还可以给房子遮挡西北风。在房子的东边和西边，种植了几棵榉树。榉树有两种，一种黄榉，另一种青榉，在乡下是相当好的树种。如今，在我家东南角上的那棵黄榉树，已经可以合抱了。

十年之后，我将西边一间平房，还有猪棚拆除，建造了一幢雪松式屋顶的别墅。建造别墅的材料去开点"后门"，无论是钢材、木材、水泥，这些都是从物资局里买，还是砖头、瓦片、楼板等，也都要找熟人。国有的公司不仅有国家标价，还有议价，同样的物资材料，价格相差很多。就是乡镇企业的材料，什么人开什么价格，价格都是不一样。

难怪乡下流行一句俗语："世上两只狗，一只搭得够，一只搭不够。"搭得够的什么都好说，搭不够的此路不通。

建材的运输还是通过船，非常费工费时，这么多的砖头、瓦片、钢筋、木材、水泥、黄沙，还有楼板等，都是叫亲戚朋友左邻右舍相帮，去购买回来。然后再一起从船里挑的挑，抬的抬，全部搬运到房子旁边。全部材料备齐，花费了一年多时间，在乡下还是算快速了。

别墅的图纸是朋友陈工帮助设计绘画，泥工没有问题，可以按图施工，但木匠师傅就有点难度了。别墅的屋面太复杂了，上面的尺寸弄错了，屋面就无法完成，特别是乡下的施工队，能够看懂图纸已经不错了，还没有建造过如此高档的别墅。

我为此告知陈工，他特意安排了一位木匠师傅过来指导，才顺利地建造好了别墅。别墅是砖混结构，屋顶是红色洋瓦，有多个坡面，自由落水，瓦沟处的瓦需要现场切割，样式引领潮流，别具一格，城里也很稀少。

别墅窗户使用的是钢窗，门户都是木头。西边外墙的装饰框是扎石子，水泥砂浆粉饰上去后，抹平洒上细小的白色石子，再按压进去。卫生设施齐全。二层楼面采用磨石子，白石子拌入砂浆，粉饰在上面，等待凝固后，用机器重新打磨地面，使得白色的石子呈现出来，平整光滑，打磨好后再打上蜡，便晶莹剔透，非常好看。

乡村的发展，可以从房屋变迁中看出。农户们从茅屋改造成瓦屋，又从瓦屋改造成楼房，辛辛苦苦奋斗出来的钱，全部用在了房屋变迁上了。因为建造房子，不是要做一身衣服那么简单，也不是办一场酒宴那么容易，往往是要倾其所有，简直就是无底洞，大多数农户还要举债才能完成。

尽管建造房屋费钱费力，有的人劳其一生，也只能翻建一次房屋，但大家都乐意，有种幸福感和获得感，也是一种人生价值的体现。因此，大家都乐此不疲，毕竟是件幸福而快乐的大事。

第十六章　婚丧嫁娶

　　每个人一生都会经历不少喜庆之事，比如去亲朋好友处喝建造房子的"上梁酒"，也要经历不少的婚丧嫁娶事情。特别是在农村里的人们，无论是亲戚，还是朋友，或者是左邻右舍，凡是与自己相关的人，这种场合肯定需要参加。

　　任何一种生物，都是向死而生，自从诞生那一刻起，就在逐渐走向死亡，世上没有长生不老之生物。人生更加短暂，匆匆数十年，偶尔难得有超过百年的长寿之星，那是凤毛麟角。人的寿命随着科技的进步和发展，已经得到了很大的增加。曾经乡下五六十岁已经称为老人，佝偻着背，老态龙钟，到了冬天只能在房屋角落里晒太阳了，人到六十古来稀。

　　人生一世，草木一秋。原本赤条条地来，还是赤条条地走。尽管人生匆匆，既然来到了世上，自然要留下一点点痕迹。否则，就是枉为人间走一趟。

　　每个人的人生观、价值观、世界观都不同，所以才有千差万别的人生百态。每个人或多或少都会创造出一些人生价值，必然会留下一些人生痕迹，只是痕迹多少、深浅多少而已。有的人完成了人的使命，离开人世若干年后，就销声匿迹了，没有人再会想起；有的人已经去世上百年，甚至上千年了，但仍然会被人时常提起。

人，一旦来到人间，就必然要经历生老病死。这既是一种宿命，也是一种人生必定经历的程序，至今没有人能逃脱这个规律，这种规律是人生的唯一，没有之一。

有生，必有死。如果只有生，没有死，那么我们这个地球早已人满为患，无法想象会发生怎么样的事情。面对死亡，也是一个人成长成熟的经历过程，在孩提时期，别说不敢看见死人，就是白天在荒郊野地看到坟墓，也会毛骨悚然。

我们这里当时的传统都是土葬。所谓：入土为安，人死后埋入土中，死者方得其所，家属方觉心安。一般都是将死去的人装入棺材，然后埋入泥里。在河边的桑树地里，到处是坟茔，有的露出很少很小，是因为时间久远了；有的比较大，是因为时间比较近，或者是子孙比较多，每年冬至上坟都要添加些泥土，坟便越堆越高，我们这里称为"坟墩"。

坟墩相对好些，是在地下，习以为常，见多不怪。当时我们这里偶尔还有"柴包棺材"，棺材在地上，四周用稻草裹起来，不知什么原因，也不清楚是什么传统，反正经过那里有点害怕。特别是走到旁边，突然窜出个小动物，顿时心脏"砰、砰"直跳，时常会绕道而行。

参加死者葬礼，我们这里俗称："吃豆腐饭"。餐桌上既有白焐豆腐，也有红烧豆腐，还有炒豆腐干等，反正是豆腐作为主角。回家时，还有人会用一块白布包一块豆腐让带回去，说是"利是豆腐"。也有用糕点，俗称"利是糕"。

第一次参加这种葬礼，是我家的一位远房亲戚，我经常叫"婆婆"，就在我家南边不远处，年事已高，驾鹤西去。出殡那天，母亲带我过去，在我的腰间扎了根白带，头上顶着白布，跟在送葬的队伍后面。

前面几个男人抬着婆婆的黑漆棺材，她的家人紧跟在后面，哭哭啼啼。后面是亲戚，还有邻居，一路向东，不少人给婆婆送葬。在伍子塘河边的桑地上，早已有人帮助挖好了墓穴。棺材直接放进墓穴，相帮的人挥锹填土，直到形成一个坟墩。

送葬的人围着坟墩转三圈，才回去。到那家旁边，有人生着了一堆火，回去的人都要从上跨过，还要喝上一口糖水，或者吃一粒糖果，这也是有讲究，或许是祝福生活红火甜蜜，总是比较利是的意思。

对于棺材，我并不陌生的，因为我从小经常看见。棺材，是对于死亡的人而言，其实有的健在的人也有，那是叫寿材。在我父母的床下，早就有几块很厚的木板，在和姐姐玩"躲猫猫"时，我时常钻进床底下就会看到。我小时候不知道，后来好奇问起母亲，母亲告诉我说："这是奶奶的寿材。"

这是我们中华民族的一种传统，一般的人年过半百，就要为自己准备一副寿材。据说做好了寿材，人就会更加长寿。也许是有一定道理。当时的人年过半百已经算是老人，那么必须要为自己的身后事情作打算了，准备好了寿材，也是一桩大事，心情也就自然轻松。一个人的心态是很重要，这种心理作用是非常正常的，也是有一定的效果。

在我的人生中，第一次真正面对人的死亡，那就是我的奶奶。我从小就和奶奶一起，一直在奶奶的看护下长大，父母每天要出工劳动，两姐姐都去上学，只有我和奶奶在家里。奶奶是位非常慈祥的老人，虽然身材瘦骨嶙峋，但精神矍铄，满脸皱纹，一头白发，也不稀少。印象中奶奶从来没有打过我，甚至连训斥也没有，也从来没有看见奶奶发怒，总是那么和蔼可亲。

春夏秋冬，一年四季，奶奶和我一起时，经常给我讲"大头天话"——各种各样传说故事。冬天在老家的墙角里晒太阳，有时将我抱在她怀里，有时让我站在脚炉上，有时在脚炉里烘稻谷，变成爆米花，吃起来非常香，有时拿出一只有点干瘪的荸荠，她剥去皮给我吃，甜得简直要掉牙。夏天在竹园里乘风凉，她还一边用扇子给我扇风，一边让我猜谜语。

奶奶的身体一直比较健康，很少生病。直到临终时，也非常安详地离我们而去，这让我们感到非常欣慰，享年 80 有 9，已经是耄耋之年。况且已经是四世同堂，父母也很孝顺，有人说应该是"喜丧"。

何谓"喜丧"。"人家之有丧，哀事也，方追悼之不暇，何有于喜。而俗有所谓喜丧者，则以死者之福寿兼备为可喜也"。意思就是说，家里有人去世了，而死者是德高望重，福寿双全者；家族兴旺；年纪在八九十岁，这样的死者葬礼可谓喜丧。儿孙们就不会那么悲伤。会停灵三至五日大摆宴席，招待亲朋好友。

也许真是如此，奶奶的去世，我并不感觉害怕。尽管是我第一次面对一个人的死亡，曾经谈论起人的死亡，总是感觉阴森森，但真正面对时，却坦然了不少。当然，伤心总是难免的，毕竟奶奶与我相处十几年。我当时正在上中学，也已经懂得了一些人间的悲欢离合生老病死。

奶奶的后事，是由父亲一手操办，对于丧事的操办，也有了一点了解，这也是一种生活的历练和积累。无论什么事情，都要多看多想多思，对自己今后的生活都有一定的帮助，所谓"要做生活的有心人"。

正是由于我有种勤学好记的习惯，后来在面对父亲的后事时，开始有点手足无措，但还是能够迅速镇静下来，从而有条不紊地开始安排丧事。控制住悲伤，安排好父亲的后事，是对父亲最好的报答。

父亲走得也很安详，没有痛苦。在春天的一个午后，我强忍悲痛，去邀请乡亲朋友帮忙，帮助去亲戚家报丧，都是要步行去的；还要请人给父亲净身，换衣服，幸好寿衣早已准备好了，还要请人帮助买菜做饭，买白布黑纱，还要去给父亲选择好墓地，叫人挖掘好，还要叫人去买棺材等等。

这些事情都要安排妥当，因为停灵要么三天，要么五天，都是有一定的规矩。一般都是三天，实际时间只有二天，第三天上午就要出殡，所以时间非常紧凑，不能有任何耽搁，必须按部就班才能顺利进行。

乡下有句俗语叫"远亲不如近邻"，非常感谢左邻右舍的乡亲，在乡亲们的帮助下，我的父亲顺利地入土为安。

人生就如天空，不会经常是春光明媚，或者秋高气爽，有时会狂风暴雨，有时会赤日炎炎。人生不如意事常八九，人无远虑，必有近忧，坎坷挫折是常事，人生途中的任何艰难困苦，都是人生的历练，也是一种财富，值得好好珍惜。

人，只有经历过真正的生离死别，才会懂得人生苦短，匆匆几十年，弹指一挥间。才能理解时不我待，光阴似箭，莫等闲，白了少年头。才能明白人生的真谛，创造出人生价值的重要性，激发出无私的大爱，便有宽阔的胸怀，拥有更大的格局。

人生中所经历的婚丧嫁娶之事，只有丧事是无法预料的事情，谁也预料不到谁的明天和死亡哪个来得快，死亡的事情既不论时间，也不管地点，随时随地都在发生，只是和你是否有某种亲切的关系而已。其他的事情都是有所准备，无论是亲戚，或者是朋友，不论是要娶亲，还是要出嫁，都必须要提前通知，乡下的俗称"告吃酒"。

告吃酒一般都要提前数月，做好米糕，要亲自上门，带着米糕到每家亲戚和朋友家里邀请。这样才能显示诚意，也是一种表示尊敬的意思，带着糕，是一种好口彩，意思祝福生活更加好，犹如芝麻开花节节高。

农村的婚礼一般都安排在春节，大多数是大年初二，或者是初四，成双的日子。春节是农村最空闲的时期，没有农活可干；春节又是我们中华民族喜庆的节日，大家本来就要欢天喜地过春节，那么正好可以办婚事；更主要的是，春节本应是亲戚朋友相互拜访请客的时候，将婚事放在春节，就是一举两得，节省一些钱。

春节是孩子们最快乐的时刻，每天有好吃的食物，既有佳肴，又有糖果瓜子等；还有小伙伴相聚，可以尽情地玩耍，好吃好玩，对于孩子们已经就足够了。无论哪家办喜事，最热闹的也是孩子，跑来跑去，进进出出，最贴切的乡下一句俗语："小狗掉在粪坑里。"

嫁女儿，娶媳妇，是每个家庭的重大事情，也是头等大事，作为父母都会尽心竭力地要办妥办好，办得圆满，办得风光。既是为子女着想，毕竟结婚是人生的一大喜事，是人生中具有里程碑意义的事情，乡下有句俗语："种田不着一季，讨老婆不着一世。"因此，也是为自己家族的良好发展着想，作为父母长辈，必定会郑重其事一丝不苟地精心操办。

比如我二姐的出嫁，尽管当时我还在上学，已经在读高中了，但也亲身感受到了。男方需要提亲，就是提出准备结婚的要求，当然家里也必须做好了结婚的准备，新房的装修，家具的添置等。一旦通过了女方的同意，就可以定下好日子，这些既可以男方自己提出，也可以通过媒人提出。

男女双方定的结婚日期，至少要提前半年，甚至一年时间。因为要准备新房也好，还是准备嫁妆也好，都必须要有充分的时间。比如女方的嫁妆，有的需要做起来，椅子、方凳子、箱子等，既要木匠师傅现场做，做好后，还要油漆师傅来刷漆，那是需要很长一段时间。

一旦结婚日期定好了，女方就可以去亲戚朋友处"告吃酒"。亲戚朋友收到邀请后，方便时就要来送礼，有的送被褥，有的送毛毯，有的送热水瓶、脸盆、毛巾、牙刷等等都有可能，反正是女方的嫁妆。亲戚朋友送的礼物差不多后，看看还需要什么，再添置好，比如铜脚炉、马桶等，这些也是必需品，一般亲戚们也不会送，只能父母去购买。

脚炉，是父母给女儿的温暖，时刻要陪伴，父母不在身边，就由脚炉带给女儿冬天里的暖和。马桶称作"要紧桶"，半夜三更最需要的物品，是必备的嫁妆，也是称作"子孙桶"，早生贵子，多子多福，缺一不可。

出嫁前夕，媒人还要到女方家里，提着鸡、鱼等，主要是拿些红包来。什么彩礼、落礼等，名目繁多，这是一种传统的规矩，只有媒婆比较精通，能够说得一清二楚。既然是规矩，就得照规矩办事，坏了规矩，要被人笑话。

出嫁那天，男方组织一帮讨亲的人，开着机船过来，要装嫁妆。媒人带头，还要拿红包，什么堂上、抱舅等。刚到门口时，还要从门缝里塞红包，让里面的人开门；搬嫁妆时，每件嫁妆也要红包，开门和搬嫁妆时的红包都不大，1元、2元，甚至2角都有，主要是图个热闹喜庆。

嫁妆的被褥里面，还有马桶里面，都有女方放置的红包。到了男方新房，有人负责铺被褥，就有红包拿。铺被褥也有讲究，新郎在新床上有一条被褥，称为"压床被"，压床被放在最下面，预示着今后新娘管着新郎；压床被放在最上面，预示着今后新郎管着新娘。一般情况压床被放在中间，意思男女平等。女方的嫁妆中，被褥往往有好多条，有厚的被褥，也有薄的被褥，适应春夏秋冬使用。那么马桶里面的红包，必须要让一个小男孩来取，在取出红包的时候，必须要在新马桶里撒上一泡尿，预示着早生贵子。

我二姐因为嫁得不远，所以就当天回门，男女双方的酒宴都摆在当天中午，男方抓紧开席，敬好长辈后，就马上赶到女方家里，女方家里也已经开席，就继续敬长辈。如果新娘子嫁得远，就只能第三天回门了，女方的酒宴也就只能推迟。比如男方初二午餐酒宴，那么女方就初四午餐酒宴，日子都是要成双，即"成双成对"。

我的婚礼也是如此，记得也是在大年初二。这一天里，在我们的俞家浜，这一条河里，同一天迎来了三家讨新娘子的船，鞭炮声此起彼伏，人声鼎沸，热闹非凡。另外二家讨新娘子，就在河对面，虽然距离很近，走路也就一会儿时间，但这排场还是要有的，风俗习惯已经形成，墨守成规的传统还是要遵循。

就如酒宴上新人给长辈敬酒，直到现在仍然传承下来，无论是在乡下，还是在城市的大酒店里举办婚宴，那是必须的程序。敬酒一方面是对长辈的尊敬，作为小辈必须要懂得敬老，这是我们中华民族的优良传统；另一方面也是认识一下长辈，大多数长辈还是初次相见，自然要引见一下；最主要的是收红包，作为长辈，在小辈的人生重要节点上，必须要表示一些真诚的祝福，红包也是必须的，也是一种见面礼，从此就是亲戚了。

婚姻不仅仅是两个人的事情，其实是两个家族的事情。通过两个人的婚姻，形成了两个家族的亲戚关系，难怪旧社会谈婚论嫁时，要讲究门当户对，也有一定的科学道理。所谓门当户对，那时有权有势的家庭，在大门口都设置了，上面是门当，下面是户对。凭这层次各异的门当户对，就能对这家庭的情况可以一目了然，基本上是八九不离十。

通过婚姻，还可以拓展人脉关系。如果追索到祖宗十八代，或许我们都是亲戚了，天下一家亲，你好我好，大家好，岂非就是我们需要的和谐社会。

第十七章 人来客往

俗话说："多个朋友多条路。"此话不错，人们时常挂在嘴边，也是教育孩子为人处世的真谛，要与人为善，要心胸坦荡，要放眼量，格局大，广交朋友；而不要多树敌，多个敌人就多堵墙。

婚姻能一下子带来很多亲戚，甚至有点目不暇接，生活能带来源源不断的朋友。亲戚是具有一定的血缘关系，打断骨头还连着筋，一年四季，总要礼尚往来；朋友朋友，不朋不友，也是需要时常往来，才能加深情谊，进一步促进相互之间的感情。

中华民族自古以来，就是一个礼仪之邦，最讲究礼节和仪式，这是一种优良的文化传统，数千年的文明史，代代相传。礼仪之邦，必然要礼尚往来，礼尚往来必须要有仪式感，才能显示出诚意和祝福。

直到现在，无论哪家办喜事，各种各样的礼节还是不少，大家都在遵循。只要懂点文化，办任何事情都循规蹈矩，以防让人贻笑大方，免得落人话柄。

乡下有句俗语："来时人情，去是债。"任何一家办喜事，亲戚朋友都会纷纷送来贺礼，前来恭喜，表示祝贺，那是给人面子，代表着相互之间的情谊。贺礼的多少，也可以表示情谊的深浅，这个也是非常讲究的。

比如婚礼的女方，她的舅舅、姑姑长辈等，必然要送份重礼，至少要送一床被褥，或者一条毛毯，肯定是相当贵重的嫁妆。男方的长辈们，大部分都是送钱，这钱也是肯定是相对多的，有的是100元，或者200元，根据市场行情。所谓的市场行情，也就是经济生活水平的情况，生活水平提高了，这个礼也是水涨船高。

反正大家都有子女，必然是礼尚往来，你的子女办喜事，我送礼了，我的子女办喜事，你自然也会送礼。一方面代表着两家之间的情谊，关系融洽；另一方面是为了热闹一下气氛，要办事肯定需要人气，体现出为人处世的人格魅力。

对于一些生活特别拮据的人，乡下还有一句俗语："赖债不如赖人情。"因为借债的事情，大家都清楚，有借有还再借不难。如果借债不还，这种事情一旦传出去，那么从此以后，没有人会再借钱给你了，这就是人品问题。至于赖掉了亲戚朋友处的人情，也许还可以得到别人谅解，知道因为经济太穷了，还不起礼，也是可以理解。

人来客往中，不仅是有喜事，作为亲戚，或者是比较要好的朋友，都会送贺礼，还有就是办丧事，也是同样的道理。喜事送礼金是用红纸包钱，表示一种喜气，一份祝福，希望大家红红火火喜气洋洋。丧事就千万不能用红纸包钱了，只能用纯白的纸张包钱，表示一种哀思和悼念。如果用红纸包钱，那么表达的意思恰好相反，会让人心情不爽，甚至反感。

除了婚丧嫁娶的大事，每年的春节，就是走亲访友人来客往的高峰期。父母亲不仅要在春节前夕准备年夜饭，以及一桌好菜，准备待客的佳肴。还要去买些状元糕，各种图案包装的饼干盒子，长方形的饼干盒子，看起来很大，其实里面没有多少饼干，还有一斤一包的白糖，高档些的桂圆、荔枝等。这些礼品是为了去亲戚家拜年时的随手礼，春节做客总不能空手而去。

做客人时，礼物也要搭配好，一条状元糕、一盒饼干是必须的，好像是标配。到舅舅家时，还要加一袋荔枝，或者桂圆，一袋白糖也是应该。这些礼物用块方巾裹着，或者放在元宝篮子里拎着。

春节去做客，是我们的最爱。做客不仅有好菜吃，还有长辈给小红包，也就是拜年钱。我和二姐去舅舅家、叔叔家做客，时常会收到2角钱的拜年钱，拿着钱两眼放光。到日用杂货店里既可以买糖果吃，还可以买小鞭炮放，吃的玩的应有尽有，宽绰了一把。

有时我和二姐两个人去拜年，临走时母亲会一再叮咛："吃饭时挟菜，多吃粉丝，还有肉丝炒白菜，不要挟红烧大肉，可以吃红烧大肉里的空油豆腐，不要吃肉嵌油豆腐，千万不要去挟红烧鱼。"

我显然不明白，难道这些红烧肉、肉嵌油豆腐、红烧鱼放在桌子上，不是给我们吃的吗？不让我们吃，就不要摆出来，看见不吃就更加馋涎欲滴。我有时忍不住问母亲："为什么不要吃？难道不好吃？"

"这些都是年货，需要过一个春节，大家都没有这么多钱，准备得不多。一开始被吃掉了，后来的客人看都看不到了，毕竟过年要摆点样子，有大鱼大肉，才是过年的样子。就像我们家里的笋干烧肉，笋干一大锅，肉却没有多少，客人来一般都是吃笋干。笋干吃掉了，下次客人来时，可以再放些笋干上去，感觉还是那么一大碗红烧笋干大肉。如果将大肉吃掉了，就剩下笋干了，今后客人来了，就拿不出手了。"母亲认真地给我解释，使我明白了出去做客不要吃大鱼大肉的道理。

我和姐姐都记住，无论到哪家亲戚家里，我们就挑副食吃。油豆腐烧肉，就吃油豆腐，慈菇烧肉，就吃慈菇，或者肉丝炒大白菜，肉丝炒芹菜，粉丝烫等。其实这些吃起来也非常好吃，我们也足够了，大鱼大肉看看也已经够了，食欲大开。得到亲戚们的夸奖，说我们是乖孩子，懂事的孩子。

我们出去做客人是这样，客人们到我们家里也是这样。礼物拎来拎去，所谓礼尚往来。直到后来，有些状元糕和饼干盒子的包装都有破损了，仍不影响做客。客人来吃饭时，也是这样不吃大鱼大肉，嘴巴上说："吃肉，吃肉，吃鱼，吃鱼。"实际上筷子不会碰一下，吃得依然很热闹，感觉到津津有味。

当然，这些大肉、大鱼、肉嵌油豆腐等大餐，并非真的不能吃，只是还没有到时候。只因各家各户财力有限，每年春节，准备的大餐实在有限。且春节时间又长，乡下有句俗语："不过正月半，年规不能脱。"就是说从年初一到正月十五的元宵节，足足半个月的时间都是节日，在这节日里必须要讲规矩，来者都是客，必须要用大鱼大肉招待。客人吃不吃，那是客人的事情，但东家必须要摆出来，才能体现诚意，更是一种面子。

这些大餐，过了元宵节后，我们就可以自己吃了。这个时候的大肉，瘦肉好像硬柴，硬邦邦的，没有了肉的香味，大鱼简直是味同嚼蜡，香喷喷的肉嵌油豆腐，吃起来感觉有点馊味。曾经的佳肴，经过了时间的洗礼，已经面目全非，但依然没有影响我们大快朵颐。

正月十五元宵节，也是我们乡下的狂欢节。正月是农历的元月，古人称"夜"为"宵"，正月十五是一年中第一个月圆之夜，所以称正月十五为"元宵节"。根据道教"三元"的说法，正月十五又称为"上元节"。元宵节习俗自古以来就以热烈喜庆的观灯习俗为主。

元宵节是中国的传统节日之一。元宵节主要有赏花灯、吃汤圆、猜灯谜、放烟花等一系列传统民俗活动。此外，不少地方元宵节还增加了游龙灯、舞狮子、踩高跷、划旱船、扭秧歌、打太平鼓等传统民俗表演。2008年6月，元宵节选入第二批国家级非物质文化遗产。

在元宵节晚上，我们吃过晚饭，田野里早已伸手不见五指了，在这漆黑的夜晚，田间的油菜和麦子正在悄悄地成长。我们便用竹竿，上面绑上一把稻草，到了田野里，就点燃稻草，在田埂上不停地奔跑，挥舞着手里的火把，乡下称为："惯火炮"。

惯火炮时一边跑步一边还要喊："正月半夜里惯火炮，我们田里一石六，隔边生产队田里一蚌壳。"这话虽然有点损人利己，但大家都是这么在喊。田野里不久便出现了无数的火光，大家纷纷举着火把，来到田野里放火炮，自然大家嘴里也都在喊着损人的话语，为自己田里的庄稼祈福。

有的人搞不清楚一石六是多少，或者认为一石六也太少了，就干脆改编："我们田里一千斤，隔边生产队田里一蚌壳。"反正喊什么的都有。大家举着火把，在田间不断地奔走，自娱自乐，吆喝声笑声不绝于耳。

春节期间的人来客往，是相互之间对亲戚关系和朋友关系的进一步确认。虽然没有白纸黑字的协议，也没有任何的公证手续，但往往是以事实存在的关系，需要通过逢年过节来体现，就像每年都要签证，从而保持这种关系持续良好地发展下去。

特别是一些小辈对于长辈，比如女婿到岳父家里、徒弟到师父那里等，就不只是春节时候去拜访，一年四季，还有不少的节日，需要去登门拜访。既是表明相互间的关系，也是表示对长辈的尊敬，敬老爱幼是我们中华民族的优良传统，源远流长，生生不息。

清明节。清明节是我国传统的节日，也是最重要的祭祀节日，是祭祖和扫墓的日子。扫墓俗称上坟，祭祀死者的一种活动仪式。我们乡下有清明前十天、后十天之说，就是在清明节前面十天，后面十天，都可以去上坟。

出嫁的女儿，或者和老公、孩子一起回娘家，带上丰富的礼物，回去看望健在的长辈，并一起给逝去的长辈上坟。这既是认祖归宗的意思，让祖宗保佑下一代平安健康，也是孝敬长辈的举动，生活也时常需要仪式感。

端午节。端午节是用来纪念屈原的，最早出现在南朝的《续齐谐记》和《荆楚岁时记》。据说，屈原投江后，当地百姓闻讯马上划船打捞，一直航行了很远却始终不见屈原的尸体。那时，恰逢雨天，湖面上的小舟一起汇集在湖面上争相打捞屈原的尸体。于是便发展形成了划龙舟。百姓们没有打捞到屈原的尸体，又怕江河里的鱼虾吃掉他的身体，就纷纷回家拿米团投入江中，以免鱼虾咬食屈原的身体。这便形成了吃粽子的习俗。

但在我们嘉兴，端午节是为了纪念伍子胥。五月五，迎伍君。几十年前，在我们嘉兴市南湖区大桥镇的胥山上，每年都有的民俗活动，俗称"庙会"。胥山是春秋时期伍子胥屯兵之地，山上还有一座伍子胥墓，为纪念一代忠臣伍子胥而举行的"庙会"。当时的"庙会"，每次都是人山人海，摩肩接踵，人声鼎沸。

还有一些地方"迎涛神"，是中国民间信仰风俗，流行于浙江杭州地区。农历五月初五是端午节，故有迎涛神的风俗。中国民间传说春秋时吴国忠臣伍子胥含冤而死之后，化为涛神，世人哀而祭之，故有端午节。这则传说，在江浙一带流传很广。

裹粽子，基本上每家都会裹。母亲经常裹豆沙粽子，用糯米裹进赤豆沙。赤豆是自己地里种植，在锅里煮熟后，用布袋过滤出豆沙，赤豆的壳就当猪饲料。赤豆沙加些糖，裹进粽子里，吃起来非常香甜。有时还裹些灰水粽，用豆荚的灰放进锅里的粽子一起煮，在粽子表面会有层灰色，所以称为"灰水粽"。其实就是白水粽子，里面什么都没有，只有糯米。有时粽子里面裹进两颗红枣，增加些香甜的成分，比白水粽好吃多了。肉粽就是最奢侈的粽子，里面加入了猪肉，放些酱油拌一下，那是最高档的享受。

中秋节，农历八月十五是我国的中秋节。由于这一天居秋季之半，所以叫中秋节，民间俗称八月节，这就是中秋节的由来。中秋之夜，月色皎洁，古人把圆月视为团圆的象征，因此，又称八月十五为"团圆节"。古往今来，人们常用"月圆、月缺"来形容"悲欢离合"，客居他乡的游子，更是以月来寄托深情。

中秋节，除了春节之外，是一年四季中最重要的节日。中秋是团圆的时刻，与春节有着异曲同工之处，重点在团圆，所以中秋的礼物也以月饼为主，各式各样的月饼，象征着月圆人圆饼也圆，预示着人间和谐美满。

这些节日，小辈都要去拜访长辈，买了烟酒，还有时令礼物，大包小包，前往长辈家里。作为长辈们，自然要准备丰富的佳肴，热情的款待小辈，尊老爱幼，其乐融融。无论小辈也好，还是长辈也罢，逢年过节，都要花费一些钱，人来客往，图的就是一份热闹，一种快乐。

当然，并非只有逢年过节才能人来客往，平时也同样可以来往。特别是从分田到户后，亲戚朋友间的往来更加频繁，有些农活需要相互帮助。比如我家，父亲身体羸弱，我年纪还小，有些农活母亲又干不了，就时常盼着大表哥来帮忙。

在做早稻秧田时，最好用水河泥覆盖在面上。水河泥是从河道里捻上来的，这捻河泥的活，必须有男人来做。捻河泥虽然是笨重的活，但也要有一定的技巧，否则，就很难捻上河泥。

捻河泥，是在水泥船上，用捻河泥网来捻。捻河泥网形状和蚌壳差不多，是用尼龙材料的绳编织而成，上面安装两根长的竹竿。人站在船上，一只脚站在船舱的横档上，另一只脚要站在船舷上，不会游泳的人是不敢站在船舷上的，心里会发怵。

捻河泥有两种方法。一种方法就是将河泥网的竹竿分开，那么河泥网也就张开了，垂直伸进河道底，河底的污泥多，就可以直接插入污泥里。随后将两根竹竿合拢，河泥网也就夹紧了，可以将污泥提上来。另一种方法是将河泥网张开，在河底上面撑过去，将污泥塞进河泥网里，然后再夹紧河泥网，将污泥提上来。

将污泥提上来，倒入船舱也是要有技巧。河泥网里的一网污泥，分量也要有几十斤重。在水里是感觉不出来，水里的重量感觉很轻，因为水中有浮力。在将污泥提出水面时，需要借助水的浮力，在接近水面时必须突然使劲，利用水的浮力和重量的惯性，恰好在使劲时，船舷会因此更加靠近水面。在这瞬间的三种有利条件下，随手将河泥网提出水面，并迅速打开将污泥倒入船舱，起到四两拨千斤的效果，利用借力就不感觉很累。

捻河泥的高手，可以穿件白衬衫，捻满一船河泥，居然白衬衫上没有溅到一点污泥，简直就是神了。一般情况下，捻河泥的人身上，不管是裤了上，还是衣服上，都会或多或少被溅到污泥，这是不可避免的。所谓"高手在民间"，确实有些人能够熟能生巧地做到，捻河泥而污泥溅不到衬衫上。

捻河泥时，会经常将鱼、泥鳅、蚌、螺蛳等连同污泥一起抓起来。生产队时，因为需要很多河泥，就开挖了一个很大的河泥坑。河泥从船里用粪勺掏出，倒入一个河泥潭里，河泥潭上面用一根粗长竹竿，斜竖在地上，另一头用绳索系着，绳索的另一端系住一把粪勺，利用竹竿的弹性，将河泥潭里的污泥掏到上面的一条沟渠里，污泥通过沟渠，流入到上面的河泥坑里。

被河泥网捻起来的鱼、泥鳅、蚌之类，在掏河泥时，就能被抓住，因为比较容易发现。次日，在河泥坑里，上面就会浮起很多螺蛳，随便捡一些，就可以炒上一碗了，肉质鲜美，烹饪简单。

分田到户后，除了需要干一些特别繁重的农活外，在夏收夏种、秋收秋种等农忙时期，我们也时常盼望着大表哥过来，帮助我们。毕竟他家里劳动力多，承包田却不多，很快就能收割完成，种植结束。况且人来客往不是仅仅是休闲做客，有时也要出力帮忙，才能更加体现出亲情。

捻河泥挑上来的污泥，不仅可以给耕田施上有机肥，特别是在做早稻秧田时，是一种很好的基肥，更加便于抄秧苗（插秧时，秧苗还小，不能拔秧，只有用铁锹来抄秧苗）。还能给河道起到清淤的作用，每年都要在河道里捻河泥，将河底的污泥捻上来，河道更加通畅，水质也自然提升，河水的自洁功能得到很好发挥，河水清澈，透明度很高。

随着我逐渐成长，像捻河泥这种农活，我也慢慢地学会了，并且能够干得得心应手。任何工作技巧，只要真心想学，都是不难的，都是可以学会，并能熟练地操作。这些都是传统的劳作技巧，代代相传，只要有人愿意手把手地教，肯定能够学会。

干农活的传统手艺，我都学会了，而且还能干好，只是有些现代的农活没有学。比如开电耕犁，这电耕犁是靠电力驱动。这个电始终感觉到有种神秘感，看不见，嗅不到，也摸不着。万一摸到了就会引起触电，触电可是性命攸关的事情，让人不寒而栗。

第十八章　家用电器

　　从我刚刚有点懂事起，每当夜幕降临，准备吃晚饭时，天色已经暗下来了。此时，母亲将饭菜都端到桌子上，这也许是我家的一种传统，就是开饭时，由一个人将所有人的饭都打好，放到桌子上，然后一起吃饭。这件事情我后来也经常在做，每当家人都到了，准备开饭时，我就将每人的饭打好，并放到每个人习惯的位置上。

　　母亲点燃了一盏洋油灯，放在桌子的一个角上，橘黄色的火苗不停地摇摆，火苗上面还连着一缕黑烟，弥漫在空气里。洋油灯其实就是煤油灯，以前我们用的煤油是从外国进口的煤油，所以称为洋油，一直就这样沿袭下来。洋油灯一般都是自己动手制作，用一个玻璃瓶，瓶盖中间开个小孔，用一缕棉线穿过小孔，露出小孔半厘米即可，剩下的都在瓶子里面。然后瓶子里倒入煤油，拧紧瓶盖，就可以点燃瓶盖上的棉线头，煤油通过棉线头燃烧，照亮整个房子的夜。

　　在这昏暗的灯光下，桌子上的菜，依然能看得一清二楚，碗里的米饭吃到一粒也不会剩下，或许当时的视力特别好，可以和狗的视力媲美。我们一家吃好晚饭，母亲会在灶头上，重新点燃一盏洋油灯，为了洗刷碗筷和锅子，能够看清楚些。

洋油灯，陪伴着我的儿童时期好多年。每当黑夜来临，就是这洋油灯给我们带来光明，照耀着我们生活，照亮了家人的脸庞，能够在黑暗之中，继续着生活。直到睡觉时，父母才吹灭了灯火，进入到一片黑暗，宣告着一天工作的结束。

后来一段时间，大人们议论纷纷，听说我们乡下要立电线杆了，准备拉电线。我们孩子们自然不清楚，立电线杆干吗？拉电线是什么意思？后来居然改变了我们的生活方式。

不久，就有一批人，来到我们村里，据说是来测量线路，应该都是一些技术人员，规划了线路，留下了一些标记。随后又有一批人，并运来了水泥电线杆子，圆形的一头大另一头小，他们根据前面留下的标记，开始挖洞。挖洞的工具就像两把深沟锹，交叉在一起，使劲砸下去，挖一个比电线杆大头还要大一点的洞，比较深。

洞挖好后，那些人就将电线杆子竖立起来，将电线杆子的大头埋入洞里，随后夯实电线杆子旁边的泥土。一根根的电线杆子，按照一定的距离，慢慢地竖立起来。这些人又用专用工具，爬上电线杆子，在上端安装横杠，上面还有瓷瓶。这些全部安装好，就开始架电线，那种很粗的铝的电线。我们孩子就轧闹猛，据说那种铝线很值钱，我们就去捡铝线的断头，居然可以换糖吃。

从这些电线杆子上，又引下来的电线外面有塑料，也是铝线，外面的塑料是绝缘的保护层。到我家里时安装了一只电表，通过电表，电线再接到我家的厨房间和房间，以及猪棚里面。这种铝线在每间屋子里，有一根连接到一只开关，开关里有一根较长的线，可以轻松地拉动开关。最后是灯头线，里面是铜丝的，比较细小，外面是塑料包裹着，这种电线很柔软，末端接一个灯头，灯头上就可以安装灯泡。灯泡都是 15W 的，也是用电量最小的灯泡。用电都是各家出钱的，所以大家都用最小用电量的灯泡。

尽管灯泡的功率最小，但在夜里开关线一拉，只听到"嘀嗒"一声响，灯泡瞬间就光芒四射，一下子将屋子照亮。灯泡和洋油灯简直是天壤之别，不仅更加明亮，更主要的是不怕风吹，无论再大的风，也无法将灯泡吹灭。我们感觉太神奇了，没有火，怎么会发光？大人说里面有电，千万不能碰，碰到触电会死人，那么开关为什么不怕电？电还要听开关的控制，通电和断电，都由开关决定，然后人控制开关。

还有这电是什么东西？为什么看不见身影、闻不到味道、摸不着形状？是从哪里来？为什么叫电？我们孩子们对此是一头雾水，甚至连父母都是搞不清楚，电好像比神仙的法术还要厉害，充满了神秘感，更具有威慑力，只能敬而远之，从此让我对电产生莫名的恐惧心理。

后来各家各户又都安装了广播喇叭。只有一根电线接着一只广播喇叭，还有一条电线通入地上，居然有人在里面说话，而且能够发出各种各样的声音，实在是太神奇了。有时候广播喇叭没有声音了，只要在连接地上的电线处，浇上一些水，广播喇叭就又恢复原样，发出清脆悦耳的声音。

广播喇叭里还时常播报北京时间，与我们的时间分秒不差。广播时间还成了我们的作息时间，早晨只要广播响起来，母亲就要起床了，开始做早饭，开启了一天的忙碌生活；晚上广播结束了，大家也要睡觉了，磨刀不误砍柴工，只有休息好，才能更好地工作。广播里甚至还有天气预报，预报的竟然还是非常正确，尽管天有不测风云，但基本上都能预测到。天气预报大家都比较注意收听，乡下人种田要靠天，只有了解天气情况，才能更好地安排农活。因此，广播喇叭与我们的生活休戚相关，密不可分。

广播喇叭播出内容是有时间段，不是一天到晚播不停，上午和下午都有几个小时休息。后来，父亲给奶奶买了一台收音机，这收音机比广播好多了，可以随时播放内容，只要想听拧下开关就可以。收音机播放的内容更加丰富，不仅有我们嘉兴本地，还有上海、杭州，甚至更远的地方，都能收到。新闻、戏曲、说书、歌曲等内容，什么都有，喜欢听什么就听什么，简直是包罗万象。

收音机虽然需要电源，但不需要接电线，只要电池就可以了。电池不仅非常安全，也比较耐用，两节电池，可以用很长时间，直到收音机发不出声音，更换电池就又可以使用。

这电池也非常神奇，如果用一颗电珠、一段细铜丝线、一个小铜板，将铜丝线一头缠在电珠上，另一头系上一个小铜板。然后将电珠放在电池的头上，小铜板放在电池的尾部，只要一连通电珠立即发出光芒。有时我在被窝里体验这种神奇的现象，乐此不疲。

无论是广播喇叭，还是收音机，都只能满足耳朵的功能，听到却无法看到，所谓"耳听为虚，眼见为实"。满足不了眼睛的功能，毕竟也是一种遗憾。我们还是算幸运的，因为在我们北边的胥山砖瓦厂，浙江建设兵团每月都要放映几部电影，我们可以一饱眼福。生产大队里一个月也轮不到放映一次电影，如果有放映电影，就是已经看过了，我们还要去看一遍。看电影是件稀罕事情，我们这些小伙伴们，没有一个去电影院里看过电影，只有在乡村里看露天电影。

我们晒浜生产队，后来买了一台 12 寸的黑白电视机，引起了轰动，男女老少奔走相告。电视机放在一只架子上面，木头架子高两米，顶端有个框子，电视机就安放在框子里面，框子上还有一扇小门，可以将电视机锁上，免得孩子们损坏。

放电视机需要接通电源，选择频道，调节音响，这个工作谁都不会干，只有生产队里的电工师傅会。每次开电视机，都要等这位师傅过来，打开电视机。有时候收不到频道，电视机还配备一套室外天线，用长竹竿竖立在室外，需要有人去旋转天线杆子，调整天线的接收方位，不停地旋转，直到图像清晰为止。

晴天晚上，电视机搬到外面的晒谷场上播放。下雨天，只能在仓库里播放。吃过晚饭，生产队里的男女老少，有的很早就搬来凳子，抢占有利位置，放在电视机前面，有的就空着两只手，站在后面看电视。叽叽喳喳，人声鼎沸，大家都是一个生产队的人，都是知根知底，聚在一起自然有说不完的话语。

只要电视机一打开，荧屏一亮，全场就立马鸦雀无声，大家的眼睛齐刷刷地朝着电视机，仿佛等待一个奇迹的出现。电视机的节目内容丰富，既有新闻内容，也有越剧、昆剧、黄梅戏等戏曲，还有电视剧，甚至电视连续剧，这种连续剧是最吊人胃口，迫使你每天晚上去观看，一集连着一集。

比如 21 集的《大西洋底来的人》（英文名：*The Man from At-*

lantis）是美国科幻连续剧，一部"干净"的科幻片。是 1977 年由 NBC 出品，帕特里克·杜菲、阿兰·弗吉、贝琳达·蒙哥等主演的一部科幻连续剧。

一起起神秘离奇的事件，一宗宗不可告人的阴谋，中国首部引进的大型科幻片，收视效果惊人。

电视剧讲述了在一个神秘的元旦晚，海底巨浪把奇异的生物麦克·哈里斯送到岸上。当医学界视之为死亡而无能为力时，海洋学家伊利莎白·玛丽博士把他放回海洋，才使他得以复活。

至于他从哪里来，要到哪里去，他自己不知道，电脑也只能猜测。麦克接受了一连串的试验，以测验他的速度、灵敏度和力量。虽然麦克获准返回海洋的世界，但他决定留下来帮助玛丽博士等人探索海洋，同时也学习有关人类的世界。

直到 2015 年 1 月份，我来到英国，乘坐渡船，去大西洋边的一个岛屿上，看到天蓝蓝海蓝蓝，雪白的浪花拍打着船头，溅起无数的浪花。心中忽然想起电视剧《大西洋底来的人》，难道大西洋底下真的有人吗？

还有 26 集的《加里森敢死队》。二战后期，战争越来越残酷，中尉加里森从监狱里找来一些杀人犯、骗子、强盗、小偷组成一支前所未有的敢死队。这些人各有所长且极具个性，抱着立功赎罪的目的加入这支队伍。他们充分发挥各自的特长，纵横于欧洲各国，深入敌后，一次次打入敌军，营救战友，轰炸雷达站、绑架德军元帅、偷取秘密情报，盗取德军物资，摧毁敌人计划，打击黑帮团伙，把德国人骗得晕头转向，打得落花流水。这些人虽然是在押的囚犯，但却骁勇善战，虽然他们常常抱怨任务艰巨，偶尔也有小偷小摸，甚至于关键时刻撒手离去，但是正是这些缺点使情节更加真实可信，也更加可爱。由于他们的英勇表现，战争形势一步步转变。

以及日本出品 26 集《姿三四郎》，是日本著名电影巨匠黑泽明的第一部作品，由菅井一郎等主演。讲述了明治 15 年，姿三四郎去访问门马三郎，没想却看到门马党与修道馆矢野正五郎的一场精彩的搏斗，矢野派一举打败了门马派，姿三四郎见状下决定改拜矢野为师，他死缠硬磨地当了矢野的弟子。儿年后，他成了修道馆的四大天王之一，在矢野的用心调教下，变成了一个谦虚的好汉。不久，三四郎作为矢野的代表向门马应战，将门马置于死地。接着进行与柔术派大师村井的对阵，此时，柔术派巨头桧垣要求与三四郎对阵，如果打败了三四郎就娶村井女儿小夜为妻，被村井拒绝。比武结果，村井用尽了自己这把老骨头最后的力气，败在了三四郎手下。村井临死的那天，一直想娶小夜的桧垣要求与三四郎对决，他为了对付桧垣的绝技十字纹，使出了浑身解数，不想，桧垣自己的心却先败了，倒在月光朦胧的右京草原上。

这种电视连续剧，有时我们晒浜队突然停电了，我们就会赶到南边的光明生产队里看电视，如果光明生产队也停电，我们还会去别的村里寻找看电视的场所。简直就是上瘾了，没有看到电视剧，晚上睡不着觉。

特别是炎热的夏天，晚上在晒谷场上看电视，大家都看得聚精会神。这就给蚊子提供了最佳机会，有些人被蚊子叮咬都没有感觉，蚊子吃饱喝足了才大摇大摆地扬长而去。因此，乡下有句俗语："穿衣乘凉，不如赤膊扇。"意思就是说穿着衣服在外面乘凉，不如回家在床上赤膊扇浦扇，至少不会被蚊子吸血。

浦扇是家家户户都有，各种材料，各种式样，基本上是人手一把。关于浦扇有首顺口溜："扇子扇凉风，扇夏不扇冬，若是有人借，要过八月中。"由此可见，夏天的蒲扇是多么重要，不管白天，还是黑夜；也不论是室外，还是在室内，都离不开蒲扇。炎热的夏天，除了自然风，乡村的人们，只能自力更生靠蒲扇制造凉风，来度过一整个夏季。

自从我们农村里通了电，个别先富裕起来的家庭，居然买来了电风扇，只要插头插到插座上，接通了电源，电风扇就会一刻不停地旋转，送来阵阵凉爽的风，实在是太神奇了。我家旁边的邻居老冯，是在乡办企业开卡车的，走南闯北，见多识广，我时常到他那里，听他讲些新闻趣事。

老冯虽然是开卡车，而且还是一辆5吨卡车，好像庞然大物一般。老冯的人缘特别好，上到乡党委书记，下到普通老百姓，都对他笑脸相迎，能够结识他为荣，甚至他比乡党委书记还要重要。

主要原因是老冯的卡车，是我们大桥乡第一辆汽车。乡政府领导有时还要他接送一下，去嘉兴开会，或者帮忙送点什么东西，反正需要汽车只能请他帮忙。一般群众如果路上遇到，别说坐进驾驶室，就是能够坐上卡车的车厢里，已经感到很有面子了。

老冯家便是我们晒浜队里最早拥有电风扇的家庭，是一台浅绿色的台式电风扇，放在桌子上，电风扇的头还会左右摇摆，能够将风吹到更多地方，非常让人羡慕。我也在心里默默地想，什么时候也能买一台电风扇。

那是一个闷热的晚上，吃过晚饭，我便和邻居的小伙伴一起去大桥镇上。他是在那家企业上班——大桥乡民政旅游用品厂，那天下午和他一起插秧时，我和他约好，晚上去他的厂里买电风扇，他厂里在装配电风扇，可以出售。

从我们晒浜队走到大桥镇，需要近一个小时，他的厂就在大桥镇西边。买了一台立地电风扇，装配好了，我就直接扛在肩头，两个人又一起走回家。虽然这台电风扇也有几十斤重量，扛在肩头时间久难免有点累，但我只是转换肩头，从右肩换到左肩，又从左肩换到右肩。他要帮我扛一会，我没有答应，毕竟他的脚有点残疾，所以才能进这民政旅游用品厂上班。当然，主要还是我有点爱不释手，肩上扛着这台梦寐以求的电风扇，汗流浃背都没有一点感觉，除了兴奋之外，还是兴奋。

回到家里，我早已衣服湿透，赶紧将电风扇接通电源，从三档调到一档，电风扇的风速立即提升，风量骤增，简直是心旷神怡。随后又打开摇头开关，电风扇就不停地摇摆，风速依然不减，犹如冬天里的一把火，太暖心了。

说到"冬天里的一把火"，马上就想起 20 世纪 80 年代，港台的流行歌曲风靡一时，里面就有这首歌名。真是港台的流行歌曲，才催生出了录音机的风头。录音机有单卡，还有双卡，有二喇叭，还有四喇叭，各式各样，品牌也很多，非常热销。录音机的功能并不是要录音，主要的功能是播放磁带，那些港台歌曲的磁带。

当时最摩登的男青年标配是：自行车、喇叭裤、墨镜，必须还要提着一台录音机，最好是双卡的录音机。录音机里肯定播放着港台流行歌曲，而且音量很大。一边骑车，一边提着录音机播放着歌曲，所到之处，人们都为之侧目，用我们乡下的俗语说："扎台型"。

我是在结婚时，才买了一台双卡录音机，录音机既可以用电池播放，也可以直接插入电源，用电池是很费电的。我没有拎着录音机出去"扎台型"，放在家里的写字桌上一动不动，就是不

停地播放港台歌曲的磁带。那些磁带，分为 A 面 B 面，播放完了
A 面，随手换下，就可以开始播放 B 面，可以循环往复，那些歌
曲简直是百听不厌。

　　结婚时，老婆还嫁来了一台彩色电视机。彩色电视机与黑白
电视机，那是有着天壤之别。黑白电视机里播放节目的人，就是
非常像人，和真人基本上一样；但彩色电视机里的人，还能够看
清楚人的表情，人的眼神，那就是真人。

　　后来还流行起录像机，播放录像带，放映更多的片子。各个
镇上有录像室，既播放录像带，同时也出租录像带。至于电冰
箱、洗衣机、电饭煲、空调等家用电器，是我在入住城里后的必
备家电。体现了时代发展日新月异，家用电器层出不穷。

第十九章　经济作物

　　随着社会的发展，用电的普及，不仅家用电器在不断推陈出新，就是农用电器也在不断开发，服务于农业生产。最早实现的是电动脱粒机，用电动马达带动脱粒机，我们俗称"轧稻机"，用于水稻脱粒。这种电动脱粒机，比以前的脚踏脱粒机，不仅速度快，脱粒干净，而且又省力，脱粒效益飞速提升，给农民带来了福音。

　　其次就是用于大麦脱粒的电动脱粒机，我们俗称"炮筒机"。这种电动脱粒机相对于"轧稻机"，便是庞然大物，"炮筒机"是全封闭，除了下面有铁丝网，将麦子筛选出来，掉落到地上，其他部位都被铁皮包裹着，就像一支大炮的筒子，所以称为"炮筒机"。

　　"炮筒机"两头有大小，进料处大，大麦直接喂进去，通过旋转的齿轮，将麦子脱粒出来，然后秸秆从后面喷出，喷出的力量也不小，犹如发射炮弹。出料处自然要比进料处小，有利于秸秆喷出。

　　"炮筒机"重量超过 300 斤，况且又比较长，有 2 米多，两个人抬，需要用粗长的毛竹竿子，如果路程远就非常累。带动

"炮筒机"的电动机，功率 4 千瓦，重量也要 200 斤左右，看起来只是一堆铁疙瘩，其实是死沉死沉，主要是里面都是铜丝。

绝大多数农作物的收获，都可以和电动扯上关系，只有油菜籽的收获，一直还是纯手工。油菜成熟时，有的就用手直接拔起来，放在田里晒干；有的用镰刀割断油菜杆，留下 30 厘米左右的油菜蔸头在地里，等收获了油菜籽后，再去拔掉油菜蔸头。

这两种方式各有千秋。用手直接拔起来，虽然是一次性解决了，但油菜的根系还没有枯萎，必然需要很大的力气。还有在揉搓油菜籽时，根系上的泥巴容易混入油菜籽里，还要对油菜籽进行处理，将泥巴清理出去，否则粮站不收购。另一种用镰刀收割，既轻松又干净，没有泥巴粘在油菜杆上，在拔油菜蔸头时，根系已经腐烂了，拔起来非常省力，只是需要分两次完成。

无论哪种方式，都是等油菜晒干燥后，在田间整理出一块平地，垫上厚的塑料布，或者编织袋缝成的也可以。将油菜轻手轻脚地搬到那块塑料布上，防止油菜籽荚开裂，油菜籽就落到田里，造成损失。搬了一堆油菜后，人就直接踩到上面，油菜籽荚就纷纷裂开，油菜籽都落在塑料布上。用脚踩好，然后将油菜杆逐一提起，再用手揉搓一下，将剩余的油菜籽也捏出来。再将油菜籽荚的壳随风扬出，留下的只有油菜籽了，装入袋子搬回家即可。

油菜籽捏出来后，便放到晒场上晒干燥，就可以去粮站出售。粮站的检验员，用一把竹签，从装油菜籽的袋子或者筐里，取些油菜籽，放在水泥地上。随后用竹签在油菜籽上使劲一抹，油菜籽便纷纷碎了。从油菜籽碎裂的程度，判断油菜籽的含水率高低，也是决定收购价格的高低。当然，有的含水率太高，油菜籽没有完全一分为二，粮站就拒绝收购，让农户运回去晒干燥后再来出售。

　　粮站检验员虽然工作比较认真，但这种检验方法是不够严谨，毕竟都是人工检验，靠力气和眼光，难免掺有不少人情关系因素在里面。价格的高低，更是随心所欲，特别是收购时，还要判断含水率能否收购。如果拒收，那么农户就只能将油菜籽运回家里，重新晒干燥，再来出售，劳民伤财。油菜籽是农村的经济作物，种植的面积也不多，运输比较方便，不比粮食作物。

　　粮食作物，无论是稻谷，还是麦子，各家各户都是上千斤，甚至数千斤。粮食在家晒干燥后，挑入船里，然后摇船到粮站，我们这里摇船到大桥粮站，需要2小时左右，顺风时快点，逆风就慢多了。船在水里前进，就像蛇在游走，主要是靠后面的橹在摇。橹在推梢时，船头右转，橹在扳梢时，船头左转。因此推梢力度大于扳梢力度，船就会右转，扳梢力度大于推梢力度，船就左转，只有推梢和扳梢力度一样，船才会一直向前。就这样不停地推梢扳梢，船就乘风破浪。

　　如果粮食运到了粮站，粮站检验员用一柄较长的铁杆扦子，在粮食堆里取出样品，有时直接放进嘴里一咬，感觉水分高，遭到拒收，那么只能回家，将粮食再挑到场地上晒。一个来回，不仅要一天时间，还要花费很多的精力，心情也糟糕。因此，有些农户在出售粮食时，为了能够确保卖掉粮食，有时还要邀请与粮站检验员熟悉的人，去出面和检验员打交道。检验员看在朋友的情面上，自然能够照顾些，有的水分高了，就安排在粮站的场地上再晒一下，有的水分可以的，价格就开高些。

　　粮食作物不仅出售时要求比较高，收割时也很辛苦。大麦收割时，用镰刀一把一把地将大麦割下来，让太阳晒几天，再打成一大捆一大捆，随后挑到晒谷场上，用炮筒机脱粒。秸秆也要堆放好，要有很大的一个堆场才行。

水稻收割也是，需要用镰刀割下来，在田间整齐地摆放晒干燥，然后用稻草捆成一小捆一小捆。最好再晒几天，然后挑到晒谷场上，在电动脱粒机上脱粒。海量的稻草，晒干燥后，要码上各种各样的稻草堆，有方形的，也有圆形的，有高有低，随主人的爱好。

自从耕田承包到户后，粮食产量逐年增加，不仅农民都能吃饱喝足，还踊跃出售给国家。粮食出售有两种价格，一种是国家任务，按照每亩耕田必须要交多少的粮食，简称"国家粮"，有国家统一的价格收购。另一种是完成了国家任务的粮食，就是议价粮，价格比"国家粮"高多了。这也是鼓励农民多种粮多收粮多交粮。

随着粮食的不断增产增收，我国的温饱问题得到了彻底解决，曾经流行的粮票早已取消了，后来国家干脆将粮食任务也取消了。这给广大农民彻底放开了手脚，农田的种植权也得到彻底放开，想种植什么就可以种植什么，既可以种植粮食，也可以种植经济作物，甚至搞养殖，政府一律不干涉。

有的农户利用自己的低洼耕田，开挖成鱼塘，养殖各种鱼类。养鱼基本上是有所搭配，既有鲫鱼，也有草鱼，这些属于中层或者底层的鱼，一般生活在水面的中层和底层；还要搭配生活在水面上层的鱼，一般是鳙鱼和鲢鱼，形成了立体养殖。不仅可以养殖多种鱼类，还能做到优势互补，有利于鱼类生长，增加收益。

有的农户种植秋番茄。在春粮或者早稻收割后，耕田里修成一垄一垄，在垄上种植秋番茄。番茄是一种喜温蔬菜，生长发育对温度条件要求较高，且要求光照充足，但对光照时间的长短

（光周期）反应不敏
感。利用这一特点，
目前在我们华东、华
中的许多地区进行秋
番茄栽培。

秋番茄生长季节
短，宜采用栏式架。
整枝一般采用 2—3
杆，确保每株有 6—7 穗果，每穗结果 3—4 个果实，这样一般可
获 4000—5000 千克的产量。早期因温度较高，可用防落素、复方
2，4-D、番茄灵等生长调节剂促进坐果。因此，在番茄开花时，
需要经常去点花，确保稳产和增产。

秋番茄果实开始采收时，气温已渐低，果实转色慢，但一般
早期的果实于转色期采收后运往外地销售，故无须采用特别的措
施。后期果实一般可在绿熟期采收，而最后一次采收须在霜冻
前。后期采收的果实，采收时尚未成熟，可在室内储藏，待成熟
后出售。常用的贮藏方法是：在洁净、无污染的室内，用石灰粉
消毒，铺上 5—8 厘米厚的稻草，然后堆放果实约 40 厘米高，再
覆一层稻草、一层薄膜及一层稻草。贮藏时应将成熟度不同的果
实分开，并定期检查，剔除病果、烂果，将红熟者出售。

秋番茄没有成熟，就可以采摘，放在室内渐渐成熟，贮藏时
间比较长，这一优点有利于慢慢出售。比西瓜的销售方便多了，
西瓜贮藏的时间不长，采摘后必须尽快出售，熟透了就要腐烂。
而且也不便于运输，一不小心就碎了，碎了就不值钱。

相对于种植秋番茄，农户们种植西瓜的就更加多。中国是世
界上最大的西瓜产地，但关于西瓜的由来，说法不一。一种说法

认为西瓜并非源于中国，而是产自于非洲，于西域传来，故名西瓜。另一种说法源于神农尝百草的传说，相传西瓜在神农尝百草时被发现，原名叫稀瓜，意思是水多肉稀的瓜，但后来传着传着就变成了西瓜。

西瓜喜温暖、干燥的气候、不耐寒，生长发育的最适温度24℃—30℃，根系生长发育的最适温度30℃—32℃，根毛生长发育的最低温度14℃。西瓜在生长发育过程中需要较大的昼夜温差。西瓜耐旱、不耐湿，阴雨天多时，湿度过大，易感病。西瓜喜光照，西瓜生育期长，因此需要大量养分。西瓜随着植株的生长，需肥量逐渐增加，到果实旺盛生长时，达到最大值。西瓜适应性强，以土质疏松，土层深厚，排水良好的砂质土最佳，喜弱酸性。

西瓜，我也种植过多年。一般西瓜与大麦一起套种，在播种大麦时，就预留好西瓜垄，并开挖好沟渠，既是便于大麦田排水，也是为种植西瓜打好基础。冬天农闲时期，就将西瓜垄的泥用铁锹翻开，经过冬天雨雪风霜的冰冻，可以减少土壤中的病虫害。年后在西瓜垄里埋入猪羊灰，作为基肥，是非常好的有机肥，最好是养鸡场里的灰，能够提高西瓜的甜度。

随后培育西瓜秧苗，在塑料大棚里，保温性能好，利用小的泥土营养杯，培育好西瓜秧苗。西瓜秧苗移植时，在西瓜垄上，先铺设一层塑料薄膜，再打洞，施入磷肥和钾肥，然后将西瓜秧苗植入洞里。移植好的西瓜秧苗，浇灌一些水，有利于更好生长。

西瓜秧苗移植后，还要在上面加一层塑料布，用竹片做支撑，两边用泥块压实，防止被风吹开。塑料薄膜和塑料布都是为了给西瓜秧苗保温，提高西瓜秧苗空间的温度，可以加速西瓜秧苗的生长。

当大麦收割时，西瓜秧苗的藤蔓已经有半米，甚至1米左右了。大麦收获后，就可以将上面的塑料布和竹片取掉，西瓜垄的两边施上氮肥，覆盖上些泥土，并将西瓜的藤蔓进行梳理。西瓜藤蔓多的要剪掉些，将藤蔓向两边引导。

种植西瓜是比较烦琐的活，还有一定的风险性。但劳动量比种植水稻要轻松些，经济效益正常情况下，比种植水稻要好很多。因此，农户们也乐意去种植西瓜，毕竟自己也喜欢吃西瓜，在酷暑难耐的夏天，吃一只西瓜，能够极大地缓解暑热。

种植早稻，亩产一般在700—800斤。要从做秧田开始，耕田翻耕、平整，到抄秧、插秧，随后进行稻田的田间管理，除草、杀虫、防病一系列管理必须跟上，最后收割脱粒。早稻谷还必须晒干燥后，才能挑入船里，摇船去粮站出售，单价还没有一斤西瓜的价格高。

我们种植的小型西瓜，每只西瓜在5斤左右，大的也有十几斤重，一般亩产在3000—5000斤。种植西瓜主要是在管理上，施肥、排水、防病，不需要多少劳动力，相对种植早稻是轻松了很多，简直没有可比性。而且西瓜的经济价值，比早稻的经济价值高几倍。

种植西瓜最累的环节就是采瓜、挑瓜、卖瓜。在田间采瓜是需要几个人一起，还要有点技术，采的西瓜至少要有九分熟，不能采太生的瓜。生的瓜还在成长，提前采摘影响产量，还影响出售。对于西瓜是否成熟，可以从西瓜的蒂是否完全脱落，还有西瓜柄上的成色和西瓜皮的成色上判断，有时还用手指弹一下，听听声音来判断。几个人采的西瓜要相互传到田埂上，堆放在一起，便于挑西瓜回家。

挑瓜都是用箩筐，将西瓜轻手轻脚地放进箩筐里，熟透了的西瓜，手脚重了，一不小心就开裂了。每担西瓜有二百斤左右，一般都没有装满箩筐，因为太重了挑不起，毕竟从西瓜田里挑瓜到家里，距离有数百米。

卖瓜，都是装入船里，有的是摇船去城里，有的是挂浆机，开船到城里，大部分都是租用自己生产队的机船，相对方便多了。卖瓜装船也有一点诀窍，要将一些大的西瓜，比较成熟的西瓜放在最上面，这样"卖相"就好看，客户一看就满意，容易卖个好价钱。

我们这里的西瓜基本上都去嘉善县城出售，那里靠近上海，有不少上海的"贩子"来收购，然后他们再转卖到上海各地。泥鳅黄鳝也是这样，有一帮"贩子"来收购，然后回上海贩卖。我们做得很辛苦，才有收获，而"贩子"只要一转手，真金白银就到手。

有一次，我装了一船西瓜到了嘉善县人民桥对面的河边，那里有个西瓜交易市场，停靠着很多西瓜船，直接在船里交易，只要西瓜"贩子"看中了西瓜，谈好了每斤西瓜的价格，就可以称重量，装进他们的汽车里。甚至有时西瓜"贩子"对整船的西瓜开个价钱，只要谈得好价钱，同样可以买卖。

这天，上海来的西瓜"贩子"比较少，卖西瓜的船却比较多，我的西瓜看相也不错，坚持每斤 0.25 元的价格，不愿意松价，就没有卖出去。我去朋友处借了一辆三轮车，装了几袋西瓜，拉去送到了几位朋友家，卖不掉就送掉些。

有道是："千里送鹅毛，物轻情义重。"我是远道送西瓜，物重情谊深。因为送到朋友处，还要搬到楼上，一袋西瓜几十斤重，扛在肩头在平地上不觉得累，但要爬上楼就越走越重，楼层高的往往是放下西瓜，早已气喘吁吁了。

晚上，我就睡在船后舱上面，身上穿一件雨衣，既是怕夜里着凉，又是可以避免蚊子叮咬。看着星星枕着波涛入睡，听起来很浪漫，如果睡梦中不小心翻身，就有可能掉进河里，幸好这事没有发生。

次日，我不敢再咬住价格，经过和几个西瓜"贩子"讨价还价，最后以每斤0.23元的价格全部卖掉，西瓜要尽快出手，放在船里气温高太阳晒容易变质，坏了就一文不值。近千元的现金到手，着实让我很高兴，一夜的疲惫早已抛到九霄云外，幸福地赶紧回家。

有的农户还种植甘蔗，甘蔗是多年生高大实心草本。根状茎粗壮发达。秆高3—6米。直径2—5厘米，具20—40节，下部节间较短而粗大，被白粉。甘蔗的田间管理比西瓜要轻松些，而且贮存时间长，将甘蔗收割后，在地上挖个坑，埋进去，可以年后再出售。只是卖甘蔗比较麻烦，不能像卖西瓜那样，一次性卖掉，而是要摇着船，走村串户去卖。因此，种植甘蔗的农户也很少。

虽然耕田里种植经济作物，相对种植水稻经济价值会更加高些，但是同样不稳定。乡下有句俗语："乡下人种田靠天。"这句话不仅仅是对种植水稻而言，对于种植经济作物也是一视同仁，气候对农作物的影响是一样的。如果想旱涝保收，那么只有去企业上班，每个月都会发工资。

第二十章　乡村工业

　　农村工业化是包括两个方面的内容，即农村发展工业生产和农业生产工业化。农村工业化是农村现代化的重要内容。世界经济发展的历史表明，实现国家工业化的过程，就是从传统农业经济向现代工业经济发展，由城市从事工业、农村从事农业的二元经济转变为一元经济的过程，也是人口城市化的过程。农业劳动力向工业流动，农村劳动力向城市流动，这是经济发展和工业化过程的一般规律。

　　农村工业化是 20 世纪 30 年代因为农民的失业、流民的大批涌现，为解决农村剩余劳动力转移这一大社会问题而提出的。当时有多种主张，如振兴农业，让农民回到土地；又如强调"都市集中"的"重工"理论。在众多方案中，有一种主张走第三条路的观点提出实行农村的工业化。农村工业化强调的是"农村工业"的特点，而"重工"学派张培刚、吴景超、陈序经、袁聘之等人强调的是"工业化"的特点，走欧美的古典式发展道路。所谓农村工业（当时又称乡村工业、乡土工业、家庭工业）主要是指小手工业生产，诚如费孝通先生所言，"在农闲基础上用来解决生计困难的工业"（《费孝通选集》第 295 页），农村工业实则是一种"副业"经营状态，当然既名"工业"也不排斥机器的使用。

80 年代中期以后，随着乡镇企业的崛起，农村工业化再度成为一个理论热点，学者们不约而同地将中国农民的这一独创上升到了农村工业化理论层面来思考，而且，由于乡镇企业的飞速发展，农村工业实践的不断丰富和深化，理论研究的视野、题材、成果也有了空前繁荣。尽管这时已不再讨论农村工业化道路能不能行得通的问题，尽管这时农村工业产生发展的背景已大有不同（计划经济和农村公社制度的终结、家庭联产承包制的实行），尽管这时研究的方法（如以刘易斯最初提出的二元经济发展模型为依据）及对实际经济生活的影响（如小城镇建设）大大超过了30 年代，但这两个时期讨论的实则是同一个大问题，也是至今仍然没有完善答案的老问题，即农村工业化问题，当然，这个大问题之下理所应当地包括中国工业化道路的选择、农村工业化的缘起、地位、作用及成功之路。

原来所谓的工业化，多数情况下指的是城市工业化，这已约定俗成。至于这两年又出现的"农村工业化""农村城市化"那已经是后来的现实发展之后才提出来的事。实践正在表明，在中国，只有农村工业化才预示着真正的国家工业化。这个路子是农民自己走出来的。80 年代中期以前，谁也不会想到乡镇企业将成为中国经济的半壁江山。然而，乡镇企业的崛起绝不仅仅是一个工业经济问题。

农村耕田承包到户，是乡村工业的基础。分田到户后，充分调动起农民的积极性，除了完成务农工作，农民有了更多空闲的时间，势必要发展一些其他的"副业"，增加经济收入。特别是国家取消了粮食收购任务，农民在耕田里种植粮食的自由度更加高了，由原来种植大麦、早稻、晚稻"三熟制"，改为种植小麦、晚稻"二熟制"，甚至还可以种植油菜、晚稻（单季晚稻），反正粮食已经不成问题。

农民彻底解决了温饱问题，必然要提升生活质量，然而种植经济作物，虽然经济价值比种植粮食更加高，但还是没有稳定的收益，毕竟是在露天，必须依赖天气。要能够稳定地持续地发展经济，唯一的出路就是发展工业，这也是社会的发展趋势。

在这样的历史背景下，我们胥山村的第一家村办企业便油然而生，便是"胥山纸品厂"。胥山纸品厂，主要是加工包装盒子，为一些食品加工厂生产食品包装盒子，比如饼干盒子。生产工艺简单，就是利用几台小机器，将硬纸板裁剪拼凑，再用纸张粘合。固定资产投资小，产品原材料投资也不多，主要是靠人工，但人工费相当廉价，运输费用也不高，是用挂浆机船运输。因此，产生的利润还是比较丰厚，使得村里第一次尝到工业生产的甜头。

当然，办起这个企业也不容易。房子是现成的，村里本来就有几间房子空闲着，纸品厂的机器都是小机器，占用的地方不大，堆放原材料的地方也不需要很大，只是成品仓库需要大些，那些包装盒都是加工好了的，送到厂方就可以直接使用。困难的是资金，村里本来就没有经济收入，底子薄，要办一个企业，至少需要数万元资金，在那个万元户是个奢望的年代，数万元便是一个天文数字，幸好是村里的企业，到镇上的信用社能够争取些贷款。

最困难的事情还不是资金，而是技术。尽管纸品加工机器操作也比较简单，但那些职工脚上的泥巴还没有洗干净，让她们操作机器确实有点难度。因此，开始时经常要去聘请师傅来指导，如何裁剪、装订、粘合等技术。但还是有不少职工在装订时，一不小心钉子就钉进了手指里了。

村里办起了企业，让多少人羡慕嫉妒恨，想进去上班的人挤破了头，但企业毕竟太小了，只需要二十多位职工。除了几位知识青年，剩下的都是村里的"皇亲国戚"才有资格去上班。虽然每月的工资只有27元，有的甚至不到点，但已经能够维持一个家庭的日常开销，何况可以称为工人。

其实，在我们胥山村，最早的企业还不是纸品厂，而是"大桥石料厂"。只是大桥石料厂是大桥乡人民公社办的，不属于胥山村，是乡办企业。胥山纸品厂才是胥山村办的，属于村办企业。

我们的村，之所以称为胥山村，就是因为在我家的西边一里之遥，有一座山，叫"胥山"，因此我们的村，就以胥山而命名。胥山称为山，其实还有点勉强，山高只有五十米左右，方圆也就百亩地，如果放在山区，胥山最多也只能是算一个土丘而已。

但在一望无垠的嘉禾平原上，孤零零地耸立着这么一个山头，犹如鹤立鸡群一般，完全是个制高点，不得不称为山。世上往往是物以稀为贵，真是由于嘉禾平原上没有山，胥山就感觉尤为珍贵，吸引了历朝历代文人墨客的青睐。元代大画家吴镇，在这里所画的《嘉禾八景图》之七"胥山松涛"，至今还存放在台湾博物馆里。

另一位大画家、清末海上画派的先驱之一蒲华蒲作英，别号"胥山野史"，他在33岁那年正月，曾独自一人踏雪上胥山探梅，作有"瑶天雪影照琼姿，珍重山村看几枝"的诗句。松林涛声、雪里梅花的胥山，简直就是一幅画了。

胥山，其实在江浙两省历史上一共有三座。手机百度"胥山"显示，其一，是在今苏州市吴中区。太湖东岸胥口之南。《史记·伍子胥列传》说，伍子胥"乃自刭死，吴人怜之，为立祠于江上，因命曰胥山"。苏州胥山又名庙诸山、仆射山。现在更名清明山了。

其二，是在今杭州市城内吴山。清顾祖禹《读史方舆纪要·浙江二·杭州府》："吴山，春秋时为吴南界故名。或曰以子胥名，讹伍为吴也。亦名胥山。"但现杭州吴山名声大过了胥山。

其三，是在嘉兴东二十六里的胥山村。嘉兴胥山本名张山，清顾祖禹《读史方舆纪要·浙江三·嘉兴府》；"胥山，本名张山。相传吴使子胥伐越，经营于此，因改今名。"《元丰九域志》卷5：秀州嘉兴县"有胥山"。《舆地纪胜》卷3：胥山"在嘉兴县东南，昔子胥经营于此，故名"。因此，嘉兴胥山是最名副其实的胥山。

无论哪里的胥山，都是与春秋时的伍子胥有关。山不在高，有仙则名。水不在深，有龙则灵。由此可见，我们胥山的历史底蕴非常深厚。也许正是我们的胥山太稀有了，应验了我们乡下的一句俗语："出头椽子先烂。"最终的命运还是在劫难逃。

20世纪60年代末，为解决平原地区块石护岸工程中的问题，胥山被逐渐挖去，而大桥石料厂应运而生。石料厂的职工多数是我们胥山村里的青壮年，这些都是重体力活。要开山，首先要打洞，在石头上打一个很深的洞，需要两个人一起，一个人握着钢钎，另一个人挥铁榔头，这个铁榔头是很重的。榔头手柄是用几根毛竹片子组成，比较柔软，这样当榔头撞击到钢钎时，反作用力就会减少很多。如果榔头用硬的柄，挥榔头的人手臂会被震痛，肯定受不了。二个人轮流操作，时而握钢钎，时而挥榔头，在石头上打一个数米的洞。

在石头上打好洞后，由专门的人员负责装炸药，将圆形的炸药一节一节装入洞里，最后是导火索。导火索都留得比较长，需要给点燃后的人员有充分的时间撤离。准备点燃导火索时，石料厂有专人吹哨子，起到警告作用，职工们都躲到较远的地方，行人们听到哨子声音，都不敢靠近胥山。

最后负责装炸药的人，点燃导火索，马上以百米冲刺的速度撤离。不久，就响起震耳欲聋的爆炸声，随着爆炸声响起，石头被炸的四分五裂。有的小石头飞到附近的房子上，屋面上一阵骚动，又纷纷滚落下来，有的飞到附近的耕田里，溅起朵朵水花。

开山，最危险的就是装炸药，在将炸药装入石头洞里前，还要将雷管装进炸药里，这些都是危险系数非常高的工作。大桥石料厂的负责人就是干这工作，在一次操作中，一不小心爆炸了，造成一死一伤的事故，这位负责人被炸死了。

胥山被炸了十年左右，石头被挖空了，全部被卖掉，我家也买了一船石头，准备造房子时作基础。嘉禾平原上从此再无一座小山，甚至连个土丘也没有了，唯独剩下一个山潭，就是胥山的遗址。

人类破坏生态环境的力量是巨大的，铲除了一座小山，也不足为奇。随后又有人看中了这个地方，建造起一个企业，就是大桥马铁厂。大桥马铁厂从铸造到表面处理，再进行精加工，形成了一条龙生产。随着城市建设的蓬勃兴起，对于管道配件需求量与日俱增，大桥马铁厂的管道配件供不应求。

大桥马铁厂的铸造车间，尘土飞扬，烟囱里浓烟滚滚，一副热火朝天景象。酸洗车间，酸雾弥漫，抛光机的滚筒声音震耳欲聋，污水横流，都流入了胥山的潭里。或许当时建造此企业时，就是考虑到了污水可以直接注入胥山的潭里。

企业生产加班加点，日夜灯火通明，自然工资也是不菲，不知让多少人羡慕得红眼。如此美好的情景，不仅仅是大桥马铁厂的产品对路，主要还是因为是乡办企业，比国有企业有着更多的诱人之处。

无论是乡办企业，还是村办企业，职工们除了工资和奖金，基本没有其他福利待遇。因此，相对于国有企业给职工的待遇，就显得非常少了。国有企业至少有养老保险等各种福利待遇，乡村企业没有考虑，职工们也没有这种意识，钱拿到手才是真的，至于什么保险之类根本还没有概念。那么劳动力相对就廉价了，产品的竞争力也就提高了。

乡村企业对于国有企业具有更大的竞争力，是在于乡村企业的财务制度比较宽松，请客送礼是家常便饭，只要有发票就可以报销，甚至没有发票也可以报销。厂长一支笔，只要厂长同意，任何费用都可以报销。如此随意的财务制度，催生了贪污腐败现象层出不穷，这是乡村企业的绝对优势，带给乡村企业发展强劲的动力。

胥山这个山潭，规模虽然也不小了，但没有多长时间，就被马铁厂的污水给填满了。这些污水主要成分是氧化铁，俗称"铁锈水"，颜色是蜡黄的，其中还有其他金属物质，因为有不少的酸洗水，自然水质就是酸性。

这些黄水满溢出来，流到了旁边的耕田里，最终流入旁边的山浜河里，将这些耕田和河道全部染成了黄色。河道旁边居住的农户，没有办法去河里淘米做饭，连洗菜也不行了，甚至洗衣服也不敢，整个山浜河道成了污水池。

在胥山成立马铁厂不久，就在马铁厂东边，不过一百米左右，又成立了一家"大桥钢窗厂"。大桥钢窗厂是加工生产建造房子时的钢窗，钢窗相比原来的木窗户，既美观，又坚固，而且施工也方便，一时推广流行开来。

　　无论是居民宿舍楼，还是企业的厂房，或者是政府办公楼等建筑，都采用钢窗，还有钢门。这些建筑物，在图纸设计时，就已经标注了钢窗钢门的规格和型号，施工时就必须按设计采购便是。

　　钢门窗的加工生产也比较简单，从钢材的断料，到电焊拼接，再用砂轮打磨，最后就是刷防锈漆表面防锈处理，就可以出售。钢门窗的销量，随着城市建设，甚至乡村建设的迅猛发展，得到了水涨船高的效果。

　　时隔不久，又在其他几个乡镇成立了多家钢门窗生产企业，每家企业的产品都是供不应求，每家企业都在热火朝天地生产，每家企业赚得盆满钵满，每位职工一年到头腰包也是鼓鼓，年终奖金点得手抽筋。引得无数人羡慕这些乡村企业上班的人。

　　当然，能够进入这些经济效益好的乡村企业上班，必须要有一点"路子"，俗话说："没有金刚钻，不揽瓷器活。"没有一些

人脉资源，想都不用想。幸好那时的乡村企业遍地开花，只是效益好坏而已，只要愿意去企业上班，总会找到一家企业要的。

乡村工业的迅速发展，增加了农户的经济收益。家里的耕田种好了，粮食没有了问题，自留地上的蔬菜种好了，生活费自然减轻了，那么在企业上班的工资，都是净利润了。

因此，只要在企业里上班的人，基本上都买了自行车，这比靠两条腿走路的速度快了何止几倍。甚至于有的人还买来了摩托车，简直是鸟枪换炮了。有的人家里还买来了电视机，有的人开始筹备造楼房，曾经"楼上楼下，电灯电话"是农民梦寐以求的终极目标，都在开始悄悄地兴起。想当初，"万元户"是何等的荣耀，甚至还是人们一种不切实际的奢望。没有想到，经过几年的企业上班工作，"万元户"并非遥不可及的事情，而是指日可待。

乡村工业的发展，激活了农村的空闲劳动力，让年富力强的人，既是农民，又当工人。不仅种好自己的耕田，温饱没有问题，又是每月上班，赚取现钱，生活水平迅速提高。农村充沛的劳动力，也促进了乡村工业的发展，乡村工业从原来的星星之火，逐渐成了燎原之势，后来占据了城乡工业产值的半壁江山。有些地方的乡村工业，远远地超越了城市工业，渐渐缩小城乡差距，我们嘉兴市的城乡一体化走在了全省前列。嘉兴市农村居民人均可支配收入连续十几年居全省首位，在全国也是名列前茅。

第二十一章　人尽其才

农村耕田承包到户后，充分激发出农民的劳动积极性，粮食产量就如芝麻开花节节高，彻底解决了温饱问题。农民种植的粮食持续增收，促使国家取消了粮食上缴任务，也是给农民的手脚彻底松绑，农民获得了充分的自主权。乡村工业的崛起，犹如给农民插上了经济腾飞的翅膀，如鱼得水，农村到处是一派欣欣向荣的景象。

从此，农民就如八仙过海各显神通。

胆子小的农民，有的就在自己家里搞养殖业，养兔子、养鱼、养鸡都可以；有的在自己的耕田里搞种植业，种植经济作物，比如种植黄豆、秋番茄、水蜜桃等；还有的干脆既不搞养殖，也不搞种植，就去企业上班。企业后来也实行计件制，多劳多得，是我们嘉兴市海盐县衬衫总厂步鑫生厂长，用一把剪刀剪开了我国企业改革创新的局面。

步鑫生（1934 年 1 月—2015 年 6 月 6 日），男，汉族，中共党员，浙江嘉兴人，八级裁剪师。曾任浙江省海盐衬衫总厂厂长、党支部副书记，海盐县二轻总公司副经理。第六届全国政协增补委员，嘉兴市劳动模范，中国企业改革纪念章获得者。

20世纪80年代初，步鑫生解放思想，大胆改革创新，使企业迅速发展，其独创精神开风气之先，得到了党中央和浙江省委的肯定与推广，"步鑫生神话"由此轰动全国，成为20世纪80年代知名度最高的企业家。

2015年6月6日19点30分，改革先锋步鑫生因病在家乡浙江省海盐县去世。2018年12月18日，党中央、国务院授予步鑫生同志改革先锋称号，颁授改革先锋奖章，并获评城市集体企业改革的先行者。

胆子大的农民，有的买大船，或者买汽车，开始跑运输；有的就出去经商，摆地摊，或者开设商店。个体户曾经流行一时，各行各业经营着各种商品，曾经一时全民经商，甚至包括政府部门，还有部队。有人欢喜，有人愁，有的人成了暴发户，成立了有限公司；有的人失败得倾家荡产，走投无路。商场犹如战场，战机稍纵即逝，有时也是非常残酷的，不是你死，就是我活。

改革开放没有规律可循，只有摸着石头过河。这不仅需要依靠自己的能力，有时还要寻找良好的机会，甚至还有说不清道不明的运气。

社会的发展，犹如我们的钱塘江潮势不可挡，时代前进的车轮滚滚向前，在这改革开放大背景下，谁都不是局外人。我自然也不能独身其外，必然成为一个参与者，一个经历者，绝不可能成为旁观者。

1982年的初夏，我和同学们一起，从东栅的牛场弄乘坐公交车，到秀州中学参加高考。我们的东栅中学没有高考的考场，所以只能乘车到城里的秀州中学考场考试。尽管东栅中学也是历史悠久的学校，我能够考入东栅中学读高中已经不容易了，但还是没有设高考的考场，我们只能长途跋涉，到城里不熟悉的学校参加高考。

我的学生生涯比较复杂。小学是在胥山小学就读，读到五年级。每天从家里出发，步行约半小时，经过胥山，在山脚下走过，还要走过山浜的一座小桥，是木头做的。小木桥二头低中间高，无论从那头走上去，还是走下来，都能看到下面的河水潺潺流动，最要命的是桥两边都没有栏杆，空空荡荡，风雨天走在上面，战战兢兢，生怕掉入河里，我睡梦中时常做到从这座木桥上掉落河中。

读完五年级，转到胥山生产大队部上过渡班，搞不清楚为何叫"过渡班"，反正到那里上学便是。那里只有一个教室，也就只有一个班级。胥山大队部到胥山小学步行约有 10 分钟路程，老师经常来回给我们上课。

过渡班结束后，经过考试，成绩好的升入初中。初中要到大桥镇上读书，只有两个班级，小学里的绝大多数同学都回家种田了，升学率相当低。从胥山小学到大桥镇中学，又要增加步行约 15 分钟的路程，也就是说从我家里到大桥中学，需要步行约 45 分钟时间。

由于到大桥中学上学路途较远，只能早出晚归，中午带了饭盒和米，在学校里蒸饭，菜也只能自己带，但大多数是去镇上的杂货店里买酱菜。每到中午放学铃响起，老师说"下课"。同学们便不约而同地冲向食堂，取了自己的饭盒，然后又赶紧跑去旁边的杂货店，买两分钱的什锦菜，有时求售货员给点什锦菜的卤汁，倒入饭盒里，心里非常高兴。尽管什锦菜里没有一滴油水，但吃起来感觉香甜无比，简直就是人间美味。

什锦菜主要是萝卜，还有胡萝卜、姜之类，先加工制作成细小的丝，然后再腌制而成的酱菜。吃起来比较爽口，口感很脆，因为腌制，自然比较咸。虽然没有任何油水，但是很好下饭，大家吃得津津有味。

我到了大桥镇上初中，不仅人渐渐地长大了，知识也在逐渐丰富，眼界似乎也豁然开朗。曾经只是跟着父亲偶尔上街，到镇上已经是称为上街了，一年四季可以屈指可数。看到那么多的人，熙熙攘攘，摩肩接踵，心里既是喜欢，又有点紧张。自从在镇上读书了，那么就天天上街，也就觉得习以为常。

我在小学里，就喜欢语文课，喜欢听各种故事。到了初中，不仅喜欢语文课，还喜欢阅读，读过《三国演义》《水浒传》《西游记》等名著，还有其他书籍，拿到手都喜欢读，来者不拒。对于物理、化学兴趣不大，特别是英语，拿起英语书本头就大了。尽管小学时就学英文字母，但英语属于辅课，我就根本不当一回事，基础差了就跟不上了。当然，这只是一种借口，应该是我自己不重视不努力造成。

两年的初中学习很快就结束了，我面临着人生第一次抉择。初中毕业后，有两种选择，一种是参加高中考试，考试上线才能去读高中。我们大桥镇没有高中学校，读高中的学校更加远，已经接近嘉兴市区，是在东栅镇老街上；另一种是参加初中技校考试，也就是初中中专，如果一旦考取初中中专，户口就能转入城市户口，成为农民眼红的城里人，也就是能够一下子跳出"农门"，这是无数农民孩子梦寐以求的事情。

当然，还有第三种，但无需选择。那就是回家种田，我们本来都是农民的孩子，从小到大，都是在农田里摸爬滚打，早已习惯了。早在小学毕业时，就已经有一大批同学回归农田，成为名副其实的农民了。

我是有自知之明的人，只参加了高中考试，放弃了初中中专考试。随着英语越来越获重视，成为主课，考试成绩与语文、数学一样对待，这就成为我考试成绩的"死穴"。况且我的物理和化学成绩平平，想考初中中专简直是痴人说梦。

由于初中中专录取率太低了，要求相当高，我们大桥中学的两个班级同学绝大多数没有参加考试，只有极个别成绩突出的同学去参加考试，也许是自己想冲一下，也许是父母们想碰一下运气。最终的结果都是名落孙山，我们两个班级的同学没有一个能够考入初中中专。

人生在于拼搏，不论胜负如何，只要去努力了，至少自己已经尽心尽力了，就不至于后悔，这也是人生的历练，值得赞赏。别说初中中专考试，就是参加高中考试的同学，我们两个班级的同学，还没有半个班级的同学上线。再次刷下来一大批同学回到农村务农了，提前开启农民生活。

我的成绩并不优秀，只能算是中等水平，却一路挺进。从胥山小学升入大桥中学，又从大桥中学升入东栅中学高中，从来没有留级，简直是过关斩将，稳操胜券。也许是我的心态好，能够从容面对每次的考试；也许是我的运气好，总能化腐朽为神奇，一路顺风。

来到东栅中学，再次刷新了我的视野。东栅镇就在城郊接合部，便有了城里的氛围。旁边就有几个大厂，南边是嘉兴化肥厂，东北边是嘉兴农药厂，再东边是嘉兴塑料橡胶厂，西北边是嘉兴化工厂，再西边一点便是民丰造纸厂。各种大小不同的企业包围着东栅中学，大小不一的烟囱矗立在附近，工业气息非常浓厚。大桥镇只有巴掌般大小，四周就是农田，与东栅镇相比，简直就是小巫见大巫。

东栅中学到嘉兴市区，只有一步之遥，还不及我家到胥山小学的距离。东栅中学西边的路叫"牛场弄"，因为旁边就是买卖水牛的市场，因此命名。曾经这里水牛买卖比较红火，附近农村都要买水牛耕田，便前来这里交易。随着电耕犁、拖拉机的普及，耕牛的活逐渐被取代，牛市场也随之淘汰，这也是社会发展的必然。

到了东栅中学读书，我只能住校了，不可能每天回家。我家到东栅中学的交通还是比较方便，既可以步行 10 分钟到光明桥码头，坐轮船约 2 小时到东栅镇下船，然后再步行 5 分钟，就到达东栅中学了；也可以步行 45 分钟到大桥镇上，乘坐公交车，大约需要 45 分钟，就到达牛场弄下车，步行 2 分钟就到达东栅中学。

住校读书开启了我的独立生活能力。不仅学会了洗衣服，更加懂得了理财，毕竟父母每周给的生活费有限，如果稀里糊涂，不到三天就用完了，接下去就没法吃饭了。虽然饭还是自己带米到食堂里蒸饭，但必须要买菜，总不能只吃白米饭。尽管食堂里的菜也不贵，大部分是每份 0.15 元，也有 0.1 元，甚至是 0.05 元，当然好的也有，一块大肉是 0.25 元，但我是很少买大肉吃。

同学们基本上每周回家。来上学时，从家里带上一大杯子咸菜，那种可以装二斤多咸菜的大杯子，这样一大杯子咸菜，有的同学可以吃一周时间。培养了我们这代人勤劳的工作态度，勤俭的生活作风。

住校读书与以前的走读完全是两种概念。住校读书可以一心放在读书上，从早到晚，我们晚上还有夜自修，完全可以做到"两耳不闻窗外事，一心苦读圣贤书"。以前在家里走读，放学后回家先去割草，还要帮助父母做家务事。

我在高中读书，仍旧偏爱语文课，恰好语文老师就是我们班级的班主任，姓龚，中等个了，国字脸小分头，戴眼镜。龚老师为人和善，对我也很好，让我负责班级后面墙上的黑板报，黑板报的文字和排版，都由我来设计选择，甚至自己撰写，我是干得不亦乐乎。

高中只有两年时间。读高二时就分了文科班和理科班，因为科目不同，高考的内容不一样，学习的课程也相应不同。报文科班的同学，就不需要再上物理课和化学课；报理科班的同学，就不上历史课和地理课，其他课还是一起上课。因此就多了好多时间出来，不仅可以看课文，还可以看课外书。

《小说月刊》《十月》《钟山》《山花》等文学刊物层出不穷，时下文学氛围相当浓厚。特别是金庸推出的武侠小说，如《射雕英雄传》，在《武术》杂志上连载，让无数人追逐得如痴如醉。有的同学已经蠢蠢欲动，也在开始写小说，并将一沓沓的稿纸，寄往各种文学刊物编辑部，尽管每每是收到退稿，但依然没有动摇创作的热情。

文学创作，当时感觉是名利双收的事情。只要作品发表了，不仅能得到稿费，而且还能扬名，这是多么美好的事情，仿佛就是体现"书中自有黄金屋，书中自有美如玉"。自然吸引了很多青春年少趋之若鹜，虽然绝大多数人都不可能轻易发表作品，但对写作水平的提高是肯定的。

在如此的氛围之中，我自然也不能脱俗，对于那些文学作品，求知若渴，有时是废寝忘食地阅读，有时感觉手痒痒，也想写一篇文学作品出来，但总是没有勇气开始。后来写过一篇新闻稿，关于东栅中学的运动会，投在嘉兴电台，居然被采用了。龚老师在班级里提起，我虽然有点激动，有些沾沾自喜，但不敢承认。当时我用的是笔名"凌凡"，意思众所周知，就是想超越平凡，尽管有点俗气，却真实地反映了我当时的梦想，说高大上些就是理想。

两年的高中生涯是那么的短暂，仿佛刚刚走进东栅中学，就要面临再次的人生抉择。高考上线，就能进入大学，也就能跳出"农门"，立即脱离农村户口。我清楚那是一条千军万马想通过的独木桥，能够考入大学，不是有点难度，而是实在太难了，甚至于有点残酷。其次是报考高中技校，虽然没有报考大学那么难，但也不是一般的难。

任何事情都不会因人的意志为转移，该来的还是会来，该去的总是要去。这年的高考，我们两个班级竟然没有一个同学考入大学。对我而言，高考我已经尽力了，也就没有遗憾了，反而感觉到了坦然。有的同学不甘心，继续高复读书，次年果然有几个同学考入了大学，真是"功夫不负有心人"。而我就甘心情愿地回家务农，毕竟家里经济拮据，父母年纪大了，都近60岁了。母亲是在40岁时才生下了我，不能再用他们的汗水给我去高复。

1982年秋，我刚好17周岁，虚岁是18岁了，便义无反顾地走出美丽的东栅中学，从此结束了我的学生生涯，投入到广阔的田野里，真正开启了农民生活，也自然成为家里的主要劳动力。

人尽其才，物尽其用。让我明白世间任何事情，都不能勉为其难，只有顺势而为，才能有所成就。天无绝人之路，年轻就是本钱，读书能够成才，相信做农民也能够拥有不一般的人生，条条大道通罗马，我为自己坚定了人生的信念。

　　我甚至将一段励志的话，作为我的座右铭：故天将降大任于是人也，必先苦其心志，劳其筋骨，饿其体肤，空乏其身，行拂乱其所为。

第二十二章 商海沉浮

我回到了家乡——大桥乡胥山村晒浜队，放下了书包，却没有放下纸和笔，自然还有书，怀揣着创作的梦想。在乡下就有着大把的时间和精力，尽情地阅读，随时可以撰写，简直就是鸟儿飞出了笼子，一下子可以放飞自我，天高任鸟飞海阔凭鱼跃。

我便开始写起了小说，尽管激情澎湃，苦思冥想，但投给一些文学杂志编辑部的稿件，不是收到退稿，就是泥牛入海杳无音信。我心中明白，要发表作品，是没有那么简单，我的写作水平还要进一步提高。继而增加文学作品的阅读量，从中汲取更多的精华，我相信"熟读唐诗三百首，不会作诗也会吟"。

小说、散文、诗词，所有文学书刊，我拿起来就读。到了城里，或者是镇上，经常光顾的是新华书店，不是买书，就是买杂志。书籍来者不拒，仿佛成了一位好书之徒。

白天除了干农活，休息时就读书。晚上继续挑灯夜读，或者伏案疾书，一个字一个字地书写在稿纸上。一篇文章撰写好了，便一遍又一遍地修改，稿纸上往往被涂改得面目全非，自己看起来也有点累，最终整理重新抄写后，还是感觉不太满意。

我在文学路上兜兜转转，却没有一点起色，用句悲观的话表达：跌得鼻青脸肿。幸好结识了夏老师，他在电大做兼职语文老师，他听说我在搞文学创作，就让我将作品先给他看看，将他认为可以的作品，推荐给黄亚洲，或者王福基。黄亚洲和王福基当时在嘉兴文学界已经有名望了，夏老师和他俩都很熟悉。

我为此喜出望外，匆匆忙忙将一篇小说带给夏老师审阅。夏老师认真浏览了一遍，然后对我说了一些铭记至今的话："文学艺术来源于生活，而高于生活，文学作品要饱含真情实感，才能吸引读者。文学创作是项十分艰苦的工作，更需要人生的积淀。"

夏老师还鼓励我："你还年轻，我建议你先将文学创作的事情放一放，想写文章随时随地都可以，年纪轻轻能在文学上创造出些成绩，那是凤毛麟角。现在乡村企业都在发展，你可以先到乡村企业里去发挥一下，就是做业务员也可以，赚些钱，积累些阅历，今后有机会再搞文学创作也不迟。"

在每个人的人生路上，或多或少会遇到几位贵人，只是你是否意识到，悟性在自己的脚下。我在文学创作十字路口徘徊时，夏老师一番语重心长的话，令我醍醐灌顶，为我指明了人生前进的方向，使我幡然醒悟。我开始重新规划我的人生之路，既要切合实际，又有利于长远，应该乘着国家发展经济的大好形势，去企业里历练一阵。

有了前进的方向，就会有前进的行动。我进入了大桥供销社的电镀厂上班。

大桥供销社的电镀厂，在江家圩村的三间房子里，门口那间是清理车间，将成品擦干净包装，里面那间有二排水池，从去油污、去锈，到镀铜、镀镍再清洗，各种设施名目繁多，最里面那间是镀铬。镀铬槽上面有一台脱排风机，将镀铬时产生的黄色浓雾直接排出墙外。电镀厂产生的废水，直接排入旁边的水池里，那个水池较大，电镀废水比较清澈，排入水池里也没有感觉，清洗成品的水，也是通过潜水泵从这水池里抽上来。整个厂房不超过 100 平方米。

电镀厂实行两班制，也就十几个人。我从家里骑自行车到电镀厂，大约需要一个小时，这是晴天的情况下，如果大风下雨，可能还不止。上下班的艰苦对于年轻人来说是不成问题，对于农民的我更是不在话下。

电镀厂的产品质量一直不稳定，时常要收到退货重新加工，成本就会成倍增加，效益自然很差，业务随之减少，工作时间也不固定，进入恶性循环。因此厂长让我去跑业务，企业运转最大的问题就是业务，没有业务一切皆是空谈。

我走进绍兴、临平等地的企业，承接了一些电镀业务，价格都没有问题，但是试验出来的产品质量，客户都不满意。毕竟是小厂，质量无法与别的大厂相提并论。尽管大家都很努力，包括负责生产的章副厂长，在潜水泵发生故障时，深秋季节，居然一丝不挂地下到水池里去维修。且不说当时的水已经很冷了，这水池里有电镀废水成分，那是有毒的废水，虽然大家也清楚，但都不当一回事。当然，当时还根本没有"环保"一说。

电镀厂规模小，设施简陋，加工技术不过关，特别是在生产上缺乏科学性。不单将电镀废水直排外环境，放入旁边的水池里，而且还利用这水池里的水生产，必然会造成电镀加工的质量问题。

电镀厂前途渺茫,上下班路程又远,我便离开了电镀厂。随着社会的发展,城乡建设如火如荼,造房子用的门窗,原先都是木头制作,不仅施工烦琐,而且又笨重。后来流行起了钢门窗,施工简单,采光性好,还非常美观。因此,附近乡镇成立了多家钢门窗厂。我便到郊区民政钢窗厂跑业务,虽然号称郊区,其实就在隔边村里,是家村办企业。

跑钢门窗业务是很简单,只要骑着自行车在城乡间寻找工地,绝大部分房子都使用钢门窗了。不管是办公楼,还是厂房车间,就连住宅楼也开始用钢门窗了。我曾经在嘉善接到一个发电厂工程的钢门窗业务,有些钢窗要求比较高,比如双层密闭窗。这种钢窗一层向外开,就像普通的钢窗一样,但另一层向内开,中间还有密闭条起到隔音效果。

普通的钢门窗郊区钢窗厂都能够加工,但这种双层密闭窗从来没有做过。我为此走遍了嘉兴所有钢门窗厂,大桥乡、净湘、王店等地,最后在余新镇那家钢窗厂总算能够加工。这种不是常规的钢门窗,竞争少,利润又高。比如一樘固定窗,长有6米,高0.8米,加工好后,就像家里的猪栏,一算价格居然要6000多元,连自己都不敢相信。那时上班的工人工资每月才几百元,跑业务的是按利润拿提成。

跑业务虽然收益不错,但比一般的工人要辛苦得多,不仅要不停地奔波,披星戴月,还要请客送礼。当然年轻人吃点苦是应该的,俗话说:"吃得苦中苦,方为人上人。"主要是其中还存在一定的风险,就是应收款有的难收全。

其中嘉善县的车站村办公楼,这些钢门窗是我签订的业务,工程结束时,还有一部分货款没有付清,施工方是外地的小公司，一直拖欠着，说是建设方没有钱。经过多次催讨交涉，最后我就拿了些钢筋木材回来，作为货款结清了。反正我家里要造楼房，也需要钢筋木材，免得不知什么时候施工方跑掉了，到时什么都没有了。

跑钢窗业务，让我尝到了经商的甜头，赚到了一些钱，交到了一些朋友。1990年我就建造起了一幢"雪松式"别墅，在乡下便是鹤立鸡群，当时乡下大多数还是平房，就是楼房也是比较单调的两层。我的别墅图纸是嘉兴的朋友陈工帮助设计，当地的施工队尽管能够看懂图纸，对于泥工和水电工没有问题，但对于木工就一筹莫展。

别墅的屋顶不是一般的复杂，有多个像雪松一样的屋顶。无论是木料的尺寸，还是洋瓦的尺寸，都难计算出来，有的只能现场切割。无奈之下，嘉兴的陈工又安排一位木匠师傅过来，帮助木工将屋面结束才回去。

随着我国经济的快速发展，不仅城市居民的生活水平有所提高，乡村的生活水平也明显提升。农民的经济富裕了，必然要追求更好的生活质量，因此乡村的楼房犹如雨后春笋般崛起。农民不仅要建造楼房，而且还要建造卫生间，抛弃几千年的倒马桶的传统，最主要的是还可以在家里洗澡，并且洗得那么舒心和痛快。

我们胥山村有家大桥马铁厂，就是生产各种管道配件，销路一度供不应求。因此，无论是我们胥山村的人，还有大桥乡的人，纷纷走出去开设管道商店，出售自来水管子、配件，还有卫生设备、五金、电器等，反正与建造楼房有关的商品。既有附近各县（市）区乡镇上，也有到上海郊区的乡镇上，一时经商热潮如火如荼。

　　我自然也随波逐流，抓住时代发展的商机，在大桥镇上开设一家"万家卫生五金建材装潢商店"，广告语"进万家不如到万家"。我看到建造楼房不仅需要卫生设备、五金、电器，还需要油漆涂料，有些已经建造好的楼房，也在装修，同样需要油漆涂料，而且需求量还不小。我就去工商所增加了经营内容——油漆、涂料。

　　建材商店生意兴隆。我是一个阳光又积极上进的人，必然要发展，又去旁边的步云镇上开设了一家商店，经营同样的商品。却囿于人手不够，毕竟家里还有 6 亩多耕田需要种熟，有时将我虚岁只有 3 岁的儿子也带到步云的店里。我有事出去转一下，他在店里看管，有人进来，他会说："我爸爸马上回来。"居然也有点经商头脑。

　　一年多点，我将步云的商店转手了。一方面我家到步云的路太不方便，走近路从步云乡石街村一路向南，但从我家里到石街村都是泥路，是两个乡镇交界，不但没有水泥路，连石子路也没有。石街村到步云镇才是石子路，我开着"玉河牌"轻骑也要半小时多。如果雨天，我只能从十八里桥经过大桥镇，这样一圈下来，需要一个多小时，太辛苦了。另一方面，步云镇只是一个乡村小镇，市场就这么点，发展潜力不大，花费那么多精力，感觉不值得。

　　光在大桥镇经营一家商店，总是有些意犹未尽，一颗骚动的心难以平静。如此好的社会环境，如此好的营商环境，我不能小富即安，故步自封，必须要走出去。我时常在心里为自己鼓劲，只有走出去，才会有海阔天空。

　　机会总是留给有准备的人。有朋友介绍，位于嘉兴市区环城北路上的一家建材店需要转手，目前以经营油漆涂料为主，营业执照还是房管所的经营部，经营范围较广，与我所经营的商品内容吻合。我便去实地考察，商店门面位于市中心，手续一应俱全，房租价格也不贵，库存商品也不多，就一拍即合。

到嘉兴创业，是大势所趋，就是不为我自己着想，也要为孩子考虑。我们这代人，脸朝黄土背朝天，日出而作，日落而息，在父辈们的培育下，经过了不懈努力，誓教日月换新天。绝不能让孩子重蹈覆辙，依然在田间挣扎。

当然，也不仅仅是为孩子考虑，主要还是从商业方面考虑，也是符合发展方向。水向低处流，人往高处看，商场看人气，人气越旺的地方，自然商机也就越多。原来在步云镇，毕竟是一个小镇头，潜力必然有限，肯定不能和市区相比。

商机和风险，往往就是一对孪生兄弟，只有抓住了商机，又能避免风险，那么就能赚钱。否则，就有可能亏本。

有家"新雅贸易公司"的老板，时常从我商店门前走过，公司在河西，家在解放路上。有次这老板过来，说有个小工程，需要些管道配件和阀门，叫人到我这里来提货，大约一个月时间工程结束来结账，甚至还放了一张万元内的空白支票，印章都盖好，可以直接使用。

后来，我结算了一下，共计7000余元货款。联系了那位老板，他说目前账户上没有钱，过一周后就有钱了。我也相信他，一周时间很快就过去了。我再次联系那位老板，告知三天后账户上肯定有钱了。

三天后，我恰好要去五金交电化工公司进货，就将这张转账支票直接用了。我在这张支票上背书后就可以使用，数额按照货款，没有超出。

时隔不久，我接到了法院的电话，要我到法院去一下。我来到法院，看到五金交电化工公司的人也在，心里就明白了一半。法院的工作人员告诉我，这张支票是空头支票，划不到钱，五金交电化工公司要来起诉我了，要我马上付款，否则以诈骗罪立案。

我解释这张支票对方说账户上有钱了，我才去使用，你们可以直接找到新雅贸易公司。法院的人说这是两回事，五金交电化工公司与我发生直接关系，必须由我负责，至于新雅贸易公司，是直接和我产生的贸易关系，要我去找新雅贸易公司，可以直接起诉。我想想也是，那么五金交电化工公司的钱，我就必须直接付清了。

我到河西找到新雅贸易公司，已经人去楼空，联系那位老板，让我再等等，钱应该快了。后来在解放路上找到那老板住处，一再承诺等外面的应收款收到立即付清。又过了一段时间，我带着法院的同志到那里时，那位老板已经搬走了。

画龙画虎难画骨，人心隔肚皮，有的人不慎看走了眼，那么就是肉包子打狗有去无回。你本来想薄利多销，看中别人的一点薄利，而人家却看中了你的本钱。

还有的人明着耍赖，欠债不还，也是没有办法。有个东阳的油漆包工头，合作了几个工程，建筑老板给他钱了，他过来付钱，合作得比较顺利。到了年底，一起结了账目，付了一些钱，尚欠7000余元，答应年后付清。后来联系说是亏本了，没有再来嘉兴，一直在老家，最终电话也打不通了，自然欠款也只能成为永远的欠款。

这种其实只是商场中的小插曲，常在河边走，哪有不湿鞋。一般经商者，或多或少，都会被欠款，甚至被坑害。有的只伤了皮毛，没有大碍；有的可能被害得伤筋动骨，甚至于倾家荡产。

商场如战场，有时确实是很残酷、很无奈、非常绝望。斗智斗勇，跌宕起伏，有时胜过战场。

海盐有家化工厂，在技术改造时，经过朋友介绍，向我采购了一批管道阀门，还有一些水泵等。安装完毕正常使用，最后结账，还欠我一万多元，既然是企业，应该比较保险，跑了和尚也跑不了庙。

每家都有一本难念的经。化工厂虽然生产正常，但产品销售出去，应收款越来越多。"三角债"盘根错节，企业的资金周转都成问题，我的货款根本不在考虑范围。万般无奈之下，企业从外面抵押了些常州柴油机回来，朋友建议我也去拿些柴油机好了，否则剩下的货款不知道猴年马月才能结清。我便当机立断，去化工厂里谈了下，将应收款折算成柴油机，拉了六台柴油机回来。

常州柴油机，虽然名声不小，质量很好，但对我而言，既不能使用，也没有销售渠道，放哪里都是占用地方。幸好我认识一位同乡，在郊区水利局劳动服务公司上班，那里有销售水利方面的设备，柴油机也是适销对路。我便将柴油机都寄存那里，由郊区水利局劳动服务公司代销，柴油机卖掉付钱，并写了书面证明。

天有不测风云，人有旦夕祸福。没过多久，我的同乡告知，郊区水利局劳动服务公司破产了。我真是傻眼了，这不是政府的公司吗，怎么会破产？同乡解释这公司是政府的，但承包给了一位福建人，由于经营不善，已经是资不抵债，老板也跑掉了，现在由水利局的蒋经理接手处理。

蒋经理人高马大，一脸福相，是我们隔边乡的人。我向他说明了事情原委，并出示了书面证明，还有我的同乡作证。蒋经理态度很好，表示目前还不能将柴油机归还我，必须将劳动服务公司的情况都了解后，向局领导汇报，才能作出决定。并表态："是你的总是你的，一个螺丝也不会少。"

蒋经理说得合情合理，我只能耐心地等待。每个星期只要有空了，我就过去看看，蒋经理在时，随便聊会儿，了解一下事情的进展；不在也去看看柴油机，至少心里踏实一点。这些柴油机不仅成为我的累赘，更是成为我人生的折磨，经常牵肠挂肚，又无可奈何。

如此往复，半年之多，我所有的耐心，在煎熬中丧失殆尽。当我再次坐在蒋经理面前时，他还是告诉我事情没有解决，还要再等等。我实在忍无可忍就无需再忍，拍桌而起怒斥道："我的这些柴油机，寄存在这里代售，事实清楚，证据确凿，半年多时间了，仍然不允许我拿回去，不是欺人太甚吗？不是在存心耍我吗？"我是怒不可遏，犹如火山爆发，一发而不可收拾。

蒋经理显然没有想到我会如此大发雷霆，他只是目瞪口呆地看着我，居然一声不吭。或许是我当时的相貌比较狰狞，气势比较凶狠，让他感到害怕；或许他自己心里也很清楚，我说的都是事实，无可辩驳。

我随即抄起蒋经理办公桌上的电话，拨通了郊区水利局局长室电话，余怒未消地向怀局长汇报了此事。怀局长在电话里安慰道："吵么不要吵，有事好好说。"我就将电话递给了蒋经理，怀局长又和蒋经理聊了一会儿。

蒋经理放下电话，和颜悦色地对我解释道："这件事情真的不是我要刁难你，主要是我们的领导换得太快了，你或多或少也知道些。反正已经等了这些时间了，你再稍微等一下，我总要向领导汇报后，才能决定，否则我要担责任。你的心情我理解，也希望你能理解我的难处。"蒋经理既然说到这份上了，我也只能表示理解。

时隔两天，蒋经理来电，让我去将柴油机都拿走。我将书面证明还给了他，他不无感慨地说："我真的很佩服你，几任局长都为你的事情，给我打过招呼，只是局长换得太快，我还来不及详细汇报，局长却又换了。我说过是你的总是你的，一个螺丝也不会少你。"

柴油机终于拿回来了，放在商店里，一时没有销路。次年，我们遭遇了百年一遇的大水，好多地方都淹没了，有些排涝设备都脱销了。不知是谁传出去我有柴油机，便有几个人来，将六台柴油机全部买去了，也算了却了一桩心事。

虽然这笔生意过程很曲折，时间很漫长，但最终还是没有亏本，至少还是有点利润。不像有的生意，一不小心就亏本了，甚至亏大了。

曾经不经意间，在电视上看到山东台的一则广告——水性漆，产地是山东省莱阳，是引进德国技术生产出来的水性漆。顾名思义，这种漆是可以用水稀释，最大的优点就是环保，没有刺激性的挥发气体，国内首创，发展潮流。

我做了多年的油漆生意，还没有遇到这种漆，特别是刚刚才有环保概念，便刺激了我的神经，认识到这是个很好的商机。我便与厂方联系，了解了一些情况，厂方也正在寻找各地的独家代理，给了我充分的信心，让我有点迫不及待。

办理了十万元的汇票，乘坐飞机直达山东。到了厂里，参观了生产线，考察了水性漆实样，了解了水性漆的具体施工方法，签订了嘉兴地区独家代理，受到了厂方的热情款待。

次日，我便随同一大车货返回嘉兴，还有一万多元留存厂方，因为车子里装不下货了。水性漆是新产品，我们这里的油漆工都没有施工经验，水性漆和传统的油性漆有着本质的区别，不仅在漆膜的光泽上，还有漆膜的厚度上。

传统的油性漆，在施工时，面漆只要刷三遍，就能看到很厚的漆膜，就像一层玻璃，有较亮的光泽。水性漆刷五遍，也感觉不到漆膜，依然是木材的原色，更加谈不上光泽。特别是地板漆，油性的地板漆，最后一遍就直接倒在地板上，用刷子稍微刷一下，油漆可以自己流平，油漆干后，地板上厚厚一层漆，光可鉴人，非常好看。水性地板漆只能一遍一遍地刷上去，漆膜刷厚了会泛白，根本不能和油性漆媲美，这也就和我们传统的审美观点不同。

水性漆不仅颠覆了人们对油漆的审美观念，还影响了油漆工的收入。油漆工的收入往往是对工对料，意思就是多少材料钱，工钱也就多少。因此，油漆工用料是用得越多越好，但水性漆不但费工，还不能费料，直接影响到了油漆工的收入，让油漆工缺乏了选择水性漆的动力。一般东家买漆时，都要听听油漆工的建议。

水性漆施工除了漆膜薄光泽差且费工外，还有一个致命的缺点，就是冬天不易施工。水性漆是用水来稀释，温度低了，水的挥发就会很慢，如果零度以下，那么就根本不能施工。正是由于水性漆的诸多缺点，造成了水性漆推广很难。

尽管水性漆的环保性能众所周知，也是公认的事实，但装修的房东更加看重美观度。油漆工虽然明白油性漆对身体的危害，水性漆不会影响身体健康，但房东认定了要美观，他们也就选择油性漆，而放弃水性漆。况且环保在当时还只是一种概念，根本没有引起足够的重视。

我没有认真考察研究水性漆的性能，只是被水性漆的优点吸引住了，没有分析水性漆的缺点，实际是忽略了。还有种急于求成的心态，认识到环保是大势所趋，必定是今后的发展方向，必须尽快抓住这个机遇。最终的结果是花费了两年多时间的精力，亏损了约十万元钱。

那是 2000 年的时候，十万元钱还真的不是小钱。商场如战场，亏本了就是亏本，失败了就是失败，事实就是那么残酷，那么现实。任何的后悔，甚至眼泪，没有半点作用，也没有半点意义。

第二十三章　不忘初心

　　做任何生意都不可能是一本万利，都有一定的风险。有的商品卖不出去，亏本了；有的被应收款拖死了，还有的经营不善倒闭了，所以每个商家都有一本难念的经。

　　经商，是凭借一个人的智慧，不仅需要智商，还需要情商。要对每笔生意，都要有一个正确的判断，有句俗语："千做万做，亏本生意不做。"话虽然这么说，但有时候还是会看走眼，令人防不胜防。

　　我虽然有不少应收款收不到了，做水性漆一下子就亏本十万元，但这些毕竟是少数，是个别的事情。我在1996年便在嘉兴市区买了商品房，装修好后。次年就入住了，将大桥镇上的商店也转手了。

　　嘉兴市区的商品房买好后，户口就可以直接迁入，成为城市户口，等于是"跳出农门"了。这样儿子的户口也可以直接迁入城市户口，原来还给他买了"蓝色户口"，就是户口在镇上，其实没有一点意义，那些钱相当于打水漂了。儿子有了城市户口，就可以在嘉兴市区上学了，这也是到市区经商的目的之一。

　　进入21世纪，我又涉足装修行业。主要是在建筑工地上承包油漆涂料工程，虽然我没有做过油漆工，但经营了多年的油漆涂料生意。对于油漆涂料相当熟悉，不仅仅是油漆涂料的性能，主要还是油漆涂料的进货渠道。

建筑工程上对于油漆涂料的施工要求不是很高，无论是内墙涂料，还是外墙涂料，就是门窗的油漆也是比较简单。况且在嘉兴打工的外地民工很多，特别是四川人，我联系了几个油漆班组，落实了几个带班人，自己就成为一个小包工头，承接起建筑工程的油漆业务。人员落实好了，自己还有一家油漆商店，只需要管理一下，承接得到业务就可以了，居然也干得风生水起。

2004 年，网络时代渐渐兴起，电脑刚刚开始进入生活。这种电脑就像老式的电视机一样，显示屏的屏幕很小，却很厚的。我是非常乐意接受新生事物，对电脑也产生了浓厚的兴趣。在嘉兴日报的同学郭老指导下，买了一台电脑回来，学习五笔输入法，因为我的拼音功底实在太差，只能使用五笔输入法，需要死记硬背那些字根。

为了尽快熟悉五笔输入法，提高打字速度，郭老建议我注册

了一个 QQ 号码，经常和人在电脑上聊天，就能快速掌握和提高五笔打字，也是熟能生巧。要注册一个 QQ 号码，就必须要有个网名，取什么名字好呢？当时我抬头望向窗外，忽然看到蓝天

白云，感到非常漂亮，我就决定取名"天上的云"。这么普通的一个网名，一申请居然就通过了，如果当时已经有人取了这个网名，那么我就只能重新取名，可见当时触网的人还是有限，或者说是我触网比较早。

由于网络时代的到来，嘉兴日报开设了网站，嘉兴在线应运而生——嘉兴在线嘉兴第一线，也是嘉兴最早的官方网站，具有一定的权威性。在嘉兴在线上，开设了博客和论坛，既可以发表各种文章，又可以发表各自意见，引得好多网友纷至沓来，热闹非凡。

郭老触网更加早，报社就安排他任嘉兴在线老总。我自然积极参与，还担任论坛的一个版主，不仅自己写文章发在博客和论坛里，还协助组织网友活动，从线上到线下，网友们热情高涨。不经意间触发了我尘封已久的写作爱好，这份爱好已经沉寂了二十多年了，一旦触及，就如奔腾的钱江潮势不可挡，喷薄而出。

博客具有文学色彩，汇聚了一批文学爱好者，大家纷纷在自己的博客园地里耕耘，网友还可以在博客的文章后面友好评论，犹如火上加油，激发出了网友们的创作热情。论坛上都发些时政性的帖子，引起大家的共鸣，进一步探讨，也非常热闹，特别是针对一些政府部门的帖子，往往还能引起政府的重视，有力的监督了政府。对于一些领导来说网络是个是非之地，谨小慎微，好多领导还都不懂电脑的操作。

作为网站，希望发帖量越多越好，点击量越高越好，这样人气旺，才有影响力，网站之间还有排名考核。报社领导相当重视，时常组织一些骨干网友进行座谈出谋划策，集思广益，想办法，出点子。我基本上是每次必到，从中受益匪浅。我也写了很多博文，有些还是连续性的文章，得到了不少网友的好评，如此创作的环境和氛围非常好。

特别是到了年底时，嘉兴在线还选择一些博客上较好的文章，出版成书，很有纪念意义，也极大地鼓励着广大文学爱好者，激发出更大的创作热情。能够出书是绝大多数人所梦寐以求的事情，何况是这些对文学有着狂热的追求者，将出书视为终极目标。

随着经济发展时代进步，人们开始注重生活质量。政府也出台了一些政策，要求学校等公共设施向社会开放，增加公众的体育锻炼场所，提高全民运动水平增强体质。因此，社会上兴起了体育运动热潮，打乒乓球，打篮球，打羽毛球等。我便在一所学校的体育馆里，开设了一个羽毛球馆，在羽毛球馆里的两边墙上，我打上两句标语："生命在于运动，运动滋润生命。"不仅对公众开放，还针对学生开办羽毛球培训班。

嘉兴在线成立了一个羽毛球运动群——锋羽无阻，组织一些羽毛球运动爱好者，有的是初学者，并非真正喜欢打羽毛球，而是和网友一起欢聚一堂，每周组织二次，前来我的羽毛球馆打球聊天。既可以切磋球艺，增强体质，达到运动的效果，又可以谈论博客上和论坛上的文章，还能增进网友之间的情谊，实在是一举多得。

嘉兴在线还在我的羽毛球馆里，挂上一幅很大的喷绘广告——"嘉兴在线　锋羽无阻"。既是为嘉兴在线打广告，毕竟来羽毛球馆运动的人很多，而且绝大多数是年轻人，喜欢上网，可以为嘉兴在线增加人气。同时，也是为我的羽毛球馆扩大了影响力，吸引了不少人前来打羽毛球，晚上时常爆满。那时还有很多单位来包场，单位里都有活动经费，鼓励大家参加运动，强身健体，对职员和单位都有好处，相辅相成。

随着社会的发展，公众的生活水平日益提高，必然也要提升生活质量。不仅仅要注重锻炼身体，学会养生，也在关注生态环境质量。对于一些企业的废水废气污染情况，还有养殖业的污染环境情况，都在论坛上得到反映，引起更多公众的关注和关心，对政府产生了一定的压力。

嘉兴市属于沿海经济发达地区，交通方便，营商环境又好，各种国资、外资、乡镇、私营的工业企业很多。当时环境意识都很差，根本不重视，各种企业里的废水废气严重污染了环境，人们也习以为常。

比如嘉兴市的城北区域，引进了不少外资企业，原来离城市比较远，是在嘉兴的 320 国道外面，都是在田野里。后来由于城市不断向外扩展，320 国道又向北移到北郊河边，原先的 320 国道成为城市的二环北路。造成了居民区向工业区渐渐靠拢，从而使得企业的废气直接影响到附近的居民。

还有乡村的养殖业污染，有的农户肉猪存栏数十头，甚至数百头。那些猪尿、猪屎都直接排入河道，甚至有些死猪都扔入河里，严重污染了河道，水质是发黑发臭。有些乡村养猪量大的，空气中都弥漫着臭味。

因而引起了不少公众的愤慨，网络上的舆论，也引起了嘉兴市环境保护局章剑局长的重视，章剑局长的思想也是比较前卫，早已实名注册了博客。章局准备组织在嘉兴在线举办一次"嘉兴网友环保座谈会"，要面对面地和网友进行座谈，听取意见建议，这在当时是种创举。绝大多数政府官员因为还不熟悉网络，对于网友的指责，有的官员唯恐避之不及。

我得知了这个消息后，便在我的博客上发表了一篇文章，讲的是——环保局长首次吃"螃蟹"，赞赏章局的勇气和胆魄，也相信章局有能力为民作主。我从来没有接触过环保局，也不认识章剑，更不清楚环保局究竟是干什么的，只知道是政府的一个部门。

章剑看到了我博客上的文章，感觉我不仅说得很有道理，还有些正义感，他便通过嘉兴在线的领导，要求"天上的云"务必参加"嘉兴网友环保座谈会"。因此，郭老通知我，说是环保局的局长亲自点名要我参加座谈，我也欣然接受。

2010年10月24日下午，在嘉兴日报的会议室里，"嘉兴网友环保座谈会"如期举行，来了二十多位网友，还有几位环保局的人。章局长首先对网友关心环保表示感谢，实事求是地阐述了目前环保的现状，存在的问题，希望大家关注环保，关心环保，更加希望大家参与环保，希望大家多提宝贵意见和建议。

网友们便踊跃发言，针对目前的环境问题，各抒己见，特别是来自城北的几位网友，对于附近几家企业废气扰民事情，深受其害，情绪激昂，言辞尖锐。当环境监测站的人解释，那里几家企业的废气没有超标排放时。这几位网友拍案而起，群起而攻之，场面几乎失控。

章局长随即对城北废气扰民之事，提出了九条措施，并尽快落实，得到了网友一致赞同。我也提出了建议，希望环保局能够在嘉兴论坛上开设一个窗口，可以更好地与网民沟通，网民可以将环保问题直接反映在论坛上。环保局采纳了我的建议，没过几天便在嘉兴论坛上开设"环保视角"。这次"嘉兴网友环保座谈会"，拉开了嘉兴市公众参与环保的序幕。

2010年12月，在嘉兴市环保局的大力扶持下，嘉兴市环保联合会成立了，并在民政局注册登记，组建了"一会三团一中心"，即环保联合会、市民检查团、专家服务团、绿色宣讲团和环境权益维护中心，推荐我为副秘书长。当时，我已经不再做建筑工程油漆项目小包工头了，我在嘉兴市建材陶瓷市场经营瓷砖生意。

虽然我还在做生意，但已经将很多时间放到环保上了，组织公众去检查企业、检查河道，组织公众和政府部门座谈，参加各种环保方面的会议等等，进一步深入地参与到环境保护中。尽管我为环保花费了那么多的时间和精力，从来没有拿过一分钱的补贴，全部是无偿的自愿的，但我还是乐在其中。从而使我对环保产生了很多新的认识，以及很多思考和感悟，撰写了不少有关环境保护的文章，发表在我的博客上。

2011年6月30日，浙江省第一个生态日活动，在我们嘉兴市举行。嘉兴市环保局在嘉兴市科技馆，布置了近年来嘉兴的公众参与情况展览，其中就有我的一部分内容。时任浙江省省长吕祖善来到嘉兴参加此次活动，并到科技馆参观了展览，在时任嘉兴市委书记陈加元和环保局局长章剑的陪同下，吕省长站在我的展览内容前注目观看，频频点头。

随后吕省长问我："你是做什么职业的？"

"我是经商的。"我脱口而出回答道。

"你是做什么生意？"吕省长饶有兴趣地仔细询问。

"我是做瓷砖生意的。"我毫不犹豫地答复。

"好的，好的，希望你要继续关心环保。"吕祖善省长语重心长地叮嘱我。

"一定。"我肯定地答应了吕省长的期望。

2012年10月18日，浙江省公众参与环境保护现场推进会暨中欧环境治理公众参与项目启动会在嘉兴市沙龙国际宾馆召开。我参加了这次会议，这也是对嘉兴市公众参与环保的肯定，同时引起欧盟对嘉兴市公众参与环保的浓厚兴趣，被称为"嘉兴模式"的公众参与环保也正式作为一个项目进行研究。这是欧盟投资1000万欧元，在中国成立的十五个环保项目之一，三年后十五个环保项目在北京评审，"嘉兴模式"项目被评为优秀项目。

19日，我又参加了中欧环境治理地方伙伴项目座谈会。我心想，欧盟的环保专家们既要了解嘉兴市公众参与环保的现状，也需要有关嘉兴市公众参与环保的资料，而我的那些环保博文如按时间顺序汇编成册，可以让环保专家从中真切地感受到嘉兴一位普通市民的环保情结。我将这个想法向时任嘉兴市环保局局长吴海松做了汇报，得到了海松局长的充分肯定，这使我增强了信心，增加了勇气。

在章剑的引导下，两年左右时间，我组织或参加了不少的环保活动，撰写出数十篇的环保文章，关于我对环保的所见所闻所思所想，记录下一位普通公众参与环保的足迹。虽然后来嘉兴市环保局的局长换了，但对公众参与一如既往地支持，无论是章剑局长，还是海松局长，局长室就如我的外婆家，用时任嘉兴市环保局副局长魏元胜的话讲："局长室就如你自己家的厨房，进进出出，来去自由。"

公众的参与度，取决于政府的开放度。正是有这样的政府部门领导开放的姿态，才使嘉兴环保公众参与走在全国前列。我用了一个多月的时间，将我的环保文章按时间顺序整理出来，并收集了《人民日报》《中国环境报》等媒体有关嘉兴环保公众参与的相关报道文章，结集成册。

我将小书取名为《为母疗伤——嘉兴市公众参与环境保护纪事》，意思就是为我们的大地母亲疗伤。时任嘉兴市环保局局长吴海松为本书作了序，原嘉兴市环保局局长、时任海盐县县长章剑为本书撰写了一文——"天上的云"：一个民间环保人的印象。时任嘉兴市政协主席刘东升为本书题写了书名。并在海松局长的关心下，本书由中国环境出版社于2013年7月出版。

我在《为母疗伤——嘉兴市公众参与环境保护纪事》一书的扉页上写了一首小诗：挥洒我们的生命，播下环保的种子，开出公众参与的花朵，结出天蓝气爽水清岸绿的硕果，这不是我们的理想，而是我们的目标。

著书立说，曾经是我的崇高理想，更是我梦寐以求的事情，是我的初心，却在不经意间实现了。捧着散发着浓郁油墨香味的书本，我思绪万千，这一切都归功于参与环境保护。正是我如此热心执着地参与环境保护，才有那么多的认识和感悟，才有这些真情实感倾注于笔尖，才能给人以启迪，才能提高人们的环保意识，为社会做一点有益的贡献。

中欧环境治理项目是欧盟支持中国政府在环境公共治理领域开展合作的项目，旨在通过借鉴欧盟环境治理政策及经验，结合项目实施中的成果，改善中国的环境治理现状。中欧环境治理浙江地方伙伴项目——《嘉兴模式中的公众参与环境治理及其在浙江的可推广性》，由浙江省环境宣传教育中心作为执行机构，实施时间从2012年9月开始到2015年3月结束。项目基于嘉兴公众参与环境保护的实践和经验，挖掘其价值和特征，建立一套公众参与环境决策过程的新机制，研究应用于浙江省其他城市以及扩展到中国更广大地域的可能性。

从2012年11月到2014年底，我代表嘉兴市环保联合会接待了来自瑞典、荷兰、英国等欧盟国家的环保专家数十次。特别是在2014年9月9日到12日，连续四天时间，我开车带着英国利兹大学傅恒昕博士等一行三人，先后赴嘉兴市南湖区、秀洲区、嘉兴经济技术开发区、平湖市、海盐县的多家企业和街道社区进行调研。我还多次参与了在嘉兴、杭州、台州等地举行的座谈会，并在会议上发言，听取先进经验，阐述"嘉兴模式"，共同探讨公众参与环境保护的方式方法。

根据项目计划安排，我应瑞典国际水资源研究院和英国格拉斯哥大学以及荷兰的国际质量基金会的邀请，于 2015 年 1 月 12 日至 21 日到欧盟三国进行为期 10 天的考察交流，也是我首次跨出国门。与欧洲项目合作单位交流讨论项目成果，同时学习欧洲环境治理公众参与的经验，宣传环境保护公众参与浙江"嘉兴模式"。

在与当地的一些环保专家和环保官员及民间环保组织进行深入交流时，我看到了很多可推广的措施，听到很多可行性的方式方法，想得更多。我就像海绵一样，尽情地吸收，写下了很厚的笔记，出国时我就准备了 10 支笔芯，早就想好要将欧洲的经验和现状真实地展现在大家面前。

欧洲环保十日行，使我开阔了眼界，拓展了思路，所见所闻所感受益匪浅，我详细记录下这些足迹，希望为更好地推进深化公众参与环境保护提供些佐证，也想为"嘉兴模式"环保公众参与寻找新的突破口。因此，我在欧洲回国后的 2015 年整个春节，独自在电脑前埋头撰写——《欧洲环保十日行——从欧洲环保看"嘉兴模式"》一书。

此书于 2016 年 2 月由中国环境出版社出版，时任嘉兴市环保局局长曹建强作了序，得到了时任嘉兴市城乡规划建设管理委员会陶金根主任和副调研员方柏如（原副主任）的关心支持，还有时任嘉兴市政协副秘书长吴海松（原嘉兴市环保局局长）的关怀。我在此书的简介中赋诗一首：无论中国，还是世界，不论肤色，还是语言，我们都是大地母亲的后裔，生活在大地母亲的怀里，乳汁哺育我们茁壮，绿色伴随我们成长，我们不仅有义务，而且更加有责任，关爱母亲的健康，保护我们的环境，环保呼唤健全的法制，环保更要公众的参与。

2017年我加入了南湖区作家协会，成为一名作家。不忘初心，砥砺前行，总能收获成果。所以人生必须要有梦想，在经过自己的不懈努力之下，一旦梦想成真，这是多么美好的事情，也是体现了自己的人生价值。

第二十四章　希望田野

我们嘉兴市环保联合会，一边监督企业遵纪守法，一边监督政府依法行政。我们发现农村里有不少温室养殖甲鱼的农户，将养殖废水直接排放外环境，严重的污染了附近的河道，这种现象不是个别的，而是普遍存在。

2020 年初，我们嘉兴市环保联合会向嘉兴市生态办和市生态环境局发函，对于农村的温室甲鱼废水污染环境，必须要出台措施加以制止，引起了领导的高度重视，着手解决这个污染环境的问题。我还在中国环境报上发了一篇评论：《甲鱼养殖废水外排需引起关注》。

2020 年 1 月 1 日，中国环境报刊发了一个专版"这一年我们和世界一起变好"，记者马新萍电话采访了我，后来她发表了一篇文章题目是《环保边干边说，才能事半功倍》。

2019 年最后一个周末，万加华和之前的许多个周末一样，在为生态环保贡献着自己的一份力量。他赶往成都，参加 2019 中华环保社会组织可持续发展年会。

两天前，约 21 万字的环保小说《底线》完成初审，即将出版。这是万加华创作的首部环保小说，历时一年半，主要讲述改革开放 40 年来，环保事业发展的"成长史"。万加华向人们讲述了一段从没有环境底线，到有了底线，突破底线，直至捍卫底线的历程。

"这一年收获还是挺多的。"作为浙江省嘉兴市环保联合会常务副会长的万加华，梳理起 2019 年的工作这样评价。

2019 年，嘉兴环保设施向公众开放的次数和参加的人数都比往年增加很多。万加华说，这是 2019 年让他印象最深的事情，很有意义。

"在嘉兴市环保联合会的组织下，2019 年，越来越多的公众走进污水处理厂、自来水厂、垃圾焚烧厂，直观地了解污水变清的过程，感受珍惜水资源的重要性，震撼于垃圾焚烧厂竟然没有浓烟与异味，这既保障了公众的环境知情权、参与权，更保障其监督权。"万加华说。

激发公众参与生态环保的热情很重要，万加华对此深有体会。

10 年前，作为一家品牌陶瓷的经销商、嘉兴在线论坛体育版块的资深版主，"出于好奇"才关注环保的他，从一个环保旁观者到环保铁杆参与者的蜕变，仅仅用了半年时间。

2011 年 9 月，万加华被聘为嘉兴市第一期环境行政处罚公众评审员，当天，他在微博中写道："这本大红聘书，意味着信任，意味着荣誉，但更多意味着的是责任。作为一名环境行政处罚公众评审员，就必须要收藏荣誉，担当责任。"

正是这份责任与担当，促使他在生态环保领域深深扎下了根，创造着自己的人生价值。

多年来，作为环保志愿者，他经常针对网上曝光的环境问题组织网友到现场展开调查，积极与政府、企业主对话，努力促进问题得到有效解决。

万加华说，公众只有真正参与到环境治理中，才能对企业和政府的环境行为进行监督，才更有利于让人们成为环保行动者。

嘉兴在公众参与环境保护方面很有特色，形成了以嘉兴市环保联合会为龙头，以市民环保检查团、环保专家服务团、生态文明宣讲团和环境权益维护中心为支撑的"一会三团一中心"组织框架，进而推动公众充分参与环境治理的一条路。

万加华介绍说，2019 年，在公众的建议下，嘉兴将查处的违法企业列入"黑名单"的时效大大增强，原来查处违法企业一年多以后才会被列入"黑名单"，现在 3 个月内就会被列入"黑名单"。"'嘉兴模式'是有成效的。"

"环保，不仅仅要干，还要说。环保必须边干边说，才能起到事半功倍的效果，才能提高大家的环境意识，才能减轻环境执法的压力。"万加华说。

他是这样说的，也是这样做的。

在《底线》出版之前，他已出版了《为母疗伤——嘉兴市公众参与环境保护纪事》《欧洲环保十日行——从欧洲环保看"嘉兴模式"》《霞光满天——关于环保和养老，我经历的二三事》3 本专著。同时，他还在媒体上发表了大量宣传环境保护的稿件。

"公众不仅是环境的受益者，也是环境的破坏者，更应该是环境的治理者。我们都应该是生态环境保护的见证者、参与者、践行者，不能成为旁观者。"万加华掷地有声地说。

马新萍最后让我在新年之际，给大家表达一下自己的心声，我表示："值此辞旧迎新之际，我们环保志愿者更要积极发挥法律赋予的监督权利，监督企业遵纪守法，监督政府依法行政，希望大家踊跃投身到环保行列中来，为环保事业呐喊，为环保人喝彩,不辜负我们这个伟大的时代。作为一名普通的公众,在环境社会治理中,同样能作出应有的贡献,创造出人生价值。"

为进一步深化环保公众参与"嘉兴模式",积极构建现代环境治理全民行动体系,嘉兴市生态环境局正式发布《嘉兴市"民间河长""民间闻臭员"管理办法(试行)》。

"民间河长"是指发动河道(含湖荡等)周边的群众担任某个区域的河长,通过日常巡河监督政府委任河长,确保河道达到生态环境保护的要求;"民间闻臭师"是指发动重点工业园区或工业集聚点周边的群众担任闻臭师,用群众的"鼻标"监督重点工业园区或工业集聚点内的企业规范提升环境管理行为和达标排放。

企业的废气排放,不仅必须要达到国家标准,还要符合群众的"鼻标"。如果企业的废气排放符合国家标准,没有达到群众的"鼻标",那么就还需要企业整治提升,尽量减少废气扰民事情发生。

《嘉兴市"民间河长""民间闻臭员"管理办法(试行)》(第十三条):嘉兴市环保联合会要充分发挥环保社会组织的作用,协助市生态示范创建办、市生态环境局负责协调监督全市"民间河长""民间闻臭师"等生态环境监督员开展工作,每月至少组织1次综合性公众监督活动;具体监督情况要及时向市生态环境局报告。

从此我们就有了"民间河长",对水环境实行全天候监督。至今已经有"民间河长""民间闻臭师"2552位,涉及各自然村、各个社区,在全市实现全覆盖。也实现了当时我和建强局长的愿望,进一步深化了公众参与的"嘉兴模式"。我被评为2020浙江省"最美环保人"。

2021年在中国是具有历史里程碑意义的一年,我们伟大的中国共产党百年华诞，这艘从我们嘉兴南湖启航的红船，已经成为世界巨轮，带领着我们中华民族，劈波斩浪，勇往直前，驶向中华民族伟大复兴的彼岸。

2021年5月10日上午，由嘉兴市环保联合会主办的"长三角（嘉兴）环保产业创新发展论坛"，在嘉兴国际会展中心举行。来自生态环境部、中华环保联合会、中华环保联合会安徽省办事处、江苏省苏州市环保联合会、嘉兴市生态环境局的相关负责人以及生态治理专家、环保技术研究学者、环保技术设备生产企业代表、环保治理企业代表等近400人参加论坛。

中华环保联合会副主席兼秘书长谢玉红，嘉兴市生态环境局副局长岳玉良分别作了热情洋溢的致辞。生态环境部环境与经济政策研究中心环境社会治理研究中心高级工程师王璇作了《环境治理全民行动体系：政策现状与建议》的分享，国务院发展研究中心资源与环境研究所副所长常纪文就《长三角区域生态环保一体化的区域合作措施》进行详细剖析，浙江显泰环境科技有限公司董事长钱君君作了《环保管家工作》经验分享，论坛取得圆满成功。

为了庆祝中国共产党百年华诞，6月5日上午，由中华环保联合会、嘉兴市环保联合会主办，嘉善县环保联合会协办的"党在我心中　环保我推崇"环保NGO小伙伴座谈会，在嘉兴市环保联合会举行，中华环保联合会副秘书长王统海出席并致辞。随后我们三家在中国环境APP上，联合发出《推进碳达峰碳中和行动倡议书》。

我们嘉兴市环保联合会和嘉兴市作家协会主办，嘉兴市生态环境局秀洲分局、秀洲区文学艺术界联合会协办，秀洲区作家协会、秀洲区各镇人民政府、各街道办事处、秀洲国家高新区承办的"嘉兴作家秀洲生态环境采风行"活动，主题是"看生态秀洲 展环保风采"，吸引了近30位作家参与。

我们还组织了"党在我心中 生态看南湖"作家采风征文活 动。由嘉兴市作家协会、嘉兴市南湖区委宣传部、嘉兴市环保联 合会、嘉兴市生态环境局南湖分局主办，嘉兴市南湖区作家协会 承办，浙江卫星化学有限公司、振石集团东方特钢有限公司、嘉 兴市绿色能源有限公司协办。收到来自全国各地150多篇文章。

2021年9月，我的环保 长篇小说《底线》，由中国 环境出版集团出版，终于实 现了向建党百年献礼的夙愿。

2021年10月31日上午， 嘉兴市环保联合会第三届第 一次会员大会召开了，张京 生、万加华、全照根、陈建 峰出席大会。嘉兴市生态环 境局党组书记、局长，嘉兴市生态环境局党组副书记、副局长， 嘉兴市民政局党委委员、副局长出席大会。

大会共分两个阶段举行，第一阶段由我主持，第二阶段由陈 建峰秘书长主持。大会按照原定议程圆满结束，完成了换届选举 工作，中华环保联合会专门发来贺信。

一个环保社会组织能够走上健康有序的发展道路，确实也不 容易。既要有正确的定位，不越权不添乱，摆正自己的位置；又 要有正确的行为，不仅要监督企业监督政府，也要提供服务，真 正发挥桥梁纽带作用；更要有创新驱动，无论是政府，还是企 业，不管是社会组织，还是个人，要发展，必须要创新。要有创新的思路，也要有创新的举动，更要有创新的成果。

嘉兴市环保联合会，能够再次顺利换届，能够进一步推进社会环境治理的"嘉兴模式"。不仅是在张京生会长的正确带领下，特别是在建强局长的关心支持正确领导下，使得嘉兴市环保联合会没有走偏，没有走歪，真正体现了不忘初心砥砺前行。

在 2022 年 12 月 31 日，我写了一篇文章，回顾了这一年有意义的事情，题目是《回眸 2022》：

2022 即将远去，2023 的脚步已经响起。面对就要离开的 2022，有不少人在抱怨，在责怪，甚至怒斥。尽管人们对 2022 五味杂陈，但 2022 依然迈着从容的步伐，没心没肺地踏着分秒不差的节奏前行，因为人们所有的痛苦、无奈、彷徨、悲伤、郁闷等，都不是她的错。

孩子健康快乐地成长，有时我会想到或许与我从事的环保事业有一定关系，我们的民族历来相信因果报应，所以必然有科学道理。我国的慈善法修改后，将环保行为定义为慈善行为，通俗地说："做环保就是行善积德。"善有善报，必然会在本人身上，或者在子孙身上体现，所谓："积善之家，必有余庆。"因此，我们都应该去做点有意义的事情，做点善事，做点有大爱的事情。

2022 年 4 月 8 日，我申请加入了浙江省作家协会，这不仅是份荣誉，更是一种肯定和鼓励，站在更高的平台，必须要创作出更多的作品。上半年，我结束了一部 18 万余字的长篇言情小说，还需要修改。现在出书并不容易，不是钱的问题，是对作品要求的条条框框越来越多。下半年撰写一部长篇报告文学，已经完成 13 万字，年后即将结尾，希望成为 2023 的献礼。

2022 年，我在《中国环境报》上发表六篇新闻稿和评论文章，在《中华环境》杂志上，也发表六篇文章，继续为嘉兴的环保事业呐喊，为嘉兴的环保人喝彩。

2022 年，嘉兴市环保联合会，在带领"民间河长""民间闻臭师"例行日常监督工作之外。上半年，我们在嘉兴市生态环境局的指导下，评选出嘉兴市十大优秀环保镇（街道）、十大优秀环保企业、十大优秀环保志愿者，这活动至少在我们嘉兴是首次。我们的政府和公众，不仅要监管、监督和服务，也要鼓励，现在我们对孩子的教育也在提倡鼓励教育，鼓励教育有时能起到事半功倍的效果。

6 月 30 日是浙江省生态日，我们举办了"庆祝第十二个浙江生态日暨 2010—2021 嘉兴环境治理公众参与白皮书发布会"。我们向社会和公众展示了嘉兴市环保联合会成立 12 年来的成果，呼吁更多的公众参与环保、关注环保、践行环保。也是国内环保社会组织首次举办的白皮书发布会，收到了中华环保联合会的贺信，吸引了数家中央媒体前来报道。

我们应邀走进了中国网接受专访——中国访谈，世界对话。介绍了我们公众参与环保的"嘉兴模式"，与主持人进行了一个多小时的交流。

我们和嘉兴市生态环境局南湖分局，组织了南湖区"首席环保官"持证上岗培训，与嘉兴市生态环境局秀洲分局，组织了"生态环境专管员"持证上岗培训，和桐乡市乌镇镇政府，一起组织了"民间河长""民间闻臭师"业务培训，以及和海宁市马桥街道组织生态文明建设交流探访活动。为进一步推动企业环保持证上岗，填补国内这一空白，探索路径，总结经验，作出一些贡献。

我们联合嘉兴市作家协会、嘉兴市生态环境局海盐分局、海盐县开发区等单位，一起组织了"看大气如海发展 书淳朴似盐生态——'文学嘉军'喜迎中国共产党二十大召开"征文，还联合嘉兴市生态环境局南湖分局、南湖区文联、南湖区作家协会，一起组织了"南湖儿女心向党　喜迎党的二十大——南湖城投生态文明建设征文"，都取得了很好的反响。我们的《嘉兴环联》季刊杂志，已经出版 15 期了，生态文明建设不仅要干好，也要说好。

2022 年 1 月 14 日，南湖大桥文化学会成立了，聘请我为名誉会长。我积极参与出谋划策，组织各种活动，大桥文化学会成立至今，每天在公众号上推送会员文章 2—3 篇，已经出版了精品文章三册。大桥文化学会交流群，我多次听到会员表示"是最热闹的群，没有之一"，大桥文化学会的会员不仅有旺盛的创作热情，还有暖暖的温情。乡村振兴，不仅要经济振兴，更要文化振兴。

2022 年 12 月 30 日，中国中央电视台评选出十大国际新闻，还有十大国内新闻。从我们嘉兴南湖启航的红船，已经成为世界巨轮，中华民族这艘巨轮，在伟大的舵手领航下，劈波斩浪，避开了多少个暗礁，战胜了多少次惊涛骇浪，甚至暴风骤雨，保证了这艘巨轮行稳致远，带着我们驶向理想的彼岸。

今天，我们华夏儿女是幸福的，也是幸运的。在我们的不远处，依然是炮火连天，每天上演着家破人亡生离死别的悲剧。世界上还有很多饥寒交迫的人们，挣扎在死亡线上，世界从来没有太平过。我们却可以每天迎着朝阳上班，晚上安静地入眠。

国家国家，先有国后有家，国泰才能民安。国家这个字眼已经深深地烙在我们心里，中华民族是从屈辱中站起来，靠勤劳富起来，凭智慧强起来，国家利益永远高于一切。我们必须要爱国爱党，沿着党中央指引的方向，勇往直前。

在这辞旧迎新之际，想对 2022 说声再见，但爱你在心口难开。只因时间不能倒流，人生不能重来，2022过去了将永远不可能再见。那就让2022所有的痛楚、无奈、不堪、惆怅等等，都随风而去，2022所有的成绩和荣誉，也只能代表过去，我们只能面对现在和未来，奋楫扬帆。

一转眼，2023马上到来。时不我待，珍惜当下，把握现在，我们要争取创造出更多的人生价值，不负韶华，不辜负我们这个伟大的时代。

2021年6月，中共中央、国务院公布了《关于支持浙江高质量发展建设共同富裕示范区的意见》。按照战略定位看，浙江作为率先建设共同富裕示范区的省份，要建设成高质量发展高品质生活先行区、城乡区域协调发展引领区、收入分配制度改革试验区、文明和谐美丽家园展示区。作为"红船精神"发祥地的嘉兴，自然不甘落后，正在积极打造共同富裕示范区的典范城市。

光阴似箭，日月如梭。仿佛就是那么一转眼，我就已经要奔六了，几十年的岁月，宛如弹指一挥间，但这些老底子的事情，连同近年来有意义的事情，时常在我脑海中呈现。当我再次站在自己的承包田里，百感交集，有种成就感油然而生，看到一望无际的希望田野，让我感受到了时代的发展人生的意义。

尽管几十年的岁月，在历史的长河中，只是一个瞬间，但是在我们中华民族的发展史上，却已经发生了天翻地覆的沧桑巨变。

有幸的是，我见证了这个时代，经历了这个时代，记录了这个时代，也不得不让我感恩这个时代，讴歌这个时代。

万加华

2023年1月30日于嘉兴

后　记

　　将近一年时间，我撰写完成了《"老底子"的快乐时光》书稿。虽然是搜肠刮肚地回忆了过往，洋洋洒洒也有十几万字，但难免还有不少"老底子"的快乐时光，及快乐的事情被遗忘，或者是被遗漏了。

　　我已近一甲子，在历史的长河中只是一个刹那，但对于人生而言，却是起到举足轻重的作用。不仅是人生的成长期，也是成熟期，更是收获期。

　　通过《"老底子"的快乐时光》一书，能够唤起同龄人的幸福感和获得感，感受到我们中华民族的沧桑巨变。回忆曾经的艰苦岁月，无论再苦再累，一切的付出也都是值得，不但让人感到欣慰，更有一种成就感油然而生。同时，也能够让我们的孩子们，真切地领会到人类的美好理想不可能唾手而得，离不开筚路蓝缕手胼足胝的艰苦奋斗；感受到今天的幸福生活来之不易，应该珍惜当下，继往开来，时不我待，为实现中华民族的伟大复兴而努力奋斗。

　　小书《"老底子"的快乐时光》，这不仅仅是我这位普通公众的人生足迹，更是彰显了我们民族发展的历程。特别是在生态环境保护上，在习近平生态文明思想指引下，我们经历了旁观者、关心者、参与者、组织者、引领者，这是我们民族发展的必然趋势，也是时代赋予我们的责任。

感谢中国作家协会会员、嘉兴市作家协会主席杨自强为我作了"序"。与自强兄相遇相识至今，已约三十年了，他一如既往地关心我、支持我、提携我，特别是在文学创作上，我所取得的成绩，与他的帮助是分不开的。他不仅是我的兄长，也是我的老师，更是我人生中的贵人。

感谢江苏省作协会员、省报告文学学会理事；东南大学中国特色社会主义发展研究院（智库）特邀研究员贺震，也为我的小书《"老底子"的快乐时光》作"序"。我和贺震兄相逢在中国环境报特约评论员群，相识在为生态文明建设鼓与呼中。共同的爱好，共同的关注，自然产生很多共同的语言，必然产生很多共鸣，是我学习的榜样。

再次感谢我老友的爱女姚岑怡，从浙江传媒大学毕业，走上社会仍然从事自己喜欢的画画专业，再次为我的小书《"老底子"的快乐时光》配图二十七幅，惟妙惟肖，可见画画功底更趋成熟，真是学有所成。

我们每个人都有不少老底子的快乐时光，但愿拥有更多现在的快乐时光。在实现中华民族伟大复兴的征途中，快乐着您的快乐，幸福着您的幸福。

2023 年 9 月 8 日　作者于嘉兴